本论著为辽宁省社会科学规划基金项目“以中国文学优秀文化涵养社会主义核心价值观研究”阶段性成果，项目编号：L14BKS009。

鲁迅与明清小说关系研究

吴金梅 著

中国社会科学出版社

图书在版编目（CIP）数据

鲁迅与明清小说关系研究/吴金梅著. —北京：中国社会科学出版社，2017.7

ISBN 978-7-5203-0539-6

Ⅰ.①鲁…　Ⅱ.①吴…　Ⅲ.①鲁迅(1881-1936)-关系-古典小说-小说研究-中国-明清时代　Ⅳ.①K825.6②I207.41

中国版本图书馆CIP数据核字(2017)第134085号

出 版 人　赵剑英
责任编辑　郭晓鸿
特约编辑　席建海
责任校对　石春梅
责任印制　戴　宽

出　　版　中国社会科学出版社
社　　址　北京鼓楼西大街甲158号
邮　　编　100720
网　　址　http://www.csspw.cn
发 行 部　010-84083685
门 市 部　010-84029450
经　　销　新华书店及其他书店

印　　刷　北京明恒达印务有限公司
装　　订　廊坊市广阳区广增装订厂
版　　次　2017年7月第1版
印　　次　2017年7月第1次印刷

开　　本　710×1000　1/16
印　　张　18
插　　页　2
字　　数　219千字
定　　价　79.00元

序

吴金梅女士的学术著作《鲁迅与明清小说关系研究》拟出版，嘱我作序，我是感到很荣幸的。

鲁迅研究事业后继有望，新人辈出，新论纷呈，喜讯不断。吴金梅的《鲁迅与明清小说关系研究》就是新人新作之一。该书以厚识的功底、涉及鲁迅其思想其作品其学术研究的整体性视角、打破古代文学与现代文学之间壁垒的贯通性研究，系统梳理了鲁迅与明清小说的关系，体现了鲁迅与中国古代文学关系研究方向上的新突破。

吴金梅是鲁迅研究界的一位新人，不仅因为她年青，更因她来自古代文学研究领域，她是以厚实的古代文学功底加入鲁迅研究队伍的。十多年前，我离开兼任的辽宁师范大学研究生部主任的管理岗位后，应大连大学之邀，应聘在该校兼任学校学位与研究生教育工作顾问，每周在那里工作一天，这期间认识了该校教师吴金梅女士。后来吴金梅女士对我说想报考我的博士生，我先是一愣："你硕士研究生读的是中国古代文学专业，跨专业报考中国现代文学专业鲁迅研究方向，行吗？如果考取了，写什么选题的博士论文呢？"她似乎成竹在胸地回答我："我研究鲁迅与明清小说的关系。"我眼前一亮："好选题啊!"我在同辽宁社会科学院研究员李春林先生合作，梳理完鲁迅与外国文学文化关系研究的学术史，又较系统全面地研究了鲁迅与外国文学文化的关系，完成了国家社会科学基金项目后，我马上转而注目于鲁迅同中国文学文化的关系，同我当时的硕士研究生于九涛、荆亚平一起梳理了这方面的学术史，又主持了教育部人文社会科学项目，开展了这方面的全方位研究。所以，我对吴金梅女士提出的鲁迅与明清小说关系研究很有兴趣。

吴金梅女士先后毕业于河北师范大学中文系本科和陕西师范大学中国古代文学硕士研究生，这两所大学的校风学风都是很踏实的，尤其陕西师范大学，是中国古代文学研究之重镇。她的硕士论文是关于明清小说的，她还有学术著作《〈西游记〉的人生智慧》公开出版。她学术基础坚实，受过较严格的科学研究训练，且能沉潜下来，专心致志于学问，是一位读书种子和学术研究种子。她的博士论文，进展是顺利的。我忝居为她的博士生导师，除了从鲁迅这边提了些意见外，其实操心并不多。

关于鲁迅同明清小说之关系，以往研究虽不算少，但在我视野之中，皆单篇而已，只是某一方面的论述，多为或反封建思想继承，或人物形象比较，或讽刺手法借鉴，等等。有的鲁迅与古代文学关系研究著述，也只是概括表述一下鲁迅同明清小说之联系。当然，这些研究不乏真知灼见，但缺少全面系统之思考。吴金梅这本书，不仅论述了鲁迅小说对明清小说精神和艺术的继承和创新，还论述了鲁迅杂文对明清小说作为知人论世的材料之运用，论述了作为思想家的鲁迅的明清小说精神基因。更可喜的是，这本书还专章论述了学者鲁迅对明清小说的整理和研究方面的成就，指出鲁迅作为百科全书式的文化巨人的深刻、博大、慧眼和匠心，以及现代思维品格。以上这些，使本书达到了一个研究新高度，是很值得学界关注的。

关于这部著作的主要内容和学术成就，窃以为如下。

这部著作以鲁迅的明清小说史学研究、鲁迅小说与明清小说思想内容及艺术的比较以及鲁迅杂文对明清小说思想意蕴的回应为切入点，对鲁迅与明清小说关系进行了较为全面的分析观照和综合研究。通过探寻鲁迅明清小说史学研究的视角、方法与成就意义，梳理明清小说发展至鲁迅小说所体现的由中国古典小说向现代小说演进的轨迹，探求鲁迅杂文的思想旨归与明清小说体现的社会关切的相通之处几个方面，展示鲁迅与明清小说的深层关系，探求鲁迅的小说史学研究成就、小说创作变迁以及作为知识分子对社会的关切。

这部著作研究对象跨越中国现代文学与中国古代文学专业领域，采用了社会学、文化学、人类学等多重视角，以文本细读和实证研究相结合的方法，对相关的学术论著、文学创作、文学批判及社会、人类关切等进行较为全面系统的梳理分析。在具体探讨中，尤以鲁迅小说与明清小说关系研究为重点，旁及文学发生学、文本阐释学、文化人类学等学科分支，以拓展论题的方式，在鲁迅与明清小说关系研究方面有一定的突破。

作为小说史学研究者，鲁迅的“问题意识”非常明确。首先，他以文学与社会学相结合的方式，对明清小说进行了科学的分类与考证，并将其思想内容的解读与发生学探讨和当时的社会思潮及时代特点紧密联系，这种探源溯本的研究，无疑具有方法论意义。同时，鲁迅还敏锐地注意到明清小说所展示出的现实主义精神，并以此视角对其注重细节的人物形象塑造，所展示的纷繁复杂的社会历史现状等加以关注，这一关注也体现出鲁迅对于现实主义精神在文学批评中的重视。

其次，鲁迅研究中运用诸如分类法、实证法、比较法等多种学科方法，对明清小说类型做出恰当命名，并在翔实求证、比较研究中凸显其发展演变轨迹。如此研究意识、探索精神及其方法论，使鲁迅的小说史学研究显得全面、深刻而富含学理，成就了其小说史学研究的开拓之功，至今仍有继续探讨之必要和借鉴价值。

在小说创作中，鲁迅小说不但承继了明清小说种种优秀传统，且在思想内容与艺术手法的开拓中，完成了中国古典小说向现代小说的转换。思想内容上，从明清小说到鲁迅小说，对于社会与人生的展示由描绘外貌与表相走向摹写本质与灵魂，并且开启了唤醒现代中国沉睡的国民灵魂的启蒙文学；在对知识分子、女性与幼者的关注中叩问探寻社会的心灵、人类的走向与未来；在理想的儒家情怀、追寻诚爱的人际伦理与悲悯苍生的情感意蕴中展示出一种豪情大爱；艺术上，在鲁迅小说与明清小说的幻形写意小说中，在以幻写真的批判意识与以幻写意的理想建构中，表达出人类对于心灵诗意栖居地的精神向往，而在从古典现实主义到启蒙现实主义的转换中，从小说因果框架结构的设定到独特的“看”与“走”的结构变迁中，再从冷静客观的描述到满含深情悲悯叙写的讽刺艺术突破中，完成了中国古代小说向现代小说艺术的品格转换。

以作为思想家与知识分子的角度来观照鲁迅的杂文创作，其杂文体现出的批判意识和理想建构意识与明清小说有着跨越时空的回应和相通。鲁迅杂文在“社会批评”与“文明批评”中不但对于明清小说的思想内容与艺术手段有着直接借鉴，而且鲁迅杂文与明清小说所展现的知识分子的批判意识和担当精神，对社会与人性的肌理洞察与深刻讽刺，对理想的建构意识和使命情怀，在承继中有回应、在回应中有创新的转换意识和创新精神，使作为思想家与知识分子的鲁迅，作为“历史中间物”的一环，走向更为广阔、深远的精神时空。

综上所述，鲁迅的明清小说史学研究凸显出其史识、史见、史才及研究中的社会学视角与现实主义精神，通过这一研究不但为明清小说建构起清晰的史学框架，也提供了研究方法与研究典范。鲁迅小说与明清小说相比较，在思想内容及艺术成就的承继与突破中，实现了从中国古典小说向现代小说的品格转换。而作为思想家与富有良知的知识分子，其所具有的批判意识，担当意识与使命情怀，使其与明清小说作者一道，对于人类社会与人生生命意义和价值进行思考，至今仍有启迪意义。通观鲁迅的明清小说史学研究、小说及杂文创作，可充分见其对儒、释、道文化的精深理解，并展示出一种渗透着儒、释、道因子的大爱情怀。

这本著作在鲁迅与明清小说关系研究中，还充分注意到鲁迅的小说史学探求、创作文本意蕴阐释及作家社会关切的理论和应用价值。在全面开掘鲁迅小说史学研究的方法、学理、成就的同时，探讨鲁迅小说对明清小说的承继与发展，发掘鲁迅杂文及明清小说的批判意识及社会关切，旨在为当下的文学批评、小说创作、社会发展及国民素质提高提供可资借鉴的本土资源；为当下相关研究提供社会学、文化学、人类学等参照视角，在影响研究、比较研究、实证研究及文本细读等综合研究方法论上，探求一条可行的实践之路；在梳理文学文本与文学批评、作家与作品的文化传承、文学与社会及人生关系等方面，为当下社会发展、文化建设及人类进步尝试提供一种进一步反思的参照，也试图为中国现代性提供一定的文化资源借鉴。

对于鲁迅与明清小说关系研究这一课题，作者还可以做出更多的思考与研究工作，鲁迅的明清小说史学研究、鲁迅小说与明清小说的比较以及鲁迅杂文与明清小说关系的探讨还有诸多可开拓的空间，对于其中的深层文化意蕴的讨论也还可以更加深入，期待作者在对这一论题的探讨中有更加深入的思考，全面完成对这一课题的研究。

以上介绍，仅是一些阅读体会，这些体会同这本书放在一起，有待识者指正。

叙说完这本书的主要内容和学术成就后，不妨回到本文的开头所云，对鲁迅研究事业，大可不必持悲观态度。诚如鲁迅所说：“石在，火种是不会绝的。”吴金梅的这本书，带给我们的正是这一消息。借此机会，我祝愿鲁迅研究领域有更多新人新作新气息，祝愿吴金梅更多更好的学术成果问世。

是为序。

王吉鹏

2016 年 12 月 30 日零时写于加拿大密西沙加市

目　录

绪　论

作为20世纪中国文化与思想史上伟大的学者、文学家和思想家，鲁迅以一种“一切都是中间物”的意识，为中国小说探源溯流、评述文本，开创性地梳理出了中国小说的史学发展轨迹。而在小说创作上，中国现代小说在鲁迅手中开端且走向成熟。鲁迅同时又以“社会批评”与“文明批评”为其杂文创作的批评指向，以“立国”与“立人”作为其重建社会与人格的趋向旨归。如此等等，对于中国的文学尤其是小说史的研究，对于中国具有现代品格的小说创作的确定及发展，以及中国社会的国民性重建和现代性推进，无不具有积极的意义。而明清小说作为中国古代小说的典范，作为古老中国传统知识分子摹绘世情、抒情写意的载体，其精神与思想与鲁迅有着跨越时空的相和与呼应，有着文化谱系上的关联。文学是人学，在历史的长河中，鲁迅与明清小说所包容的深刻思想与文学意蕴，在中国文化发展的历史链条上，浸淫濡染着国家与民族的思想流变与文化传承，其或摹绘现实，或抒情写意，或悲悯苍生的思想意蕴与精神人格，影响着中国的精神文化的建设与发展，给人以心灵的启迪与灵魂的震撼，并伴随在古老中国现代化进程的沧桑历程和演进旅途中。

一　问题的提出

尽管时空遥隔，易感的心灵对人生与社会的关注和思考却灵犀相通，而知识分子以批判社会弊端及重建社会秩序为己任的人文使命情怀，使其不惮于历经最深沉、最痛楚的求索与追问，试图以文学来描摹现实或展示理想的社会与人生。从明清小说家到鲁迅先生，就是这样以此共同人文使命的自觉承担而具有了某种联系的知识分子。其创作也就有了穿越时空的相通性和互文性，① 互相阐释和互相印证。另外我们总是在阅读思索着历史，感悟深思着曾经的存在，也深深地体味着身边的现实境遇。具体展现在本论著研究范围之内的，便可以是作为学者鲁迅的鲁迅明清小说史学研究，作为文学家鲁迅的鲁迅小说及其与明清小说的丝缕联系，作为"真的知识者"的知识分子，鲁迅的杂文创作与明清小说中所体现的对于社会弊端与人之劣根性的种种审视与透底观照。明清小说作为其时代的代表性文学，不论从思想内容还是艺术特色上，其丰富性都可谓超迈古人，其对恢弘的时代社会背景的反映，对时代世故人情的摹写，对人性本质的剖析反映等，使其丰富的社会人文意蕴的呈现与展示，多有淋漓尽致之感，深刻丰富之处，常常可以从中透视出一代知识分子对社会，对人生的感悟与担当。而鲁迅作为现代知识分子的典型代表，其一生忧国忧民，对国民性有着深刻的体察思考与剖析，对社会的阴暗与时弊也能洞微察隐，赫然明了于心，并通过一个个典型的文学

---

① "互文性"也译作"文本间性"。陈永国先生解释道：它通常被用来指示两个或两个以上文本间发生的互文关系。包括：一、两个具体或特殊文本之间的关系；二、某一文本通过记忆、重复、修正，向其他文本产生的扩散性影响。所谓互文性批评，就是放弃那种只关注作者与作品关系的传统批评方法，转向一种宽泛语境下的跨文本书化研究。参见赵一凡、张中载、李德恩主编《西方文论关键词》，外语教学与研究出版社 2006 年版，第 211 页。本书对鲁迅与明清小说关系的研究，尝试做一种跨文本的"互文性"研究，以此突破传统的就作者与作品关系而展开的单向度研究范式。

形象呈现于世人，在“哀其不幸，怒其不争”的悲悯与愤激中，希图引起疗救者的注意。而不论是明清小说，还是鲁迅的文学创作及其对明清小说的研究与批判借鉴，对于当下思想价值多元、物欲横流、人性失迷的喧嚣社会，仍然富有深刻的借鉴意义和广泛的认识价值。鲁迅对于明清小说的梳理研究系统科学，见解深刻独到，迄今仍极具意义，而作为中国现代伟大的文学家，鲁迅在深谙明清小说特点基础上的小说创作又与之有千丝万缕的联系。另外，鲁迅的社会批评及文明批评，社会意义丰富厚重，并与明清小说也有着千丝万缕的关联。所有这些都成为连接二者的纽带。从文学、社会学等角度对二者做一学理的观照与谱系的勾连，应是一个极富意义和价值的论题。本书首先从鲁迅对于明清小说的源流梳理入笔，剖析其对明清小说的演变轨迹和发展历程的探讨，彰显其严谨科学的治学方法与审慎的治学态度；其次，从更深层面上，解读二者创作的人文内涵，探求其深刻的社会、思想和现实意义；再次，从二者对社会百态和人情风俗的揭示中，窥探鲁迅小说与明清小说的种种关联。一言以蔽之，这些论题的设置，都旨在为当下的文学创作和文化建设提供可资借鉴的资源。

基于以上所述，本书所探讨的问题，首先旨在深入发掘鲁迅与明清小说文学批评、传承流变及社会关切与人文关怀的价值意义，全面梳理二者关系，探寻鲁迅小说研究的方法、学理及思想内涵等成就及意义，探求鲁迅小说对明清小说的批判与承继超越，并梳理鲁迅如何运用明清小说资源进行社会批评与文明批评，如何作为一个“真的知识阶级”为国家与民族的发展及国民的生存绘画一幅美好的愿景，在此基础上以期深层解读明清小说与鲁迅文学创作的人文内涵，探求其社会、思想和现实意义；为更加深入了解明代与现代社会的思想状态及不同时代知识分子对社会与人生、人性做出的富有良知与理性的描摹与思考，期待通过二者所展示的思想文化的深层观照，可对当下文学提升、社会发展、文化传承与人类进步有所助益。本书也试图以新的文学批评观照视角与方法，为深入发掘鲁迅与明清小说丰富内涵，为小说研究、文学创作、社会认知及人类个体的生存观照等提供新的资源与方法借鉴，即以社会学、人类学、文化学等视角，以实证、比较、文本细读等方法综合审视二者关系。这一讨论还希望能够最大程度地发掘文学对社会、文化、人类生存的价值与意义。进一步发掘文学的多重思想内蕴与价值、意义。对于文学与社会和人类存在之间的彼此影响与融合渗透做出学理性的思考、梳理，以期能够对文学与社会以及人的发展与进步有所启迪。

本书重点是关于鲁迅创作与明清小说思想内蕴的研讨。首先，关于鲁迅与明清小说二者各自相关研究成果浩如烟海，但把二者相结合的宏观把握及深入探讨较少，如何在已有成果基础上，在新的关注视角与研究方法中客观而深入把握二者间关系，梳理挖掘其新的思想文化及艺术内涵是个不小的挑战。其次，如何通过探讨分析，寻找鲁迅与明清小说关系的现代价值和文化资源，也是一个关切当下的小说史学研究、文学发展、社会进步、文化提升及人类进步的难题。而如何综合合理运用社会学、文艺学、人类学、文化学等学科领域知识，结合文学的实证方法、比较研究、文本细读及影响研究等方法对鲁迅的小说史学研究、明清小说及鲁迅小说与杂文的社会和文明批评进行全面深刻地把握阐释，并为文学批评与研究提供行之有效的方法论借鉴，也是一个挑战性难题。

二　研究历史与现状

对于鲁迅的明清小说史学、鲁迅小说与明清小说关系及鲁迅杂文批评与明清小说关系的研究，作为一个颇具文学及社会意义和价值的问题，总体而言，新中国成立前多数是对相关问题比较直观的个体感受，但论者多为对鲁迅创作及明清小说较为熟知的学者，因而论述多精当深刻，寥寥数语，却切中肯綮，表现出富有学养底蕴的学术识见；新中国成立后至改革开放前一段时期内相关研究成果屈指可数，难成规模与特色，呈现出几近停滞的状态；新时期以来，鲁迅与明清小说关系研究获得了巨大进展，展现出一种多维度的纵深迈进，呈现出较为开阔的研究前景。本书试以时间为经，以研究对象的分类为纬，对此前80多年间的相关研究做一简单梳理，以期探源溯流，可以进一步深入发掘，探究鲁迅与明清小说间的种种承继延展，在当代语境下观照鲁迅小说创作与研究及明清小说包含的丰厚人文意蕴，能够为当代社会的人文环境提供可资借鉴的助益。

（一）新中国成立前：精当直感，发微之声

鲁迅与明清小说关系研究，在新中国成立前内容上多表现为一种直接的解读与观感，论述多点到为止，而较少展开深层论述挖掘，形式则多为只言片语，短短数句且散见于其他篇章中，而并非专门探讨且没真正形成研究的规模与趋势。但因注意到这一问题的人多为对鲁迅与明清小说都较为熟悉的专家、学者，因此虽只言片语，却颇多精当见解，可谓对此提醒关注，开启先河的发微之声。

鲁迅对于明清小说研究的成就，主要集中在《中国小说史略》《中国小说的历史变迁》和《小说旧闻钞》中。而相关探讨，最早见述于台静农所编《关于鲁迅及其著作》，[①] 谈到《中国小说史略》与《小说旧闻钞》的编撰出版。在《北新》（周刊）的书刊介绍中，也提

① 台静农：《关于鲁迅及其著作》，开明书店1926年版。

到《中国小说史略》及《小说旧闻钞》："这（《中国小说史略》）是一部讲中国小说的空前巨著，穷源究流，推断评价，无不精密允当，详细明了，研究中国小说之好参考书也。""编著《中国小说史略》时，凡遇珍奇材料，均随手择要摘录，书成，积稿至十余巨册。今将明清两代关于小说之旧闻遗事，选取精要者纂集成册。取材审慎，考据精密。"① 此外，尚有十多种关于《中国小说史略》内容及成就的论述。如谭正璧认为其"用了现代的眼光，科学的方法，将许多年埋没在壁角里的许多伟大的作品，一一把他们重新估定了价值，重新占据了地位"②。胡适同样给予其高度评价："在小说的史料方面，最大的成绩自然是鲁迅先生的《中国小说史略》；这是一部开山的创作，搜集甚勤，取材甚精，断制也甚谨严，可以替我们研究文学史的人节省无数精力。"③ 张若谷也谈道"他（鲁迅）自己以为生平得意之作，只要一部《中国小说史略》，是一本关于研究中国小说史料的绝好文献，是可以永久流传下去的"④。李长之的《鲁迅批判》⑤ 同样对于《中国小说史略》给予高度评价。而且，《中国小说史略》出版时，在国际学术界也有一定影响，如日本学者佐藤春夫就指出："鲁迅是最能理解本国的过去的文学家，就拿《中国小说史略》一书看来，他对于过去的智识与理解是很明白的，而且鲁迅不仅在他的头脑里具有智识与理解，同时在他的作品中更有血有肉。"⑥ 以《中国小说史略》为例来审

---

① 《北新》（周刊）（上海）1927 年 10 月第 49、50 期合刊。

② 中国社会科学院文学研究所鲁迅研究室编：《1913—1983 鲁迅研究学术论著资料汇编》第二卷，中国文联出版公司 1985 年版，第 494 页。

③ 同上书，第 506 页。

④ 张若谷：《鲁迅的〈华盖集〉》，《新时代》（月刊）1931 年第 1 卷第 2 期。

⑤ 李长之：《鲁迅批判》，北新书局 1936 年版。

⑥ 中国社会科学院文学研究所鲁迅研究室编：《1913—1983 鲁迅研究学术论著资料汇编》第二卷，中国文联出版公司 1985 年版，第 170 页。

视鲁迅对于中国古代文学的研究与理解，认为鲁迅对于中国古代文学十分熟谙，并有着深刻的理解，同时，佐藤春夫对于鲁迅的创作也给予了高度评价。张若英的《作为小说学者的鲁迅先生》、[①] 孔嘉（台静农）的《鲁迅先生整理中国古文学之成绩——叙言》、[②] 周木斋的《鲁迅先生和中国文学》、[③] 光未然（张光年）的《鲁迅与中国文学遗产》、[④] 何干之的《鲁迅思想研究》[⑤] 等文章，同样对于《中国小说史略》成就及特点加以关注并有所论述。值得一提的是赵景深的《〈中国小说史略〉勘误》[⑥]，作为这段时期唯一的一部相关专著，其对于鲁迅的《中国小说史略》进行细致的勘误，其考据之功，不可磨灭。

以上关注与论述，从《中国小说史略》的内容、体例、研究方法、所取成就及研究特色等诸多方面，指出其在中国小说研究史上的意义及贡献，对其评价甚高。但以上探讨也有不足之处：一是这些论述均为散在状态，而非集中的论述，显得不够深入系统；二是专门提及《中国小说史略》对明清小说研究成就及贡献的论述，几乎未见。而在《中国小说史略》的28篇论述中，有关明清小说的论述占15篇之多，分量之重，可见一斑，因此，对于鲁迅的明清小说研究加以单独观照，具有重要的价值与意义。而这些不足也成为后人研究的巨大开拓空间。

最先对鲁迅小说与明清小说关系加以关注的是周作人，指出“《阿Q正传》里的讽刺在中国历代文学中最为少见，因为他多是反语

---

① 张若英：《作为小说学者的鲁迅先生》，《光明》（半月刊）1936年第1卷第12期。

② 孔嘉（台静农）：《鲁迅先生整理中国古文学之成绩——叙言》，《理论与现实》（季刊）1939年第1卷3期。

③ 周木斋：《鲁迅先生和中国文学》，《文艺阵地》1940年8月第5卷第2期。

④ 光未然（张光年）：《鲁迅与中国文学遗产》，《文学月报》1940年10月第2卷第3期。

⑤ 中国社会科学院文学研究所鲁迅研究室编：《1913—1983鲁迅研究学术论著资料汇编》第四卷，中国文联出版公司1985年版，第184—186页。

⑥ 赵景深：《〈中国小说史略〉勘误》，上海永祥印书馆1946年版。

(Irony)，便是所谓冷的讽刺——‘冷嘲’。中国近代只有《镜花缘》与《儒林外史》的一小部分略略有些相近，《官场现形记》和《怪现状》等多是热骂，性质很是不同"[①]。说明了《阿Q正传》讽刺艺术的突破及与《镜花缘》《儒林外史》的联系。其后《小说年鉴》编者每篇末附的评议中认为《白光》："上半篇又有些像《儒林外史》，但是深刻的心理分析和冷刺的口吻，又毕竟和《儒林外史》不同。"[②] 显然认为《白光》的心理分析与讽刺高出一筹。朱湘《呐喊——卓华之六》[③] 中对于二者关系也有关注。西滢的《闲话》则谈到"他（阿Q）是与李逵、鲁智深、刘姥姥同样生动，同样有趣的人物，将来大约会同样的不朽的"[④]。对二者人物形象塑造加以观照。李长之指出："惯用自然的方言，这实在是自《红楼梦》以后，老舍的《赵子曰》以前，不可多得的唯一用活语言的成功的尝试。"[⑤] 以上论述均为鲁迅小说或人物与明清小说艺术的比较，多集中于《阿Q正传》的讽刺艺术、人物形象塑造及语言，较为零散。首次对《呐喊》与明清小说关系做出关注的是杨邨人，指出其"描写的手腕，庄谐杂出，确乎有一种情感作用吸引力。各篇有各篇的特异卓绝的优点，虽然有一二篇不能算是杰作，写实情实景的平民的琐屑生活的文字，尤其是神妙不过！虽或者不能就说它——《呐喊》——能够超越《水浒》和《儒林外史》，然而谓之差不多，大约也就没有什么语病罢"[⑥]。张定璜则认为

---

① 中国社会科学院文学研究所鲁迅研究室编：《1913—1983 鲁迅研究学术论著资料汇编》第一卷，中国文联出版公司 1985 年版，第 27 页。

② 编者：《小说年鉴》，小说研究出版社 1923 年版。

③ 天用（朱湘）：《呐喊——卓华之六》，《文学周报》1924 年 10 月第 145 期。

④ 西滢：《闲话》，《现代评论》（周刊）1924 年 4 月第 3 卷第 71 期。

⑤ 李长之：《〈阿Q正传〉之新评价》，《再生》（月刊）1932 年 10 月第 1 卷第 6 期。

⑥ 中国社会科学院文学研究所鲁迅研究室编：《1913—1983 鲁迅研究学术论著资料汇编》第一卷，中国文联出版公司 1985 年版，第 52 页。

“《水浒》若教你笑，《红楼梦》若叫你哭，《儒林外史》之流若教你打哈欠，我说《呐喊》便教你苦笑不得，身子不能动弹”①。郑振铎曾言“《儒林外史》不是一部讽刺的书，《官场现形记》之流却是破口大骂了；求有蕴藉之情趣的讽刺作品，几乎不见一部。自鲁迅先生出来后，才第一次用他的笔锋去写几篇‘自古未有’的讽刺小说”②。以上论述，对于《呐喊》的讽刺艺术、人物形象塑造及语言特点与明清小说比较有所涉及，虽非深入细致，却也是发微之声，慧眼独具。但对于鲁迅小说与明清小说思想内容比较及《彷徨》《故事新编》与明清小说关系的研究极少。

鲁迅在文学创作中对明清小说资源进行了有意借鉴。对此进行研究的如赵燕如《讽刺性十足的〈野草〉〈这样的战士〉》：“这是描写社会上一般假仁假义假道德的罪恶，他们拿着好的头衔，玩出各种的花样来作恶，表面看似乎是在行善，假如你解开他的真面目一看，一定会吓得你倒退一百二十里哩！你看过《镜花缘》时，你可以找出与这一篇同样的描写，即是林之洋到了两面国。”③ 但对此探讨极少，并未能开拓出新的研究领域。

综上所述，在这一时期的研究中，不论是对于鲁迅小说与明清小说比较研究，还是对于鲁迅关于明清小说研究的研究，都尚处于一种非自觉阶段，所见均为一些散在的感性论述，既未形成体系也未形成规模，可谓是发微初创，精当直感。

---

① 张定璜：《鲁迅先生》（下），《现代评论》1925 年 1 月第 1 卷第 8 期。

② 西谛（郑振铎）：《呐喊》，《文学周刊》1926 年 11 月第 251 期。

③ 赵燕如：《讽刺性十足的〈野草〉〈这样的战士〉》，《中国新月书报》1932 年 6 月第 2 卷第 6 号。

（二）新中国成立后至改革开放前：蜻蜓点水，寥若晨星

因为社会时代的原因，此一时期对于鲁迅与明清小说关系的研究处于一种蜻蜓点水，寥若晨星的状态。其中较王瑶的《学习鲁迅论〈水浒〉》①，江西大学中文系现代文学教研组的《针锋相对、泾渭分明——学习鲁迅对胡适〈水浒〉考证的批判》② 是关于鲁迅对明清小说研究的探讨。谈凤梁的《“秉持公心，指擿时弊”的讽刺小说——学习鲁迅对〈儒林外史〉的论述》③，俞元桂的《〈中国小说史略〉的战斗意义——兼论鲁迅1920至1925年的思想》④ 和郭豫衡的《关于鲁迅治学方法的探讨》⑤ 等，均为关于鲁迅对明清小说研究的论述。其中谈文指出，鲁迅所谓的吴敬梓“公心”，首先就创作动机而言，要“讽刺世情”“讥刺时病”，其次也指吴敬梓世界观的进步性，吴敬梓公开否定程朱理学的独尊地位，并在某些方面公然违背封建礼教，且用实际行动批判了八股科举。俞文则指出《中国小说史略》是我国古典小说研究领域的一场斗争，展示出鲁迅的卓越史识，包括如我国古代流传的思想、宗教和小说之间关系密切；封建统治者政治上威胁和利诱对我国古代小说所造成众多影响；外族入侵时人民的反抗愿望在小说中的曲折反映；赞扬敢于抨击封建礼教习俗和因果迷信等思想的作品；高度评价艺术上的创新和现实主义的创作方法以及珍惜民间

---

① 王瑶：《学习鲁迅论〈水浒〉》，《人民日报》1975年10月24日第2版。

② 江西大学中文系现代文学教研组：《针锋相对、泾渭分明——学习鲁迅对胡适〈水浒〉考证的批判》，《江西日报》1975年11月29日第2版。

③ 谈凤梁：《“秉持公心，指擿时弊”的讽刺小说——学习鲁迅对〈儒林外史〉的论述》，《南京师范大学学报》（社会科学版）1977年第3期。

④ 俞元桂：《〈中国小说史略〉的战斗意义——兼论鲁迅1920至1925年的思想》，《福建师范大学学报》（哲学社会科学版）1978年第3期。

⑤ 郭豫衡：《关于鲁迅治学方法的探讨》，《北京师范大学学报》1979年第1期。

文学的成就并注意外国作品的影响等。同时还指出了鲁迅与胡适对我国古典小说评价有原则性分歧，并从《中国小说史略》考察鲁迅当时的思想，包括对中国病证、中国国民性的长期探讨以及对其文艺理论的精到见解等。郭文则指出鲁迅《中国小说史略》的主要价值当然并不在于辑校史料这一方面，但这却是其科学性的一个重要基础。王瑶认为“在中国古典文学中对他影响最大的是吴敬梓的《儒林外史》。鲁迅在《中国小说史略》中，以对《儒林外史》的评价为最高。这是有原因的：第一，鲁迅对于《儒林外史》所写的‘士林’风习是有深切的感受的。第二，《儒林外史》的讽刺艺术也是使鲁迅喜爱的重要原因。第三，在形式和结构上，《儒林外史》也是最近于鲁迅小说的。鲁迅先生是全面地研究了中国小说史的。因此他对其他一些古典作品也是推许过，并承继了其中的许多优点的”①。由此指出《儒林外史》对鲁迅小说创作的影响以及鲁迅对其的承继与发展。

仅借助以上寥寥数篇文章难以形成独特的研究领域与特色，也难以勾勒出此段时期研究的特色与轨迹。时代社会动荡，民生凋敝，学术研究也几近停滞，只能慨叹因此而产生的学术研究的荒芜。

（三）新时期以来：多维迈进，纵深延展

新时期以来，鲁迅与明清小说关系研究不仅成果数量日丰，内容也不断开拓。展示出一种多维迈进，向广阔空间延展的态势。

首先，关于鲁迅对明清小说研究的探讨新时期以来取得了很大进展。但仍集中于《中国小说史略》。其中关于鲁迅对明清小说研究的相关论述有以下数种。郭豫适、荀因《鲁迅怎样评价暴露性的文

① 王瑶：《论鲁迅作品与中国古典文学的历史联系》，《文艺报》（半月刊）（北京）1956年10月第19、20期。

学——〈中国小说史略〉学习札记》[①]，指出鲁迅创造性地以“讽刺小说”“谴责小说”“黑幕小说”对暴露性文学加以区分，充分显示了他对文学现象、文学创作观察和分析的深刻性。鲁迅从反映在创作的出发点和作者的态度，描写的真实性和典型塑造及讽刺艺术的运用及成就三方面对此加以探讨。薛彦文的《〈中国小说史略〉管窥》[②] 指出其对于才子佳人小说的“团圆主义”及五四文化新军内部的蔑视中国古典文学的民族虚无主义倾向都予以批判。周维培的《鲁迅在古代小说文献学上的贡献》[③] 指出《小说旧闻钞》从史料出发，网罗前人有参考价值的旧论陈说，作为自己独立研究明清小说的参证材料。孙兰廷的《鲁迅对明清小说研究的贡献》[④] 指出鲁迅的明清小说研究集中在《三国志演义》《水浒传》《西游记》《金瓶梅》《儒林外史》《红楼梦》等几部名著上。首先以“文学史家”的犀利眼光，看清了这些名著演变的轨迹。并对明清小说中各种流派，如清代拟古派、讽刺派、侠义派、人情派，晚清的谴责小说都进行了系统研究。王喜绒的《鲁迅与近代小说》[⑤] 则从创作观念、社会文化批判、艺术表现形式诸方面探讨了鲁迅创作与近代小说的关系，揭示其在中国文学现代化过程中不可忽略的奠基作用。吕启祥的《绍兴会馆里的学术拓荒人——鲁迅与“小说史略”及〈红楼梦〉》[⑥] 指出鲁迅是系统整理中国古典小说史料第一人。鲁迅很重视版本。其对于《红楼梦》本事、作者及贾宝玉的

---

① 郭豫适、荀因：《鲁迅怎样评价暴露性的文学——〈中国小说史略〉学习札记》，《文艺理论研究》1982 年第 2 期。

② 薛彦文：《〈中国小说史略〉管窥》，《江淮论坛》1984 年第 1 期。

③ 周维培：《鲁迅在古代小说文献学上的贡献》，《学术界》1990 年第 4 期。

④ 孙兰廷：《鲁迅对明清小说研究的贡献》，《语文学刊》1999 年第 6 期。

⑤ 王喜绒：《鲁迅与近代小说》，《兰州铁道学院学报》（社会科学版）2001 年第 2 期。

⑥ 吕启祥：《绍兴会馆里的学术拓荒人——鲁迅与“小说史略”及〈红楼梦〉》，《红楼梦学刊》2002 年第 4 期。

分析都很客观实际，虽然对《儒林外史》所反映的士林丑态和讽刺艺术更感兴趣，但对《红楼梦》的价值也始终确认并给予充分评价。吴长华的《鲁迅对〈西游记〉研究的开拓》① 指出鲁迅确定了《西游记》的作者，考证了其形成过程，认为其主旨是解释明朝社会的黑暗，吴承恩渴望有一个美猴王似的英雄来澄清世界。综观这些论述，既有关于鲁迅对于明清小说整体性的学术探讨，也有关于鲁迅对于明清小说中的经典作品的研究。横纵相间，点面结合，显得较有层次和深度。

关于鲁迅小说与明清小说比较研究有了较为深入的开掘。一方面，探讨仍多集中在与《儒林外史》的比较。其中孙昌熙的《鲁迅与〈儒林外史〉》② 指出鲁迅继承发展了《儒林外史》的白描手法等，同时也比较了二者艺术特色及创作初衷的本质区别。章罗生的《〈儒林外史〉与鲁迅小说的讽刺艺术》③ 则认为鲁迅小说主要在对比、夸张和以古讽今三方面借鉴了《儒林外史》的讽刺艺术。兰光的《鲁迅小说与〈儒林外史〉》④ 指出鲁迅笔下形象的惊世骇俗作用要比吴敬梓创造的人物更为深广。二者永久的生命力还在于构成作品细节的强烈艺术魅力。王吉鹏、臧文静的《鲁迅小说与〈儒林外史〉的讽刺艺术》⑤ 认为鲁迅小说对于《儒林外史》多种讽刺技巧、手法，及其悲喜交融的讽刺艺术风格等都有所继承发展，形成了中国文学史上讽刺文学的又一高峰，开启了现代讽刺小说先河。此外，高明明的《鲁迅与明代讽

① 吴长华：《鲁迅对〈西游记〉研究的开拓》，《上海鲁迅研究》2007 年冬。

② 孙昌熙：《鲁迅与〈儒林外史〉》，《吉林师范大学学报》（双月刊）1980 年第 2 期。

③ 章罗生：《〈儒林外史〉与鲁迅小说的讽刺艺术》，《许昌师专学报》（社会科学版）1986 年第 1 期。

④ 兰光：《鲁迅小说与〈儒林外史〉》，《开封教育学院学报》1988 年第 1 期。

⑤ 王吉鹏、臧文静：《鲁迅与中国文学比较研究》，吉林人民出版社 2002 年版，第 94—108 页。

刺小说》[①]、丁尔纲的《青蓝更替风骚各领——鲁迅小说和吴敬梓〈儒林外史〉》[②] 也属此类研究。这些论述仍多以鲁迅创作对《儒林外史》讽刺艺术的承继与发展为切入点，也有关于鲁迅与吴敬梓其人的比较及其笔下艺术形象的比较等，表现出二者比较研究的开拓与深入。另一方面，对于鲁迅小说与其他明清小说的比较研究也同样表现出深化拓展的特点。其中刘再复的《论性格真实——〈鲁迅美学思想论稿〉》[③] 从美学角度探讨鲁迅与《红楼梦》及《三国志演义》，指出鲁迅把“性格真实”作为评判二者美学价值及艺术成就的标准，认为鲁迅小说人物性格的丰富性、全面性是《红楼梦》后又一艺术高峰。谢曼诺夫的《创新的古典作品——鲁迅的〈呐喊〉与清末谴责小说》[④] 则是对鲁迅小说较之清末谴责小说题材思想创新之处的探讨，指出鲁迅以人民作为作品的中心人物，待之以批评与同情的态度，并突出其欢快、诗意的特点，这是谴责小说没有的。鲁迅小说还体现了中国小说对革命的描写从抽象叙说向具体深刻心理刻画的转变。《呐喊》还独具当时中国文学歌颂生活欢乐等特有主题。许怀中的《鲁迅论“团圆主义”和“教训小说”》[⑤] 探讨鲁迅提出的“团圆主义”“教训小说”命题，认为鲁迅对其的论述、批评等是发展文艺创作的推动力，并初步探讨了此命题的文学、社会意义。杨义的《鲁迅小说的现实主

---

① 王吉鹏、申勇主编：《鲁迅与中国文学关系研究》，吉林人民出版社 2006 年版，第 261—270 页。

② 丁尔纲：《青蓝更替风骚各领——鲁迅小说和吴敬梓〈儒林外史〉》，《绍兴文理学院学报》（社会科学版）1986 年第 3 期。

③ 刘再复：《论性格真实——〈鲁迅美学思想论稿〉》，《鲁迅研究》1980 年第 1 辑。

④ ［苏］谢曼诺夫：《创新的古典作品——鲁迅的〈呐喊〉与清末谴责小说》，李明滨译，《中国现代文学研究丛刊》1981 年第 3 期。

⑤ 许怀中：《鲁迅论“团圆主义”和“教训小说”》，《福建论坛》（社科教育版）1981 年第 3 期。

义的本质特征》[①]高屋建瓴，对现实主义本质特征进行审视，认为鲁迅小说对《红楼梦》有所继承发展，以近代心理学知识把梦境描写现代化。许怀中的《鲁迅小说创作与中国古典小说》[②]则指出鲁迅小说创作与中国古典小说二者精神上及其与具体作品如《儒林外史》《红楼梦》《聊斋志异》等小说的现实主义传统的联系。如《阿Q正传》的章回形式，鲁迅小说的成熟白话，古典小说传统艺术手法的长处运用等，对二者思想与艺术的传承发展进行了较全面观照。王敬文的《鲁迅的小说与我国古典小说》[③]与许文角度相似，并特别指出鲁迅小说兼《红楼梦》的悲剧美高峰以及《儒林外史》的喜剧美代表二者之长，对鲁迅的小说创作给予高度的评价。刘正强的《博采众长自成一家——论鲁迅小说的借鉴、继承与创新》[④]认为鲁迅小说的民族精神具体表现在其传神的写意画与独特的风俗画中，而其写景与刻画人物的传神写意又与《水浒传》《红楼梦》有异曲同工之妙。顾农的《鲁迅与古典小说四题》[⑤]对鲁迅与《鼓掌绝尘》《醒世姻缘》等小说关系的相关问题进行了论述。盛夏的《鲁迅论明末清初才子佳人小说》[⑥]指出鲁迅从史学的角度肯定了明末清初的才子佳人小说作为一个文学流派的独立存在，并把它与《玉娇梨》等淫秽小说严格区别，但对其形式和内容则基本是否定的。滕爱萍的《从〈故乡〉看〈红楼梦〉对

---

① 杨义：《鲁迅小说的现实主义的本质特征》，《中国社会科学》1982年第4期。

② 中国社会科学院文学研究所鲁迅研究室编：《1913—1983鲁迅研究学术论著资料汇编》第四卷，中国文联出版公司1985年版，第184—186页。

③ 王敬文：《鲁迅的小说与我国古典小说》，《湖北大学学报》（哲学社会科学版）1985年第1期。

④ 刘正强：《博采众长自成一家——论鲁迅小说的借鉴、继承与创新》，《云南社会科学》1985年第4期。

⑤ 顾农：《鲁迅与古典小说四题》，《贵州文史丛刊》1986年第2期。

⑥ 盛夏：《鲁迅论明末清初才子佳人小说》，《丽水师专学报》1987年第1期。

鲁迅小说创作的影响》[①] 指出《故乡》中闰土、杨二嫂与《红楼梦》中贾宝玉、王熙凤的出场有异曲同工之妙。

值得一提的是王吉鹏教授与他的青年学生对于鲁迅与明清小说关系研究的关注，有诸多成果呈现。如在论著《鲁迅民族性的定位——鲁迅与中国文化比较研究史》[②] 中，就有鲁迅与清末小说及与《儒林外史》《西游记》《水浒传》《聊斋志异》等明清小说关系的探讨。其中《鲁迅〈故事新编〉与中国古代历史小说》[③] 通过与《三国志演义》《水浒传》的比较，指出《故事新编》掀开了中国现代历史小说创作新篇章。同样在王吉鹏、申勇主编的《鲁迅与中国文学关系研究》中，对于鲁迅与明代历史小说、神魔小说、人情小说，清代人情小说、才学小说、狭邪小说、侠义公案小说、清末谴责小说、[④] 晚明白话短篇小说、清代文言短篇小说[⑤]等的关系也均有所涉及探讨。这些探讨从鲁迅小说和明清小说批判继承与发展的关系、鲁迅对明清小说研究等方面展开，运用比较研究、文化视角、社会学及心理学等方法，在对鲁迅与中国古代文学、文化与作家关系的系统探讨中，进行较为深入全面而具体的比较观照，无疑是对这一研究领域的巨大丰富与拓展。

综观这一时期的研究，虽然在鲁迅的明清小说研究以及鲁迅小说与明清小说关系研究等诸多方面有了巨大的丰富和发展，但关于鲁迅

---

① 滕爱萍：《从〈故乡〉看〈红楼梦〉对鲁迅小说创作的影响》，《中国现当代文学研究》2006 年第 7 期。

② 王吉鹏、于九涛、荆亚平编著：《鲁迅民族性的定位——鲁迅与中国文化比较研究史》，吉林人民出版社 2000 年版，第 73—82 页。

③ 王吉鹏等：《鲁迅与中国文学比较研究》，吉林人民出版社 2002 年版，第 120—130 页。

④ 王吉鹏、申勇主编：《鲁迅与中国文学关系研究》，吉林人民出版社 2006 年版，第 206—318 页。

⑤ 同上书，第 239—245、253—260 页。

杂文与明清小说关系研究还不够充分，关于二者共同体现的知识分子情怀等相关研究更是寥寥无几，而这一方面的研究却是明清小说以及鲁迅的文学创作及其思想对于当今社会的思想文化建设、极有借鉴意义的思想文化资源的一个重要方面，应予以足够关注，十分值得进一步深入探讨。同时，对于鲁迅小说和明清小说的比较与继承发展关系，也还不够细致深入，仍有很大的研究空间。

综上所述，关于鲁迅与明清小说关系的前期研究具有如下特点。

（1）关于鲁迅的明清小说研究之研究。鲁迅明清小说研究成就主要集中体现在《中国小说史略》《中国小说的历史变迁》和《小说旧闻钞》中。论者分别从鲁迅中国小说史学研究的内容、体例，研究方法，所取成就及特色等诸方面，指出其在小说研究史上的意义及贡献，但也指出其不足：一是探讨多集中于《中国小说史略》，对其体例、方法、特色及其在中国小说研究史上的意义及价值和贡献多有论及，但对鲁迅对于明清小说研究的系统专门探讨较少；二是多关注鲁迅对明清小说中经典之作的探讨，不够系统；三是研究内容多为对鲁迅的研究方法、体例等方面观照，而对于鲁迅对明清小说思想意蕴的把握及评述的深层探讨则相对较少。

（2）关于鲁迅小说与明清小说关系的研究。此类研究由20世纪20年代关于二者直接观感只言片语的发微之声至今成果众多。大致特点如下：一是多就鲁迅某篇小说与明清《儒林外史》《红楼梦》等少数经典加以比较，对于《呐喊》《彷徨》《故事新编》与明清小说比较虽有涉及但不够深入系统；二是关注视角多从艺术的批判继承入手，且多从讽刺艺术及现实主义手法等角度切入，对于艺术整体风格及语言、叙事结构、题材选择、形象塑造和作品民族及时代风格等共性与特性的探讨不够系统深入，鲁迅小说的创新性、多样性、独特性等未能透彻论述；三是关于二者思想意蕴的比较探讨不够充分，鲁迅小说对于时代社会的深刻全面展现描摹，对于国民劣根性及人性富于理性的透彻审视与深入发掘，以及二者共同展现的知识分子的批判社会现实、反思人类个体生存状态的社会关切与人文情怀等共性与个性等探讨仍有较大空白。

（3）关于鲁迅杂文与明清小说关系的研究。作为知识分子的鲁迅，其杂文批评中对于明清小说的借鉴，以及其中体现出的浓厚的批判意识与对于理想国家与社会和国民的构想，较之于明清小说的作者的批判与重建策略，有诸多突破。鲁迅社会与文明批评中对于明清小说资源的运用，其批判与重建旨归趋向的突破与承传等，具有丰富的社会内涵及文化意义，而此方面观照甚少，因此本书欲对此加以探讨梳理，以期更大程度地发掘鲁迅创作及明清小说的社会学、人类学及文学、文化价值和意义。

综上，二者关系研究仍有一定空白，而以文化学、社会学、人类学等视角，以比较研究、影响研究、实证方法、文本细读等综合方法，对于思想内蕴丰富的鲁迅小说批评、鲁迅创作与明清小说加以观照和发掘，是一个值得尝试的研究思路与新趋势。从不同角度深入发掘二者的思想内蕴，进一步探求富有良知的知识分子的社会关切与人文情怀，探求文学的社会、文化及人文意义，期冀此一探讨对于当下的文学批评、创作及社会进步与发展，人类个体生存的改善与提高，思想文化的提升与进步等都具有一定借鉴意义。

三　本书的主要思路、内容及价值

（一）思路和方法

本书对于鲁迅与明清小说关系进行比较全面的分析观照，分别从鲁迅对明清小说的研究，鲁迅小说、杂文与明清小说的关系几方面加以探讨，梳理鲁迅小说与明清小说之间的批判、承继与发展关系，探讨明清小说对于鲁迅杂文批评的资源价值和借鉴意义，进而对于以明清小说作家与鲁迅为代表的古代和现代知识分子自觉地担当意识、批判意识和使命关怀作一个考察，希望对于当下知识分子的文学创作与思考有所启发与助益。

本书跨越现代文学与古代文学专业，在文学发生学，文学文本批评，文学与社会关系及文学与文化思想，文学与人性的展示及探讨等诸方面进行研讨。通过社会学、文艺学、文化学、人类学、心理学等视角，采用实证方法、比较文学研究以及文本细读等文学研究方法对相关问题加以考察。

（二）研究内容

本书是对鲁迅与明清小说关系的综合性研究，在分析 1913 年至今相关探讨的基础上，探寻鲁迅的明清小说研究，探求鲁迅小说对明清小说的继承、批判与超越，梳理鲁迅杂文思想与明清小说的关系，以期深层解读鲁迅文学研究与文学创作和明清小说的人文内涵，探求其社会、思想和现实意义；也更为深入了解明清与现代社会的思想状态及时代知识分子对此富有良知的描摹与思考，期待可对当下文学及社会发展略有助益。

（1）发掘鲁迅的明清小说研究的思想方法、学理等成就及意义。鲁迅作为中国古代小说研究的开拓者，成就斐然。如其《中国小说史略》中与明清小说相关的章节占到 28 章的 15 章之多，可见对其用心之重，明清小说的成就及价值和意义也可见一斑。在其明清小说研究中，鲁迅以一种社会学意识，在考察分析联系社会时代背景的对照中，从明清小说的分类、内容研究及发生学等诸方面进行观照，还以一种现实主义精神视角对明清小说进行探讨，鲁迅的明清小说研究运用诸如分类法、实证法、比较法等丰富多样和科学严谨的方法，审慎的态度将其分门别类，并探源溯流，建立起科学的框架体系。其论述取材审慎，断制谨严，以翔实的资料，系统缜密的探讨，对其内容意蕴及艺术成就把握深刻透彻，考证辨析严谨不苟，见解多有新颖独到之处，公允而不囿成见。本书注重其研究中思想内涵的社会学、人类学、文化学的开掘与探索，注重对于鲁迅明清小说研究中的综合方法、独特体例、科学理念的探讨与梳理，及文学对社会的反映和文学发生学、社会学、文化学、人类学的观照，期冀对小说史学研究有所助益。

（2）鲁迅小说与明清小说的关系研究。本书将明清小说的探讨对象限定在进入鲁迅研究视野的明清小说。明清时代，社会转型、心学兴起与经济活动的发展，对人欲的肯定与个性张扬出现高潮，反映在小说上便是对个体生命和欲望的更多关注与描摹，对生命主体意识的展示与对现实生活的多角度描摹为明清小说注入了新的时代因子，使其风貌焕然一新。而对个性与主体意识的过于张扬，社会某种程度上展现出物欲横流、道德缺失的失范状态，使得在向来以批判社会现实为己任的知识分子看来，指摘时弊与匡正世风也应成为明清小说的主题内涵之一。对社会的描摹与批判，对人类个体生命和欲望的关注与抒写，使其题材内容空前丰富，对世俗生活展现全面，并蕴含着对社会政治、爱情婚姻、人伦关系及人生理想的全新探索与关注的人文内蕴特点。而现代中国社会中新文化运动风起云涌，作为时代思想与文学中坚的鲁迅，以痛切的悲悯与愤怒，抒写时代知识分子的呐喊与彷徨，描摹苦难农民的恣睢与麻木，以看似轻松的游戏笔墨将英雄的神话消解在意味深长的戏谑之中，在对古衣冠的“现代化”“戏说”中，在深沉而悲凉的情感抒写中，寄寓着对民族、国民的深深的爱与关切、同情与无奈的悲悯情怀。在对未来社会、民族、人生出路的探索中，显得迷茫却又执着，深感绝望，却依然在反抗。这既是鲁迅与明清小说作家同作为时代有良知的知识分子的会心之处，也是鲁迅小说较之明清小说的深刻丰厚之处。对二者思想内蕴的细读与研讨，可以更好地了解其社会时代状况，文化思潮传承流变，人类个体思想与普遍生存状态的变迁等。在艺术上，作为叙事文学典范，明清小说鸿篇巨制迭出，结构各异，并将曲折的情节发展与人物性格密切相连，尺幅之间，追寻历史，饱览英雄，描摹现实，刻画人物；艺术手法渐趋多样，从叙事转向以描写、描摹渐趋细腻逼真，在叙事、语言和表现手法等艺术上成为中国古代小说的典范与高峰。而鲁迅小说作为中国现代小说开端与成熟的标志，艺术上以“看/被看”和“离去—归来—再离去”两大独特的情节结构模式广为认知，其小说强烈的主观抒情性，主体渗入小说的强烈诗性，形式的多重创新与实践等都独具开拓意义；而其小说强烈的讽刺意味，真实的情态描摹，细腻的刻画描写，也多与明清小说艺术相通，却又不乏超越之处。从明清小说到鲁迅小说，完成了古典小说到现代小说的转换。对二者思想内容及艺术进行探讨，梳理流变，深化认识，期待可以对当下文学创作有所借鉴，也对当下文化、社会及人类的发展有所助益。

（3）鲁迅杂文批评的明清小说资源及与之想通的知识分子担当意识与人文情怀。鲁迅杂文批评中不乏明清小说思想及艺术等资源的借鉴，体现出明清小说丰富思想内容和艺术成就及鲁迅对社会时代现状和人的思想精神的深深关切。鲁迅与明清小说作者作为社会知识分子，对明清小说等中国传统文化的熟稔与透彻理解，一定程度上展现了以鲁迅与明清小说作家为代表的古代及现代知识分子同以批判社会弊端，重建社会秩序的社会担当发见与提升个体人性的自觉生命存在意识的人文关切，其做出的自觉或不自觉的思考探索，是时代知识分子共同对社会、文化、人生人性的思考与关切，值得当下知识分子深入阅读、学习、思考与借鉴。

综上所述，鲁迅对明清小说的研究成就卓绝，方法体例丰富典范。鲁迅小说对明清小说既有批判，更有超越前人的时代特征，其共同对于现实社会的展示与批判，对社会、对人性的描摹与关切在文学意义之外，具有深广的社会人文思想内涵，其社会批评与文明批评中对于明清小说资源的诸多运用，展现了时代知识分子共同对社会、对文化、对人生人性的思考与关切，值得阅读与思考借鉴。

（三）理论和应用价值

本书所关注内容为小说史学探求、文学文本的文化观照及作家的社会关切三个方面，意欲以鲁迅与明清小说关系研究为切入点，探讨以鲁迅的史学探求，鲁迅及明清小说作者为代表的知识分子对中国传统文化的承传、扬弃及其作为“构成人类的良心”（班达语）的社会关切与人文关怀，期待具有文学的文体研究、文化阐释、文学与社会的关系探讨等方面的理论和实际应用价值。在探讨学者鲁迅、小说家鲁迅与知识分子鲁迅诸方面的过程中，探讨鲁迅小说史学研究的特点方法及成就，其小说创作对明清小说的承继与发展，以及鲁迅杂文与明清小说体现的知识分子的关切与担当，发掘其变迁发展中体现出来的人文思想内涵及时代社会意义。其预期价值具体如下。

（1）尝试较为全面地探求鲁迅与明清小说的关系。以鲁迅的明清小说研究、鲁迅小说与明清小说关系及鲁迅杂文与明清小说中的知识分子关切为切入点，全面审视鲁迅小说史学研究的思想、方法、学理、成就等，开掘其深层学术思想及理念方法，进而对当下的文学批评与研究有所助益；探讨从古代到现代小说创作的文化思想及艺术的传承流变与批判继承，对当下小说创作及发展有所助益；发掘鲁迅杂文及明清小说的社会关切，对为当下的国家、社会的发展及国民素质的提高有所借鉴。

（2）以综合的视角与方法切入研究。本书拟采用跨专业与领域的综合研究方法，以社会学、文化学、人类学等视角，以影响研究、比较研究、实证研究及文本细读等方法审视鲁迅与明清小说的诸多联系，期待能够充分发掘研究对象对于文学批评与发展、文化传承与批判、社会提升与进步，人类生存与价值等方面的诸多价值，为以上研究提供多视角、多种类的研究方法的综合实践与参考。

（3）为当下提供文学与社会、文化及人类生存关系思考有益参照。探究文学文本与研究者、作家与作品、文学与社会及人生的诸多关系，探讨以学术研究反观文学与社会、人生，以作品解读反映社会历史与文化，体察知识分子的人文关怀与社会关切，其以文学批评及创作促进社会文化发展，思考人类生存的意义和价值，从而为文学的发展提高，为认识和发现当代社会问题及提出解决方案提供借鉴；为人类生存境遇及价值提供反思参照；对当前文化建设发展进步有所助益。

第一章　鲁迅的明清小说史学研究

作为学者，鲁迅与明清小说最为直接的关系体现在其《中国小说史略》与《中国小说的历史变迁》（以下简称《史略》和《变迁》）等论著对明清小说所做的史学梳理中。具有开拓之功的鲁迅小说史学研究，充分表现出鲁迅作为学者与小说史家，甚至文学史家的“史才，史学，史识”，并充分体现在其对明清小说史学流变的逻辑线索梳理中，在对明清社会及文学的充分而熟稔与清晰的把握中，在对明清小说文本的深刻理解、透彻分析与深入阐释中。在其明清小说史学研究中，鲁迅以社会学的视角，对明清小说进行了科学的分类与考证，并将对明清小说思想内容的解读阐释与发生学的探讨研究，均与作品时代的社会人文思潮和社会特点紧密联系，这种探本溯源的研究，具有独特的方法论意义与明确的问题意识。同时，鲁迅还敏锐地注意到明清小说中展示出的现实主义精神，注重探讨明清小说对时代精神与现实社会的反映，以及其对历史人物事件与生活的精心演绎与细致描摹，鲁迅还对明清小说注重细节与人物形象塑造，及其所展示的纷繁复杂的社会历史现状等加以特别关注与论述，这种对明清小说中现实主义的精神的关注，同时也是鲁迅小说创作中的现实主义精神在文学批评中的反映。鲁迅在其明清小说史学研究梳理中，恰当运用诸如分类法、实证法、比较法等多学科综合观照的方法，对明清小说做出恰当的分类命名，并在翔实求证中对明清小说的思想内容、版本情况及著者考证等进行梳理，解决了明清小说研究的诸多难题，鲁迅还在对明清小说的影响比较与平行比较的研究中，凸显其发展演变的轨迹，使得其发展流变能够在比较中相得益彰，脉络更加清晰可见。鲁迅以其富含社会学与现实性的研究意识、探求精神，以其科学的文本分析方法，对明清小说的思想内容、著者与艺术特色等做出多方观照与全面审视。在此基础上，为明清小说史学建立起了清晰的框架体系，梳理出清晰的发展线索并进行了点面兼顾的论述，在综合科学的研究方法体系建构中，以翔实丰厚的文献集校与辑录梳理等贡献，精当严谨的论断观点，展示出较强的学理性，成就了其明清小说研究乃至小说史学研究前无古人的开拓之功与巨大的成就及价值。鲁迅明清小说研究的这一宝藏至今仍有继续探讨之必要和借鉴之价值。

而在对代表中国古代小说创作成熟与高峰的明清小说研究与梳理中，在对外国先进文学的吸纳与借鉴中，鲁迅的小说创作实现了从中国古代小说向中国现代小说的变迁，在继承中进行批判，在开拓中实现创新，使得中国现代小说从鲁迅的手中开始，也从鲁迅的手中走向成熟与形成典范，这是鲁迅作为学者对中国文学史研究的卓越贡献，也是鲁迅作为文学家对于中国文学发展的卓越贡献。

第一节　鲁迅明清小说史学研究的社会学意识

鲁迅的中国小说史学研究成就斐然，对于其探讨论述从20世纪20年代开始，及至近期颇具代表性的青年学者鲍国华的论著《鲁迅中国小说史学研究》，专家学者的持续关注依然。鲁迅小说史学研究视野开阔，方法科学，思维缜密，并具有明显的社会学意识，这一特点可从其以社会学标准对明清小说做出分类和考证，其对明清小说思想内容的社会时代关注，以及明清小说发生中的社会背景考量几方面窥豹一斑。

一　社会学视角下的明清小说分类与考证

鲁迅小说史学的社会学视角首先表现在其对明清小说分类及考证过程中，对于小说中的社会描写内容的关注，展示出其在小说研究过程中密切联系社会的思想意识。如在对明之人情小说的分类命名中，认为其记人事，摹世态，并见其炎凉，即是以社会学视角来阐释明代人情小说记人叙事展示的世态人情：

> 当神魔小说盛行时，记人事者亦突起，其取材犹宋市人小说之“银字儿”，大率为离合悲欢及发迹变态之事，间杂因果报应，而不甚言灵怪，又缘描摹世态，见其炎凉，故或亦谓之“世情书”也。①

① 《鲁迅全集》第九卷，人民文学出版社2005年版，第186页。

对于从宋代“银字儿”到明代“世情书”的演变发展轨迹做出社会学的探讨。明之人情小说描摹世态，见其炎凉，所以称为“世情书”。而对于清末谴责小说，则论述道：

> 光绪庚子（一九〇〇）后，谴责小说之出特盛。盖嘉庆以来，虽屡平内乱（白莲教，太平天国，捻，回），亦屡挫于外敌（英，法，日本），细民暗昧，尚啜茗听平逆武功，有识者则已幡然思改革，凭敌忾之心，呼维新与爱国，而于“富强”尤致意焉。戊戌变政既不成，越二年即庚子岁而有义和团之变，群乃知政府不足与图治，顿有掊击之意矣。其在小说，则揭发伏藏，显其弊恶，而于时政，严加纠弹，或更扩充，并及风俗。虽命意在于匡世，似与讽刺小说同伦，而辞气浮露，笔无藏锋，甚且过甚其辞，以合时人嗜好，则其度量技术之相去亦远矣，故别谓之谴责小说。①

对于其出现的社会背景、内容和艺术特点等同样予以联系社会的关注探讨。认为在庚子以来的内乱、外敌、戊戌变法、义和团起义等社会背景中，小说虽然抨击时政并及风俗的匡世命意类似于讽刺小说，但艺术则相差很远，因而另命名为谴责小说。指出两类小说基于社会学的联系与不同之处。可见鲁迅在明清小说命名及分类方面也充分考虑其与社会的密切关系。

另外，鲁迅在对明清小说的思想内容与作者等问题进行探讨考证时，也充分注意到了其社会学方面因素，使得探讨显得更加论证有力，实事求是。如在探讨清之人情小说《红楼梦》主旨时，指出其因为写

① 《鲁迅全集》第九卷，人民文学出版社 2005 年版，第 291 页。

实性较强而具有较高的艺术欣赏性，“盖叙述皆存本真，闻见悉所亲历，正因写实，转成新鲜。而世人忽略此言，每欲别求深义”①，并列出影响较大的“纳兰成德家事说”“清世祖与董鄂妃故事说”及“康熙朝政治状态说”等几种说法，之后在对从袁枚到王国维的记述探讨梳理基础上，并以胡适对曹雪芹家事考证为依据，追溯曹雪芹的生平遭际，最终认可其为自叙传小说：

> 然谓《红楼梦》乃作者自叙，与本书开篇契合者，其说之出实最先，而确定反最后。嘉庆初，袁枚（《随园诗话》二）已云，“康熙中，曹练亭为江宁织造……其子雪芹撰《红楼梦》一书，备记风月繁华之盛。中有所谓大观园者，即余之随园也”。末二语盖夸，余亦有小误（如以楝为练，以孙为子），但已明言雪芹之书，所记者其闻见矣。而世间信者特少，王国维（《静庵文集》）且诘难此类，以为“所谓‘亲见亲闻’者，亦可自旁观者之口言之，未必躬为剧中之人物”也，迨胡适作考证，乃较然彰明，知曹雪芹实生于荣华，终于苓落，半生经历，绝似“石头”，著书西郊，未就而没……然不知何因，是后曹氏似遭巨变，家顿落，雪芹至中年，乃至贫居西郊，啜饘粥，但犹傲兀，时复纵酒赋诗，而作《石头记》盖亦此际。乾隆二十七年，子殇，雪芹伤感成疾，至除夕，卒，年四十余（一七一九？—一七六三）（详见《胡适文选》）。②

---

① 《鲁迅全集》第九卷，人民文学出版社2005年版，第242页。

② 同上书，第244页。

二　社会性关注中的明清小说内容时代性发掘

在明清小说的史学梳理中，鲁迅对其所展示的时代社会描摹也关注甚多，表现出一种知识分子的社会关切意识，同时也说明鲁迅小说史学研究的开放性思维与视野。如对于元明传来之讲史的探讨，不仅从《宋史》及其稗史的相关记载中探求其故事由来与渊源的点滴痕迹，并从对于其时民间街谈巷语的相关记载中获得信息，进而表明讲史小说虽非历史事件的直接描述，但却和社会历史有着丝缕关系，而小说对社会历史事件的描述或生发在增加小说文采的同时，也增加了故事可信度，更容易引起读者阅读兴趣。而小说在描写历史事件时又加入了虚构成分，并对其虚构原因予以探讨：

> 《宋史》（二十二）载徽宗宣和三年“淮南盗宋江等犯淮阳军，遣将讨捕，又犯京东，江北，入楚海州界，命知州张叔夜招降之”。降后之事，则史无文，而稗史乃云“收方腊有功，封节度使”（见十三篇）。然擒方腊者盖韩世忠（《宋史》本传），于宋江辈无与，惟《侯蒙传》（《宋史》三百五十一）又云：“宋江寇京东，蒙上书，言宋江以三十六人横行齐魏，官军数万，无敢抗者，不若赦江，使讨方腊以自赎。”……《宋史》（三百五十三）亦云“转略十郡，官军莫敢撄其锋”。于是自有奇闻异说，生于民间，辗转繁变，以成故事，复经好事者掇拾粉饰，而文籍以出。宋遗民龚圣与作《宋江三十六人赞》，自序云“宋江事见于街谈巷语，不足采著，虽有高如李嵩辈传写，士大夫亦不见黜”（周密《癸辛杂识》续集上）。①

① 《鲁迅全集》第九卷，人民文学出版社2005年版，第145页。

对于明之神魔小说，如《三宝太监西洋记通俗演义》的探讨论述，同样论述了其由历史事件点染而成小说，从史传书籍中寻找痕迹，通过史书记载论证其由来：

> 盖郑和之在明代，名声赫然，为世人所乐道，而嘉靖以后，倭患甚殷，民间伤今之弱，又为故事所囿，遂不思将帅而思黄门，集俚俗传闻以成此作。①

讲史小说中多有对历史事件与人物的描摹刻画，虽然这些刻画有很大的文学创作成分，但历史事件和人物的影子依稀可辨。同样，对描述时代社会风情的人情小说的探讨鲁迅也予以关注。如对于以《金瓶梅》为代表的明之人情小说，其被认为“著此一家，即骂尽诸色”②是因所谓的“明小说之宣扬秽德者，人物每有所指，盖借文字以报夙仇，而其是非，则殊难揣测”③。而对于万历时的《玉娇梨》“沈德符以为其‘贵溪（夏言）分宜（严嵩）相构，亦暗寓焉。至嘉靖辛丑庶常诸公，则直书姓名，尤可骇怪’（皆见《野获编》二十五）。”④，指出其对社会时人的“暗寓”或“直书姓名”，说明其创作与时代社会中人联系非常紧密。《续金瓶梅》则“以国家大事，穿插其间……亦颇讥当时空谈三教一致及妄分三教等差者之弊”，⑤ 指出其对国家大事的描述和宗教时弊的讥讽，在小说中对于现实社会予以描述或批评展示。

对于清之讽刺小说，则以吴敬梓《儒林外史》为例，指出其“秉

---

① 《鲁迅全集》第九卷，人民文学出版社 2005 年版，第 179 页。
② 同上书，第 187 页。
③ 同上书，第 189 页。
④ 同上书，第 190 页。
⑤ 同上书，第 191—192 页。

持公心，指擿时弊，机锋所向，尤在士林”① 的特点，认为其“所传人物，大都实有其人，而以象形谐声或瘦词隐语寓其姓名”。② 并说明其中的马二先生实即著者“挚友”全椒冯粹中。认为其多有刻画伪妄及掊击习俗者，并以王玉辉之女殉夫后其表现为例，指出作者虽“束身名教之内，而能心有依违，托稗说以寄慨，殆亦深有会于此矣”③ 的公心讽世。

对于清之狭邪小说，鲁迅认为《品花宝鉴》《花月痕》《青楼梦》三书：

> 皆摹绘柔情，敷陈艳迹，精神所在，实无不同，特以谈钗黛而生厌，因改求佳人于倡优，知大观园者已多，则别辟情场于北里而已。然自《海上花列传》出，乃始实写妓家，暴其奸谲。④

对于此类小说的描写内容特点和意图加以探讨，指出其写倡优与妓家，是为了暴露与求新出奇的创作意图和思想旨趣。而清之侠义小说及公案，诸如《施公案》《彭公案》《英雄大八义》《七剑十八义》等都为描述康熙或光绪年间故事，依照一些历史事件生发演义为小说。及至清末谴责小说如《官场现形记》等，著者自称：

> “亦尝见夫官矣，送迎之外无治绩，供张之外无材能，忍饥渴，冒寒暑，行香则天明而往，禀见则日昃而归，卒不知其何所为而来，亦卒不知其何所为而去。”岁或有凶灾，行振恤，又“皆得援救助之例，邀奖励之恩，而所谓官者，乃日出而未有穷

① 《鲁迅全集》第九卷，人民文学出版社 2005 年版，第 228 页。
② 同上书，第 230 页。
③ 同上书，第 232 页。
④ 同上书，第 271 页。

> 期”。及朝廷议汰除，则“上下蒙蔽，一如故旧，尤其甚者，假手宵小，授意私人，因苞苴而通融，缘贿赂而解释：是欲除弊而转滋之弊也”。于是群官搜括，小民困穷，民不敢言，官乃愈肆，“南亭亭长有东方之诙谐，与淳于之滑稽，又熟知夫官之龌龊卑鄙之要凡，昏聩糊涂之大旨”。[①]

感慨于亲所见闻种种社会官场的丑陋滑稽、昏聩龌龊之态，付诸笔端，所以“凡所叙述，皆迎合，钻营，朦混，罗掘，倾轧等故事，兼及士人之热心于作吏，及官吏闺中之隐情”。[②] 虽臆说颇多，难称实录，但社会官场种种弊端于此略见一斑。而《孽海花》“杂叙清季三十年间……庚子之乱……书中人物，几无不有所影射”。[③]

可见，在《史略》中，鲁迅对明清小说中的时代社会描摹颇为关注。一方面注意到了在诸如讲史小说、讽刺小说及狭邪小说中对于社会历史事件与社会现状的间接展示与描摹，而小说作者在对社会的展示与描摹中，有意或无意地融入了自己对社会与历史的思考与认识，在一种放眼社会的宏观叙述观照中，直接或间接展示了文人知识分子对社会的关切。另一方面在明代人情小说与拟宋市人小说及清之人情小说中，对于世间百态，人情冷暖及个体生命意识的张扬与本能欲望的摹写，也在一定程度上展示出世人个体生命意识的觉醒与认知，摹写出了作为社会主体的人的思想意识的变化，也许可以说是在一种对人类生命个体的微观观照中，表达了知识分子作为社会中思维较为敏锐的一部分，个体生命意识的最先觉醒与发见，尽管也许某种程度上这种觉醒还是一种非自觉的状态，但毕竟他们观察到了，注意到了，

① 《鲁迅全集》第九卷，人民文学出版社2005年版，第292页。

② 同上。

③ 同上书，第300页。

且付诸笔端，描摹成文，以示世人，而这种描摹也一定进一步推动了当时人类个体对于生命价值与意义及现实欲望与存在的反省和思考，二者会相得益彰，互相促进，尽管一切都是潜移默化的，却也是互为因果，润物无声，推动着人类的个体生命意识潮流的涌动、向前。而这一切的展示、描摹、思考与变迁，都被纳入作为中国小说史研究开山之作的《史略》视野中。同样作为一个关注社会变迁与关注生命个体存在的知识分子，同样作为一个具有社会良知与珍视生命存在的小说创作者，鲁迅从这些五彩斑斓的小说世界中读出了关于社会，关于生命，并对其做出了较为符合文本意图的阐释与评价，以社会学的视角关注文学及其描述对象，尤显得理解深刻与贴切。

三　社会背景考量中的明清小说发生与流变

任何一个时代的文学都会有时代社会思想与潮流的印记，而社会的发展演变及社会制度的实行也会对作家思想及创作产生影响，进而影响文学创作发生的诸多方面。如文学创作题材的选择，文学创作思想旨趣等。而鲁迅在中国小说史学的梳理过程中，在对于作为中国小说代表的明清小说探讨中，对此也有较多关注，同样展示出其探究小说过程中对于小说发生的较为自觉的社会学意识。如对于明神魔小说的产生，认为：

> 奉道流羽客之隆重，极于宋宣和时，元虽归佛，亦甚崇道，其幻惑故遍行于人间，明初稍衰，比中叶而复极显赫，成化时有方士李孜，释继晓，正德时有色目人于永，皆以方伎杂流拜官，荣华熠耀，世所企羡，则妖妄之说自盛，而影响且及于文章。且历来三教之争，都无解决，互相容受，乃曰“同源”，所谓义利邪正善恶是非真妄诸端，皆混而又析之，统于二元，虽无专名，

> 谓之神魔，盖可赅括矣。其在小说，则明初之《平妖传》已开其先，而继起之作尤夥。凡所敷叙，又非宋以来道士造作之谈，但为人民闾巷间意，芜杂浅陋，率无可观。然其力之及于人心者甚大，又或有文人起而结集润色之，则亦为鸿篇巨制之胚胎也。①

对于奉道流羽客之隆重，从宋起，至元代的佛道并行，再至明中叶的“极显赫”，“以方伎杂流拜官，荣华熠耀，”所以为世人艳羡，因此效仿者群起，其影响也“及于文章”。在小说方面，从明初的《平妖传》开风气之先，到继起者众多。但因其所敷叙的，只是“人民闾巷间意”，因此内容“芜杂浅陋，率无可观”。然而对于世人的影响极大，因此“文人起而结集润色之”，从而形成鸿篇巨制的胚胎。社会风尚流俗对于文学尤其是小说与文人的影响及其导向作用由此可见一斑。

而对于明之人情小说的观照，鲁迅则以《金瓶梅》为例，指出其如下特点：

> 故就文辞与意象以观《金瓶梅》，则不外描写世情，尽其情伪，又缘衰世，万事不纲，爰发苦言，每极峻急，然亦时涉隐曲，猥黩者多。后或略其他文，专注此点，因予恶谥，谓之“淫书”；而在当时，实亦时尚。成化时，方士李孜、僧继晓已以献房中术骤贵，至嘉靖间而陶仲文以进红铅得幸于世宗，官至特进光禄大夫柱国少师少傅少保礼部尚书恭诚伯。于是颓风渐及士流，都御史盛端明布政使参议顾可学皆以进士起家，而俱借“秋石方”致大位。瞬息显荣，世俗所企羡，侥幸者多竭智力以求奇方，世间

① 《鲁迅全集》第九卷，人民文学出版社2005年版，第160页。

乃渐不以纵谈闺帏方药之事为耻。风气既变，并及文林，故自方士进用以来，方药盛，妖心兴，而小说亦多神魔之谈，且每叙床笫之事也。①

这样一部“黩者多”的所谓“淫书”，在当时却是“时尚”。并举例成化时及嘉靖间，方士李孜、僧继晓已与陶仲文等以献房中术、进红铅等或骤贵，或官至特进光禄大夫柱国少师少傅少保礼部尚书恭诚伯等。时人趋利而“颓风渐及士流”，即使以进士起家的士子，亦俱借“秋石方”而“致大位”。这种“瞬息显荣”的侥幸骤贵，成为“世俗所企羡”的对象，为此人人皆殚心竭虑而“求奇方”，使得“世间乃渐不以纵谈闺帏方药之事为耻”，而“风气既变，并及文林”，所以自此方士进用以来，“方药盛，妖心兴，而小说亦多神魔之谈，且每叙床笫之事也”。由此可见，明之神魔与人情小说的产生和风行皆与时代社会思潮和风尚有着极为密切关系，如所论述，“方药盛”的后果一方面世人崇仙尚道，侈谈神魔，神魔小说应运而生，另一方面房中术盛行，物欲横流，世人不以纵谈闺帏方药为耻，因此人情小说中对于床笫之事的叙述比比皆是，不为所避讳。社会思潮与风习对于小说创作影响的深广与普遍，可见一斑。

与社会思想潮流对小说创作的影响普遍深广同样不可忽略的是社会制度与政策对文学的影响。如鲁迅在探讨中指出清之以小说见才学者与清之狭邪小说的出现即是社会不同时代制度政策实施变迁的产物。鲁迅指出才学小说的盛行是因为：

雍乾以来，江南人士惕于文字之祸，因避史事不道，折而考

① 《鲁迅全集》第九卷，人民文学出版社2005年版，第189—190页。

证经子以至小学，若艺术之微，亦所不废；惟语必征实，忌为空谈，博识之风，于是亦盛。逮风气既成，则学者之面目亦自具，小说乃“道听途说者之所造”，史以为“无可观”，故亦不屑道也；然尚有一李汝珍之作《镜花缘》。①

清代“文字狱”盛行，使当时士人因为免于灾难而避谈时事以及与当时社会或当权者关系较为密切的历史，因此讲史小说的光芒显得不再那样耀眼夺目而渐趋黯淡，考证之风博识之风则盛行，于是以才学识见展现为题材的小说随之出现并风行一时。《镜花缘》即是其中的代表作。与此相类，清之狭邪小说的产生也与社会制度有着密切关系：

明代虽有教坊，而禁士大夫涉足，亦不得狎妓，然独未云禁招优。达官名士以规避禁令，每呼伶人侑酒，使歌舞谈笑；有文名者又揄扬赞叹，往往如狂酲，其流行于是日盛。清初，伶人之焰始稍衰，后复炽，渐乃愈益猥劣，称为“像姑”，流品比于娼女矣。《品花宝鉴》者，刻于咸丰二年（一八五二），即以叙乾隆以来北京优伶为专职，而记载之内，时杂猥辞，自谓伶人有邪正，狎客亦有雅俗，并陈妍媸，固犹劝惩之意，其说与明人之凡为“世情书”者略同。②

指出明代禁止士大夫涉足教坊和不得狎妓却未禁其招优，而达官名士为了规避禁令，“每呼伶人侑酒，使歌舞谈笑”，同时“有文名者又揄扬赞叹，往往如狂酲，其流行于是日盛”。虽然清初伶人之焰一度

① 《鲁迅全集》第九卷，人民文学出版社2005年版，第257页。
② 同上书，第264页。

稍衰，但复炽之后却是“渐乃愈益猥劣，称为‘像姑’”。而刻于咸丰二年（1852）的《品花宝鉴》，便是专以叙乾隆以来北京优伶为专职的小说。如此社会制度对于文学创作趋向的作用可见一斑。

在社会风尚习俗与时政制度影响之外，读者的审美习惯也影响了小说创作，如在“盖传奇风韵，明末实弥漫天下，至易代不改也”[①]影响下产生的清之拟晋唐小说及其支流，因“士流盖尚有明季遗风，制艺而外，百不经意，但为矫饰，云希圣贤”[②]而产生的清之讽刺小说及清之侠义小说等。时代变迁，读者审美变化而产生不同于《红楼梦》《水浒传》的清之侠义小说及公案等，使得小说创作也随之发生变化。

> 比清乾隆中，《红楼梦》盛行，遂夺《三国》之席，而尤见称于文人。惟细民所嗜，则仍在《三国》《水浒》。时势屡更，人情日异于昔，久亦稍厌，渐生别流，虽故发源于前数书，而精神或至正反，大旨在揄扬勇侠，赞美粗豪，然又必不背于忠义。其所以然者，即一缘文人或有憾于《红楼》，其代表为《儿女英雄传》；一缘民心已不通于《水浒》，其代表为《三侠五义》。[③]

以上论述从社会风尚、社会制度以及社会读者的阅读审美习惯等方面，探讨了鲁迅在对明清小说发展流变过程中社会环境对于文学创作的题材选择与思想内容等方面的影响，而鲁迅在其探讨中所运用的社会学视角方法挖掘小说潜藏的深刻内涵，也使得其对于小说的论述与社会时代紧密相连，因此其把握也更加深刻。

---

① 《鲁迅全集》第九卷，人民文学出版社2005年版，第215页。
② 同上书，第229页。
③ 同上书，第278页。

第二节　鲁迅明清小说史学研究的现实主义视角

鲁迅小说史学研究中，现实主义①视角也有着广泛体现。如在探讨明清小说史学时，对于明清小说反映时代社会现实方面的关注，对于小说人物形象塑造的真实性的探讨，以及对明清小说的细节描写是否细致逼真的注意等，都体现出其对明清小说探讨时的现实主义要求，展示了一种严谨的治学态度和科学治学方法。

一　关注明清小说的社会现实与时代精神反映

在对明清小说的研究中，鲁迅能够从小说对时代现实社会进行反映的角度来审视小说内容，包括小说对于社会历史人物与事件的反映演绎，以及对于社会实际生活的叙述描摹，体现出鲁迅对于明清小说反映社会现实的关注。

（一）对社会历史人物事件的精心演绎

明清小说探讨中，鲁迅注重对小说反映展示社会历史的观照。如

---

① 恩格斯在《致玛·哈克奈斯》信中写道："据我看来，现实主义的意思是，除细节的真实外，还要真实地再现典型环境中的典型人物。"。(《马克思恩格斯选集》第四卷，人民出版社 1995 年版，第 682 页）一般认为现实主义文学的基本特征为：一、细节的真实性。用历史的、具体的人生图画来反映社会生活。以形象的现实性和具体性感染人。二、形象的典型性。从丰富的现实生活中选取有意义人物与事件，经个性化和概括化艺术加工，创造出典型人物和环境。三、描写方式的客观性。通过对现实生活客观、具体描写，从作品场面和情节中自然地体现出作者的思想倾向和爱憎情感，而非作者自己或借人物之口特别说出来。

认为《隋唐演义》：

> 凡隋唐间英雄，如秦琼窦建德单雄信王伯当花木兰等事迹，皆于前七十回中穿插出之……此他事状，则多本正史纪传，且益以唐宋杂说，如隋事则《大业拾遗记》《海山记》《迷楼记》《开河记》，唐事则《隋唐嘉话》《明皇杂录》……及《梅妃传》《太真外传》等，叙述多有来历，殆不亚于《三国志演义》。①

指出其人物及故事的来源类似于《三国志演义》，多源于时代社会事件或正史纪传，是实有其人的，这也应该是鲁迅之所以将此类小说命名为讲史小说的缘由之一。但鲁迅同时也指出其事件或掺杂了唐宋杂说，并举出作品若干，体现出一种实事求是的认真态度。又如鲁迅对于《水浒传》反映的社会历史事实及人物进行了论述辨析，认为：

> 《水浒》故事亦为南宋以来流行之传说，宋江亦实有其人……然擒方腊者盖韩世忠（《宋史》本传），于宋江辈无与……然宋江等啸聚梁山泺时，其势实甚盛……自有奇闻异说，生于民间，辗转繁变，以成故事，复经好事者掇拾粉饰，而文籍以出……然《宣和遗事》所谓“三路之寇”者，实指攻夺淮阳京西河北三路强人，皆宋江属，不知何人误读，遂以王庆田虎辈当之。然破辽故事虑亦非始作于明，宋代外敌凭陵，国政弛废，转思草泽，盖亦人情，故或造野语以自慰，复多异说，不能合符，于是后之小说，既以取舍不同而纷歧，所取者又以话本非一而违异，田虎王庆在百回本与百十七回本名同而文迥别，殆亦由此而已。②

① 《鲁迅全集》第四卷，人民文学出版社 2005 年版，第 139 页。

② 同上书，第 145—150 页。

既指出《水浒传》描述的宋江实有其人，很多故事也属实，也指出其中某些故事的不合史实之处，并指出出现这种现象的社会历史时代原因，体现出严谨的治学态度与现实主义精神的标准与视角。而对于讲史小说代表作《三国志演义》，认为其书缺点之一是："容易招人误会。因为中间所叙的事情，有七分是实的，三分是虚的；惟其实多虚少，所以人们或不免并信虚者为真。"[①] 虽然说的是《三国志演义》的缺点，却也从另一角度指出其七实三虚的特点，而正因其七实三虚，使其即使虚的也不免被认为是实的。这同样体现了鲁迅对小说表现现实社会特点的关注。鲁迅对于中国古代小说评价最高的《红楼梦》，认为"全书所写，虽不外悲喜之情，聚散之迹，而人物事故，则摆脱旧套，与在先之人情小说甚不同……盖叙述皆存本真，闻见悉所亲历，正因写实，转成新鲜"[②]。其"正因写实，转成新鲜"的褒扬，标准也正是现实主义的。

（二）对社会时代生活内容的细致描绘

明清小说反映描摹的生活内容也涉及了时代的诸多方面，如《海上花列传》：

> 乃始实写妓家，暴其奸谲，谓"以过来人现身说法"，欲使阅者"按迹寻踪，心通其意，见当前之媚于西子，即可知背后之泼于夜叉，见今日之密于糟糠，即可卜他年之毒于蛇蝎"（第一回）……作者虽目光始终不离于赵，顾事迹则仅此，惟因赵又牵连租界商人及浪游子弟，杂述其沉湎征逐之状，并及烟花，自

---

① 《鲁迅全集》第四卷，人民文学出版社 2005 年版，第 333 页。
② 同上书，第 241—242 页。

“长三”至“花烟间”具有……而记载如实，绝少夸张……后半于所谓海上名流之雅集，记叙特详，但稍失实。①

指出其对于当时的妓家、浪游子弟、海上名流等进行集中描述，优点是特详，不足是稍微有失真实，同样秉持一种现实主义的标准。对于清末之谴责小说，鲁迅认为：

揭发伏藏，显其弊恶，而于时政，严加纠弹，或更扩充，并及风俗……《官场现形记》……“凡神禹所不能铸之于鼎，温峤所不能烛之以犀者，无不毕备也”。故凡所叙述，皆迎合，钻营，朦混，罗掘，倾轧等故事，兼及士人之热心于作吏，及官吏闺中之隐情……然臆说颇多，难云实录……况所搜罗，又仅“话柄”，联缀此等，以成类书；官场伎俩，本小异大同，汇为长编，即千篇一律。②

对于官场丑恶世态的各种描述，兼及士人与官吏闺中，虽说全面，但鲁迅认为其臆说很多，难称实录，且仅是“话柄”，便是以现实主义视角进行评鉴。对于《儒林外史》：

凡所有叙述，皆能在纸上见其声态；而写儒者之奇形怪状，为独多而独详。当时距明亡没有百年，明季底遗风，尚留存于士流中，八股而外，一无所知，也一无所事……其暴露丑态，就能格外详细。③

对于小说应该细致真实的表现社会特点的关注与认可，其标准同样是现实主义的。

① 《鲁迅全集》第四卷，人民文学出版社 2005 年版，第 271—274 页。
② 同上书，第 291—293 页。
③ 同上书，第 344—345 页。

二 评判褒扬明清小说的人物塑造与细节描写

对于明清小说人物塑造的成功形象，鲁迅多有褒扬，而对于塑造得比较片面、单一的人物形象，鲁迅也多有批评。对于其细致生动的细节描写更是多有赞赏。

（一）对塑造成功人物形象的肯定赞赏

对于明清小说中人物形象塑造成功的，鲁迅赞扬有加，如《三国志演义》的关羽：

> 义勇之概，时时如见矣。如叙羽之出身丰采及勇力云：“见其人身长九尺五寸，髯长一尺八寸，丹凤眼，卧蚕眉，面如重枣，声似巨钟，立于帐前……关某曰，‘如不胜，请斩我头’。操教酾热酒一杯，与关某饮了上马。关某曰，‘酒且斟下，某去便来’。出帐提刀，飞身上马。众诸侯听得寨外鼓声大震，喊声大举，如天摧地塌，岳撼山崩。众皆失惊，却欲探听。鸾铃响处，马到中军，云长提华雄之头，掷于地上；其酒尚温。”①

小说对于关羽的音容笑貌，举止神态，及其温酒斩华雄的勇力描写简练却栩栩如生，绘声绘色，深为鲁迅称赞。而对于《聊斋志异》中形象的塑造，鲁迅认为其：

> 独于详尽之外，示以平常，使花妖狐魅，多具人情，和易可亲，忘为异类，而又偶见鹘突，知复非人。②

① 《鲁迅全集》第九卷，人民文学出版社 2005 年版，第 136 页。
② 同上书，第 216—218 页。

并分别举例其对于狐女、花精和杨氏悍妇形象的描写，指出其详尽之处，以及使花妖狐魅忘为异类的特点。又如对于《儒林外史》人物，一方面指出其描述人物大都实有其人特点，另又举出马二先生游西湖、王玉辉对于女儿殉节种种表现的情节，论述其塑造人物形象的迂儒本色和刻画伪妄又极深刻的特点，其标准同样为现实主义。

此马二先生字纯上，处州人，实即全椒冯粹中，为著者挚友，其言真率，又尚上知春秋汉唐，在“时文士”中实犹属诚笃博通之士，但其议论，则不特尽揭当时对于学问之见解，且洞见所谓儒者之心肝者也。至于性行，乃亦君子，例如西湖之游，虽全无会心，颇杀风景，而茫茫然大嚼而归，迂儒之本色固在……此外刻画伪妄之处尚多，掊击习俗者亦屡见。其述王玉辉之女既殉夫，玉辉大喜，而当入祠建坊之际，“转觉心伤，辞了不肯来”，后又自言“在家日日看见老妻悲恸，心中不忍”（第四十八回），则描写良心与礼教之冲突，殊极刻深。①

（二）对塑造缺陷人物形象的分析评判

对于《三国志演义》不同人物鲁迅分别予以相应评价，既有对于塑造成功的如关羽的褒扬，也有比较概念化人物的批评。认真探讨并指出其在人物塑造上不足之处：

（二）描写过实。写好的人，简直一点坏处都没有；而写不好的人，又是一点好处都没有。其实这在事实上是不对的，因为一个人不能事事全好，也不能事事全坏。譬如曹操他在政治上也

① 《鲁迅全集》第九卷，人民文学出版社 2005 年版，第 230—232 页。

有他的好处；而刘备，关羽等，也不能说毫无可议，但是作者并不管它，只是任主观方面写去，往往成为出乎情理之外的人。（三）文章和主意不能符合——这就是说作者所表现的和作者所想像的，不能一致。如他要写曹操的奸，而结果倒好像是豪爽多智；要写孔明之智，而结果倒像狡猾。——然而究竟它有很好的地方，像写关云长斩华雄一节，真是有声有色；写华容道上放曹操一节，则义勇之气可掬，如见其人。①

认为其写人过于绝对主观因而显得不合情理和事实，另外则是叙述与意图表达的不符合。同样在《儿女英雄传》中，认为对于十三妹的描写：

当纯出作者意造，缘欲使英雄儿女之概，备于一身，遂致性格失常，言动绝异，矫揉之态，触目皆是矣。如叙安骥初遇何于旅舍，虑其入室，呼人抬石杜门，众不能动，而何反为之运以入。②

鲁迅对其根据自己目的臆造形象“致性格失常”的不真实性加以批评。而这些不足之处的批评标准，同样是现实主义的，体现出鲁迅小说史学的现实主义精神。

（三）对细致化与典型化情节的褒扬

鲁迅不但注重明清小说内容对社会现实的反映展示，小说人物形象塑造的符合社会现实和具有典型意义，对于小说情节叙述的详尽细

① 《鲁迅全集》第九卷，人民文学出版社2005年版，第333—334页。

② 同上书，第279页。

致也十分注意。如认为《金瓶梅》：

> 作者之于世情，盖诚极洞达，凡所形容，或条畅，或曲折，或刻露而尽相，或幽伏而含讥，或一时并写两面，使之相形，变幻之情，随在显见，同时说部无以上之……故就文辞与意象以观《金瓶梅》，则不外描写世情，尽其情伪。①

指出其尽相、一时并写两面、描写世情，尽其情伪等特点，在细节描写上对其评价极高，足可见鲁迅对于小说细节描写的重视。鲁迅又高度评价《聊斋志异》道：

> 描写委曲，叙次井然，用传奇法，而以志怪，变幻之状，如在目前；又或易调改弦，别叙畸人异行，出于幻域，顿入人间；偶述琐闻，亦多简洁。②

其"描写委曲"的细致叙述，"变幻之状，如在目前"的惟妙惟肖，"出于幻域，顿入人间"的故事效果，无不使人耳目一新。对于《儒林外史》，鲁迅更是多所赞誉：

> 多据自所闻见，而笔又足以达之，故能烛幽索隐，物无遁形，凡官师，儒者，名士，山人，间亦有市井细民，皆现身纸上，声态并作，使彼世相，如在目前。③

指出其能够"物无遁形"的详尽细致事物描写，"现身纸上，声态并作，使彼世相，如在目前"，人物形象栩栩如生，其"事与其来

---

① 《鲁迅全集》第九卷，人民文学出版社 2005 年版，第 187—189 页。
② 同上书，第 216 页。
③ 同上书，第 229 页。

俱起，亦与其去俱讫”的故事叙述自然流畅。对于最具创新价值和意义的《红楼梦》，鲁迅认为：

> 其要点在敢于如实描写，并无讳饰，和从前的小说叙好人完全是好，坏人完全是坏的，大不相同，所以其中所叙的人物，都是真的人物。总之自有《红楼梦》出来以后，传统的思想和写法都打破了。①

不仅是思想内容上，而且艺术手法上也是全新的，而这一全新思想和手法的原因要点就是“敢于如实描写”，这一标准同样体现出鲁迅对小说创作中现实主义精神的关注。

三　探讨明清小说中复杂社会关系丰富展现

鲁迅还十分关注明清小说历史性的对于复杂社会进行展示的特点，不但梳理出小说历史变迁轨迹，同时还对发生这种变迁的现实社会原因做出相应分析，体现了对小说展示社会现实变迁反映的关注，同时也注意到社会思想变迁影响小说创作的变化。

（一）同题材小说思想内容随社会思想变迁的关注

如对讲史小说《水浒传》的探讨中，对其招安等内容变迁进行了梳理：

> 其中招安之说，乃是宋末到元初的思想，因为当时社会扰乱，官兵压制平民，民之和平者忍受之，不和平者便分离而为盗。盗一面与官兵抗，官兵不胜，一面则掳掠人民，民间自然亦时受其

① 《鲁迅全集》第九卷，人民文学出版社 2005 年版，第 348 页。

骚扰；但一到外寇进来，官兵又不能抵抗的时候，人民因为仇视外族，便想用较胜于官兵的盗来抵抗他，所以盗又为当时所称道了。至于宋江服毒的一层，乃明初加入的，明太祖统一天下之后，疑忌功臣，横行杀戮，善终的很不多，人民为对于被害之功臣表同情起见，就加上宋江服毒成神之事去。——这也就是事实上缺陷者，小说使他团圆的老例。……至于金圣叹为什么要删“招安”以后的文章呢？这大概也就是受了当时社会环境底影响。胡适之先生说：“圣叹生于流贼遍天下的时代，眼见张献忠，李自成一般强盗流毒全国，故他觉强盗是不应该提倡的，是应该口诛笔伐的。”这话很是。就是圣叹以为用强盗来平外寇，是靠不住的，所以他不愿听宋江立功的谣言。

但到明亡之后，外族势力全盛了，几个遗民抱亡国之痛，便把流寇之痛苦忘却，又与强盗表起同情来。如明遗民陈忱，就托名雁宕山樵作了一部《后水浒传》。他说：“宋江死了以后，余下的同志，尚为宋御金，后无功，李俊率众浮海到暹罗做了国王。”——这就是因为国家为外族所据，转而与强盗又表同情的意思。可是到后来事过情迁，连种族之感都又忘掉了，于是道光年间就有俞万春作《结水浒传》，说山寇宋江等，一个个皆为官兵所杀。他的文章，是漂亮的，描写也不坏，但思想实在未免煞风景。①

鲁迅分析了从招安到宋江服毒以至金圣叹腰斩《水浒传》的内容变迁，并征引相关论述，分析其原因，认为多由于当时社会现实时代思想的变迁对小说创作产生了影响。而《后水浒传》和《结水浒传》

---

① 《鲁迅全集》第九卷，人民文学出版社 2005 年版，第 334—336 页。

的出现，及其不同思想价值取向，同样源于当时社会时代的影响。鲁迅认为《结水浒传》的思想“实在煞风景”，确实是客观的符合实际的评价。

（二）同类型小说思想变迁与社会发展的考察

鲁迅在对清代侠义公案类小说的探讨中，对于清初、康熙、乾隆、道光等朝代中侠义公案小说的变迁做出联系社会时代的梳理，认为不同社会时代环境及其影响下的社会中的人的思想心理倾向与价值取向对于小说思想内容与创作意旨均有一定影响。

> 清初，流寇悉平，遗民未忘旧君，遂渐念草泽英雄之为明宣力者，故陈忱作《后水浒传》，则使李俊去国而王于暹罗（见第十五篇）。历康熙至乾隆百三十余年，威力广被，人民慑服，即士人亦无贰心，故道光时俞万春作《结水浒传》，则使一百八人无一幸免（亦见第十五篇），然此尚为僚佐之见也。《三侠五义》为市井细民写心，乃似较有《水浒》余韵，然亦仅其外貌，而非精神。时去明亡已久远，说书之地又为北京，其先又屡平内乱，游民辄以从军得功名，归耀其乡里，亦甚动野人歆羡，故凡侠义小说中之英雄，在民间每极粗豪，大有绿林结习，而终必为一大僚隶卒，供使令奔走以为宠荣，此盖非心悦诚服，乐为臣仆之时不办也。①

对于清初《后水浒传》的念草泽英雄，经过康乾盛世之后道光年间《结水浒传》的士人亦无二心，《三侠五义》的去明亡已远，为市

① 《鲁迅全集》第九卷，人民文学出版社 2005 年版，第 287—288 页。

井细民写心等，逐一做出分析探讨。而对于清末之谴责小说的论述同样具有联系时代社会思想的特点，如其所说：

> 光绪庚子（一九〇〇）后，谴责小说之出特盛。盖嘉庆以来，虽屡平内乱（白莲教，太平天国，捻，回），亦屡挫于外敌（英，法，日本），细民暗昧，尚啜茗听平逆武功，有识者则已翻然思改革，凭敌忾之心，呼维新与爱国，而于“富强”尤致意焉。戊戌变政既不成，越二年即庚子岁而有义和团之变，群乃知政府不足与图治，顿有掊击之意矣。其在小说，则揭发伏藏，显其弊恶，而于时政，严加纠弹，或更扩充，并及风俗……时正庚子，政令倒行，海内失望，多欲索祸患之由，责其罪人以自快，宝嘉亦应商人之托，撰《官场现形记》……于是群官搜括，小民困穷，民不敢言，官乃愈肆。①

内忧外患交困的晚清社会，极不稳定。而暗昧细民依然过着喝茶听书，不问时事的生活，维新者想通过革新改变国家现状、起义者欲通过武力推翻弊恶多端的政府，而文人则欲探究政令倒行的祸患缘由，揭发恶人种种罪状，描述小民生活越来越窘迫贫困，官府气焰却越来越肆意的社会状况，其揭露和批判社会的目的性很强，饱含强烈谴责之情，因而将其命名为“谴责小说”。其对明清小说观照的现实主义视角显而易见。

① 《鲁迅全集》第九卷，人民文学出版社 2005 年版，第 291—292 页。

第三节　鲁迅明清小说史学研究方法略论

在鲁迅小说史学研究中，其以科学、综合的方法来研究探讨中国古代小说的流变，同样值得后辈学人认真学习借鉴。以其明清小说研究为例，如在《史略》与《变迁》中，鲁迅运用目录学原则来结构框架，并在恰当分类的基础上给予各类小说合适的类型命名，建立起框架清晰条理分明的流变发展脉络；鲁迅还大量使用考证、校勘、辑佚等实证方法，得出论述翔实且有理有据的结论；同时，鲁迅以影响研究和平行研究两种模式为基础的比较研究方法的运用，凸显了明清小说历时性及共时性的不同特点，其个性的差异与共性相通之处，更准确地定位出每部具体的小说在明清小说史甚至是中国小说史上的地位与意义。这些方法无不显示出鲁迅严谨的学者风范，也使得其小说研究的源流梳理、史料辨析、发展规律探寻及作品评论等诸多结论成为经典。

一　分类法：分类命名，辨析源流

在其小说史学研究中，鲁迅首先把明清小说以思想内容为基础进行分类，并在此分类基础上为其命名，且梳理其源流，为明清小说建立了条理清晰的框架结构体系。

（一）细致分类

在《史略》中，鲁迅把明清小说按照思想内容进行了分类，明代小说分为：元明传来之讲史、明之神魔小说、明之人情小说与明之拟宋市人小说及后来选本四类；清代小说分为清之拟晋唐小说及其支流、清之讽刺小说、清之人情小说、清之以小说见才学者、清之狭邪小说、清之侠义小说及公案、清末之谴责小说七类。对于明代小说，鲁迅分为八编进行论述，讲史小说分为上、下两编，神魔小说则分为上、中、下三编，人情小说分为上、下两编。清代小说分类较多，共分出如上七类。在此分类基础上，鲁迅对于每类小说做出了恰当命名，且对于每类小说，鲁迅分别列出一部或数部具有代表性的小说，对其思想内容与艺术成就等进行论述，分别进行了源流梳理，依此建立起明清小说清晰的发展脉络框架。在《变迁》中，鲁迅对于明清小说的分类与《史略》略有不同，其中，宋人之“说话”及其影响中，着重论述了讲史小说，然后将明代小说分为两大主潮：讲神魔之争的、讲世情的；清代小说分作四派：拟古派、讽刺派、人情派、侠义派，同样每一类列出一部或数部代表著作，分别进行源流梳理，分析论述。具体分类、命名及代表性小说如图 1－1 所示。

- 明代小说
  - 元明传来之讲史
    - （上）《三国志演义》《隋唐演义》《平妖传》等
    - （下）《水浒传》《二十四史通俗演义》《宋武穆王演义》等
  - 明之神魔小说
    - （上）《平妖传》《西游记》等
    - （中）《西游记》《后西游记》《续西游记》等
    - （下）《封神传》《三宝太监西洋记通俗演义》《西游补》等
  - 明之人情小说
    - （上）《金瓶梅》《玉娇梨》《续金瓶梅》《隔帘花影》等
    - （下）《玉娇梨》《平山冷燕》《好逑传》《铁花仙史》等
  - 明之拟宋市人小说及后来选本：“三言”“二拍”、《西湖二集》《醉醒石》等
- 清代小说
  - 清之拟晋唐小说及其支流：《剪灯新话》《聊斋志异》《阅微草堂笔记》等
  - 清之讽刺小说：《儒林外史》等
  - 清之人情小说：《红楼梦》及其续书等
  - 清之以小说见才学者：《野叟曝言》《蟫史》《燕山外史》《镜花缘》等
  - 清之狭邪小说：《品花宝鉴》《花月痕》《青楼梦》《海上花列传》等
  - 清之侠义小说及公案：《儿女英雄传》《忠烈侠义传》《施公案》《七侠五义》等
  - 清末之谴责小说：《官场现形记》《二十年目睹之怪现状》《老残游记》《孽海花》

图 1－1

以上为《史略》所分类别及命名与代表作，《变迁》所作分类及命名与代表作如图 1－2 所示。

- 宋人之“说话”及其影响：（讲史小说为主的）《三国志演义》《水浒传》等
- 明小说之两大主潮
  - 讲神魔之争的：《西游记》《封神传》《三宝太监西洋记通俗演义》等
  - 讲世情的：《金瓶梅》《玉娇梨》《平山冷燕》《好逑传》等
- 清小说之四派及其末流
  - 拟古派：《剪灯新话》《聊斋志异》《阅微草堂笔记》等
  - 讽刺派：《儒林外史》《官场现形记》《二十年目睹之怪现状》等
  - 人情派：《红楼梦》及其续书、《品花宝鉴》《青楼梦》等
  - 侠义派：《三侠五义》《彭公案》《施公案》等

图 1－2

（二）准确命名

对于明清小说，鲁迅多从其思想内容出发做出恰当命名，如其对于神魔小说命名：

> 奉道流羽客之隆重，极于宋宣和时，元虽归佛，亦甚崇道，其幻惑故遍行于人间，明初稍衰，比中叶而复极显赫，成化时有方士李孜，释继晓，正德时有色目人于永，皆以方伎杂流拜官，荣华熠耀，世所企羡，则妖妄之说自盛，而影响且及于文章。且历来三教之争，都无解决，互相容受，乃曰“同源”，所谓义利邪正善恶是非真妄诸端，皆混而又析之，统于二元，虽无专名，谓之神魔，盖可赅括矣。①

在从宋至元、明的此类小说梳理中，认为三教同源而统于二元而没有专有的名字，因此鲁迅便称之为神魔小说。在《变迁》中，也做出同样论述，“在小说中所写的邪正，并非儒和佛，或道和佛，或儒道

---

① 《鲁迅全集》第九卷，人民文学出版社 2005 年版，第 160 页。

释和白莲教，单不过是含胡的彼此之争，我就总括起来给他们一个名目，叫作神魔小说。”① 又如对于世情小说的命名：

> 当神魔小说盛行时，记人事者亦突起，其取材犹宋市人小说之“银字儿”，大率为离合悲欢及发迹变态之事，间杂因果报应，而不甚言灵怪，又缘描摹世态，见其炎凉，故或亦谓之“世情书”也。②

由其题材，故事梗概，创作旨趣等方面指出其表现世情的特点，因而命名为“世情书”。鲁迅深为赞赏讽刺小说代表作《儒林外史》，在源流梳理中与其前的类似小说加以比较，从思想内容，文章风格等方面指出其足称讽刺之书的种种独特之处：

> 寓讥弹于稗史者，晋唐已有，而明为盛，尤在人情小说中。然此类小说，大抵设一庸人，极形其陋劣之态，借以衬托俊士，显其才华，故往往大不近情，其用才比于“打诨”。若较胜之作，描写时亦刻深，讥刺之切，或逾锋刃，而《西游补》之外，每似集中于一人或一家，则又疑私怀怨毒，乃逞恶言，非于世事有不平，因抽毫而抨击矣。其近于呵斥全群者，则有《钟馗捉鬼传》十回，疑尚是明人作，取诸色人，比之群鬼，一一抉剔，发其隐情，然词意浅露，已同嫚骂，所谓“婉曲”，实非所知。迨吴敬梓《儒林外史》出，乃秉持公心，指擿时弊，机锋所向，尤在士林；其文又戚而能谐，婉而多讽：于是说部中乃始有足称讽刺之书。③

---

① 《鲁迅全集》第九卷，人民文学出版社 2005 年版，第 337 页。
② 同上书，第 186 页。
③ 同上书，第 228 页。

认为从大不尽情的打诨到乃逞恶言的抽毫抨击，及至词意浅露的谩骂，都难称讽刺之书，只有《儒林外史》秉持公心的坦荡无私，指摘时弊的凌然正气，机锋所向尤在士林的自觉自省；戚而能谐的文章意趣，婉而多讽的讽刺十足，才可以称为讽刺小说。

（三）源流梳理

鲁迅对明清小说分类命名的同时，对于相联系的作品还进行了源流梳理，使得明清小说的发展流变在纲举目张中清晰可见。如对于世情小说至才子佳人小说的探讨中：

当神魔小说盛行的时候，讲世情的小说，也就起来了，其原因，当然也离不开那时的社会状态，而且有一类，还与神魔小说一样，和方士是有很大的关系的。这种小说，大概都叙述些风流放纵的事情，间于悲欢离合之中，写炎凉的世态。其最著名的，是《金瓶梅》……世情小说在一方面既有这样的大讲因果的变迁，在他方面也起了别一种反动。那是讲所谓“温柔敦厚”的，可以用《平山冷燕》，《好逑传》，《玉娇梨》来做代表。不过这类的书名字，仍多袭用《金瓶梅》式，往往摘取书中人物的姓名来做书名；但内容却不是淫夫荡妇，而变了才子佳人了。所谓才子者，大抵能作些诗，才子和佳人之遇合，就每每以题诗为媒介。这似乎是很有悖于“父母之命，媒妁之言”的婚姻，对于旧习惯是有些反对的意思的，但到团圆的时节，又常是奉旨成婚，我们就知道作者是寻到了更大的帽子了。①

① 《鲁迅全集》第九卷，人民文学出版社2005年版，第340—341页。

从世情小说而至才子佳人小说的流脉缘由及其内容、手法与思想旨趣的异同，一一予以梳理。而对于从谴责小说至黑幕小说的流变，鲁迅同样做出了言简意赅的论述：

> 光绪庚子（一九〇〇）后，谴责小说之出特盛……其在小说，则揭发伏藏，显其弊恶，而于时政，严加纠弹，或更扩充，并及风俗。虽命意在于匡世，似与讽刺小说同伦，而辞气浮露，笔无藏锋，甚且过甚其辞，以合时人嗜好，则其度量技术之相去亦远矣，故别谓之谴责小说……《官场现形记》……《二十年目睹之怪现状》……此外以抉摘社会弊恶自命，撰作此类小说者尚多，顾什九学步前数书，而甚不逮，徒作谯呵之文，转无感人之力，旋生旋灭，亦多不完。其下者乃至丑诋私敌，等于谤书；又或有嫚骂之志而无抒写之才，则遂堕落而为“黑幕小说”。①

综合《官场现形记》到《二十年目睹之怪现状》的特点，鲁迅首先指出谴责小说的思想及艺术特点，并认为其与讽刺小说立意文辞已经相去甚远，因而从谴责小说，发展到其下者，或为谤书，或为谩骂，毫无艺术性可言，终于堕落为黑幕小说。

二 实证法：实证为本，辨析谨严

实证方法同样是鲁迅小说史学研究中的常用方法。鲁迅对于明清小说的素材来源、思想内容、版本及著者等进行了依据史料或其他学者考证的辨析梳理，展示出鲁迅审慎而严谨的学者特点，而其结论也因此显得翔实可信。

---

① 《鲁迅全集》第九卷，人民文学出版社 2005 年版，第 291—301 页。

（一）内容考证

对于明清小说的素材来源及思想意旨，鲁迅十分重视，如其对于《水浒传》《西游记》的素材来源与故事流变细加考定，而最为典型的是对于《红楼梦》思想意旨的辨析，认为："而世人忽略此言，每欲别求深义，揣测之说，久而遂多。"并列出最具代表性的几种说法，一一进行分析，去伪存真，得出符合事实情理的结论：

> 一，纳兰成德家事说……胡适作《红楼梦考证》（《文存》三），已历正其失。
>
> 二，清世祖与董鄂妃故事说　王梦阮沈瓶庵合著之《红楼梦索隐》为此说……孟森作《董小宛考》（《心史丛刊》三集），则历摘此说之谬……
>
> 三，康熙朝政治状态说　此说即发端于徐时栋，而大备于蔡元培之《石头记索隐》……胡适既考得作者生平，而此说遂不立，最有力者即曹雪芹为汉军，而《石头记》实其自叙也。
>
> ……迨胡适作考证，乃较然彰明，知曹雪芹实生于荣华，终于苓落，半生经历，绝似"石头"。①

对于几种代表性说法，旁征博引，论证考辨，最后确定《红楼梦》乃作者自叙的说法。

（二）版本考证

鲁迅关于明清小说版本考证典型的要数关于《水浒传》版本的考

① 《鲁迅全集》第九卷，人民文学出版社 2005 年版，第 242—244 页。

证。在所知者现存有六本中，对于最要者四进行了探讨：

一曰一百十五回本《忠义水浒传》。前署“东原罗贯中编辑”，明崇祯末与《三国演义》合刻为《英雄谱》，单行本未见……又有一百十回之《忠义水浒传》，亦《英雄谱》本，“内容与百十五回本略同”（《胡适文存》三）。别有一百二十四回之《水浒传》，文词脱略，往往难读，亦此类。

二曰一百回本《忠义水浒传》。前署“钱塘施耐庵的本，罗贯中编次”（《百川书志》六）。即明嘉靖时武定侯郭勋家所传之本，“前有汗太函序，托名天都外臣者”（《野获编》五）。今未见。别有本亦一百回，有李贽序及批点，殆即出郭氏本，而改题为“施耐庵集撰，罗贯中纂修”。然今亦难得，惟日本尚有亨保戊申（一七二八）翻刻之前十回及宝历九年（一七五九）续翻之十一至二十回，亦始于误走妖魔而继以鲁达林冲事迹，与百十五回本同……惟于文辞，乃大有增删，几乎改观，除去恶诗，增益骈语；描写亦愈入细微，如述林冲雪中行沽一节，即多于百十五回本者至一倍余。

三曰一百二十回本《忠义水浒全书》。亦题“施耐庵集撰，罗贯中纂修”，与李贽序百回本同。首有楚人杨定见序，自云事李卓吾，因袁无涯之请而刻此传；次发凡十条，次为《宣和遗事》中之梁山泺本末及百八人籍贯出身。全书自首至受招安，事略全同百十五回本，破辽小异，且少诗词，平田虎王庆则并事略亦异，而收方腊又悉同。文词与百回本几无别，特于字句稍有更定……亦有李贽评，与百回本不同，而两皆弇陋，盖即叶昼辈所伪托（详见《书影》一）……是知《水浒》有古本百回，当时“既不可复见”；又有旧本，似百二十回，中有“四大寇”，盖谓王田方及宋江，即柴进见于白屏风上御书者（见百十五回本之六十七回及《水浒全书》七十二回)。郭氏本始破其拘，削王田而加辽国，成百回……因疑在郭本所据旧本之前，当又有别本……然而证信尚缺，未能定也。

总上五本观之，知现存之《水浒传》实有两种，其一简略，其一繁缛……

四曰七十回本《水浒传》。正传七十回楔子一回，实七十一回，有原序一篇，题“东都施耐庵撰”，为金人瑞字圣叹所传，自云得古本，止七十回，于宋江受天书之后，即以卢俊义梦全伙被缚于张叔夜终，而指招安以下为罗贯中续成，斥曰“恶札”。其书与百二十回本之前七十回无甚异，惟刊去骈语特多，百廿回本发凡有“旧本去诗词之繁累”语，颇似圣叹真得古本，然文中有因删去诗词，而语气遂稍参差者，则所据殆仍是百回本耳。周亮工（《书影》一）记《水浒传》云，“近金圣叹自七十回之后，断为罗所续，因极口诋罗，复伪为施序于前，此书遂为施有矣”。二人生同时，其说当可信。①

如上所述，对《水浒传》四种版本进行了详尽细致的比较分析，对其版本演变予以辨析，厘清了《水浒传》版本间的复杂关系，为后来研究者提供了可靠的学术研究依据。

（三）著者考证

不惟内容与版本，对于明清小说的著者，鲁迅也每每予以考证辨析，同样为后世学者提供了切实可靠的结论，如对于《西游记》著者的确定：

① 《鲁迅全集》第九卷，人民文学出版社 2005 年版，第 147—152 页。

一百回本《西游记》，盖出于四十一回本《西游记传》之后，而今特盛行，且以为元初道士邱处机作。处机固尝西行，李志常记其事为《长春真人西游记》，凡二卷，今尚存《道藏》中，惟因同名，世遂以为一书；清初刻《西游记》小说者，又取虞集撰《长春真人西游记》之序文冠其首，而不根之谈乃愈不可拔也。

然至清乾隆末，钱大昕跋《长春真人西游记》（《潜研堂文集》二十九）已云小说《西游演义》是明人作；纪昀（《如是我闻》三）更因“其中祭赛国之锦衣卫，朱紫国之司礼监，灭法国之东城兵马司，唐太宗之大学士翰林院中书科，皆同明制”，决为明人依托，惟尚不知作者为何人。而乡邦文献，尤为人所乐道，故是后山阳人如丁晏（《石亭记事续编》）阮葵生（《茶余客话》）等，已皆探索旧志，知《西游记》之作者为吴承恩矣。吴玉搢（《山阳志遗》）亦云然，而尚疑是演邱处机书，犹罗贯中之演陈寿《三国志》者，当由未见二卷本，故其说如此；又谓“或云有《后西游记》，为射阳先生撰”，则第志俗说而已。

吴承恩字汝忠，号射阳山人，性敏多慧，博极群书，复善谐剧，著杂记数种……杂记之一即《西游记》（见《天启淮安府志》一六及一九《光绪淮安府志》贡举表）……贫老乏嗣，遗稿多散佚，邱正纲收拾残缺为《射阳存稿》四卷《续稿》一卷，吴玉搢尽收入《山阳耆旧集》中（《山阳志遗》四）。然同治间修《山阳县志》者，于《人物志》中去其“善谐剧著杂记”语，于《艺文志》又不列《西游记》之目，于是吴氏之性行遂失真，而知《西游记》之出于吴氏者亦愈少矣。①

① 《鲁迅全集》第九卷，人民文学出版社2005年版，第167—168页。

对于《西游记》著者的种种谬误一一辨析，并依据相关资料做出判断，且在此基础上对吴承恩生平等进行探究，使《西游记》著者问题获得较为可靠的论断。其他如对于《三国志演义》《水浒传》等作者，鲁迅也多有探讨，为后世研究者提供了学理依据。

三 比较法：相较相比，相得益彰

在鲁迅小说史学研究中，比较研究方法每每可见，其中既有对于同一素材或思想内容小说前因后续的影响比较研究，又有类似题材比照的类同研究和相同题材小说因为不同时代社会思潮等原因影响产生不同的对比研究。

（一）影响比较研究

对于影响比较研究，鲁迅不但注意探讨前世故事素材与人物雏形对于后世小说形成的影响，也十分关注同一类型或内容的故事对后世创作的影响。如对于明清世代累积型小说多予以论述。其梳理《三国志演义》成书，从宋说话人新安虞氏刊本全相（犹今所谓绣像全图）平话的《三国志》，到金元杂剧亦常用三国时事，如《赤壁鏖兵》，《诸葛亮秋风五丈原》《隔江斗智》《连环计》《复夺受禅台》等，其后搬演为戏文者尤多，直到罗贯中《三国志演义》[①]，指出自宋代以来民间关于三国的故事为《三国志演义》小说形成提供故事素材和人物雏形。而在同类小说发展中，鲁迅也十分注意其流变中前人创作对后世创作的影响，如对于清代拟晋唐小说及其支流讨论：

> 唐人小说单本，至明什九散亡……明初，有钱唐瞿佑字宗吉，

① 《鲁迅全集》第九卷，人民文学出版社 2005 年版，第 133—135 页。

有诗名，又作小说曰《剪灯新话》，文题意境，并抚唐人，而文笔殊冗弱不相副，然以粉饰闺情，拈掇艳语，故特为时流所喜，仿效者纷起，至于禁止，其风始衰。迨嘉靖间，唐人小说乃复出，书估往往刺取《太平广记》中文，杂以他书，刻为丛集，真伪错杂，而颇盛行。文人虽素与小说无缘者，亦每为异人侠客童奴以至虎狗虫蚁作传，置之集中。盖传奇风韵，明末实弥漫天下，至易代不改也。而专集之最有名者为蒲松龄之《聊斋志异》……虽亦如当时同类之书，不外记神仙狐鬼精魅故事，然描写委曲，叙次井然，用传奇法，而以志怪，变幻之状，如在目前；又或易调改弦，别叙畸人异行，出于幻域，顿入人间；偶述琐闻，亦多简洁，故读者耳目，为之一新……明末志怪群书，大抵简略，又多荒怪，诞而不情，《聊斋志异》独于详尽之外，示以平常，使花妖狐魅，多具人情，和易可亲，忘为异类，而又偶见鹘突，知复非人。其影响所及，则使文人拟作，虽尚有《聊斋》遗风，而摹绘之笔顿减，终乃类于宋明人谈异之书……其笔致又纯为《聊斋》者流，一时传布颇广远，然所记载，则已狐鬼渐稀，而烟花粉黛之事盛矣……光绪中，德清俞樾作《右台仙馆笔记》……颇似以《新齐谐》为法，而记叙简雅，乃类《阅微》，但内容殊异，鬼事不过什一而已。①

虽探讨的是清代的拟晋唐小说，但在梳理中注重自晋唐以来类似创作的源流探索，从明代瞿佑《剪灯新话》的文题意境并抚唐人，至嘉靖间的真伪错杂，以至到明末的传奇风韵弥漫天下，才指出《聊斋志异》为专集最有名者。对于《聊斋志异》的传奇法而以志怪，使人

① 《鲁迅全集》第九卷，人民文学出版社 2005 年版，第 215—224 页。

耳目一新。并指出其影响下的文人拟作，虽有其遗风，却是“摹绘之笔顿减”，终于类似于宋明人谈异一类的书。

《变迁》中，同样有影响研究方法的运用，如对于宋人“说话”对后世小说创作影响的论述，“总之，宋人之‘说话’的影响是非常之大，后来的小说，十分之九是本于话本的。如一，后之小说如《今古奇观》等片段的叙述，即仿宋之‘小说’。二，后之章回小说如《三国志演义》等长篇的叙述，皆本于‘讲史’”。[①] 寥寥数语，言简意赅地指出宋人“说话”中的“小说”和“讲史”对于明代拟话本和讲史小说的影响。

（二）平行比较研究

《史略》与《变迁》中，鲁迅在运用平行比较研究方法时，既有类同比较，又有对比比较，在类比与对比中深入探讨相关小说的联系和区别、个性与共性，使得不同小说在中国小说史上的定位更加准确，如在讨论侠义小说公案的流变时，指出：

> 一缘文人或有憾于《红楼》，其代表为《儿女英雄传》；一缘民心已不通于《水浒》，其代表为《三侠五义》。《儿女英雄传评话》……命笔留辞，其情况盖与曹雪芹颇类。惟彼为写实，为自叙，此为理想，为叙他，加以经历复殊，而成就遂迥异矣。书首有雍正甲寅观鉴我斋序，谓为“格致之书”，反《西游》等之“怪力乱神”而正之……多立异名，摇曳见态，亦仍为《红楼梦》家数也……凡此流（《三侠五义》）著作，虽意在叙勇侠之士，游行村市，安良除暴，为国立功，而必以一名臣大吏为中枢，以总

① 《鲁迅全集》第九卷，人民文学出版社2005年版，第332页。

领一切豪俊……至于构设事端，颇伤稚弱，而独于写草野豪杰，辄奕奕有神，间或衬以世态，杂以诙谐，亦每令莽夫分外生色。值世间方饱于妖异之说，脂粉之谈，而此遂以粗豪脱略见长……行文叙事，亦虽简明有加，而原有之游词余韵，刊落甚多，故神采则转逊矣……（《施公案》）文意俱拙，略如明人之《包公案》，而稍加曲折……（《彭公案》）亦不外贤臣微行，豪杰盗宝之类，而字句拙劣，几不成文。其他类似《三侠五义》之书尚甚夥……《三侠五义》及其续书，绘声状物，甚有平话习气，《儿女英雄传》亦然……是侠义小说之在清，正接宋人话本正脉，固平民文学之历七百余年而再兴者也。惟后来仅有拟作及续书，且多滥恶，而此道又衰落……《三侠五义》为市井细民写心，乃似较有《水浒》余韵，然亦仅其外貌，而非精神。①

在探讨中，以《三侠五义》等为代表，指出侠义小说及公案在清朝的发展流变，并做出客观公正的品评。指出《儿女英雄传》与《红楼梦》相对照，二者的相似与不同之处，并探究其题材相似而成就迥异的原因，但即使如此，《儿女英雄传》仍不脱《红楼梦》的痕迹。对于《三侠五义》及其类书，鲁迅通过类比与对比，指出其虽类于《水浒传》的为市井细民写心，但也仅是外貌而非精神的特点。又如对于人情派小说的探讨：

《红楼梦》的价值，可是在中国底小说中实在是不可多得的。其要点在敢于如实描写，并无讳饰，和从前的小说叙好人完全是好，坏人完全是坏的，大不相同，所以其中所叙的人物，都是真

① 《鲁迅全集》第九卷，人民文学出版社 2005 年版，第 278—287 页。

> 的人物。总之自有《红楼梦》出来以后，传统的思想和写法都打破了……《红楼梦》而后，续作极多……大概是补其缺陷，结以团圆……要叙常人之家，则佳人又少，事故不多，于是便用了《红楼梦》的笔调，去写优伶和妓女之事情，场面又为之一变。这有《品花宝鉴》，《青楼梦》可作代表。《品花宝鉴》是专叙乾隆以来北京底优伶的……其中人物虽与《红楼梦》不同，而仍以缠绵为主；所描写的伶人与狎客，也和佳人与才子差不多。《青楼梦》全书都讲妓女，但情形并非写实的，而是作者的理想。……到光绪中年，又有《海上花列传》出现……以为妓女有好，有坏，较近于写实了。一到光绪末年，《九尾龟》之类出，则所写的妓女都是坏人，狎客也像了无赖，与《海上花列传》又不同。这样，作者对于妓家的写法凡三变，先是溢美，中是近真，临末又溢恶，并且故意夸张，谩骂起来；有几种还是诬蔑，讹诈的器具。①

鲁迅首先指出《红楼梦》因为其敢于如实描写，因而传统的思想和手法都被打破了的特点及成就，而其续作大多是以团圆结尾的模式，称为俗套。另外，也正因为《红楼梦》续书的故事俗套与陈旧内容为人谈厌，随之有了以写优伶和妓女为题材的小说，以《品花宝鉴》和《青楼梦》为代表，对二者的思想内容旨趣进行比较，直至清末出现《九尾龟》之类小说，指出了如此妓家三变的特点，探源溯流，并时时做出言简意赅且客观公允的评价，同样论述着力，条理清晰。

---

① 《鲁迅全集》第九卷，人民文学出版社2005年版，第348—349页。

第四节　鲁迅明清小说史学研究的成就

关于鲁迅小说史学研究成就，前人已论述很多。较有代表性的如郭豫适认为《史略》的成就和贡献主要有以下三个方面：一、建立了中国小说史的体系；二、体现了唯物精神和进步思想；三、包含有许多精当卓越、言简意赅的评论。可以说概括了其主要成就与贡献，但也正如郭豫适所言：这些只是举要略述个人的几点体会。[①] 鲁迅对于明清小说的文本研究识见，其小说研究史学意识，其研究成就对后世影响等，巨大而深远。

一　明清小说文本研究的全面性

鲁迅对明清小说的探讨，其中既有对其思想内容的社会性视角观照，也有对其艺术特色的文学性视角的审视，同时还对一些作者进行关注，显得详尽而全面。

（一）思想内容的社会性综合观照

鲁迅对明清小说思想内容的观照，其中既有对其社会批判与描述的关注，也有对小说著者所塑造人物形象的思想旨趣的审视，并以此为依据，对小说思想性优劣做出论述，体现了其研究时的社会性视角。如对于《后水浒传》与《结水浒传》的论述评价：

① 郭豫适：《〈中国小说史略〉导读》，鲁迅《中国小说史略》，上海古籍出版社 1998 年版，第 11—14 页。

> 明亡之后，外族势力全盛了，几个遗民抱亡国之痛，便把流寇之痛苦忘却，又与强盗表起同情来。如明遗民陈忱，就托名雁宕山樵作了一部《后水浒传》。他说：宋江死了以后，余下的同志，尚为宋御金，后无功，李俊率众浮海到暹罗做了国王。——这就是因为国家为外族所据，转而与强盗又表同情的意思。可是到后来事过情迁，连种族之感都又忘掉了，于是道光年间就有俞万春作《结水浒传》，说山寇宋江等，一个个皆为官兵所杀。他的文章，是漂亮的，描写也不坏，但思想实在未免煞风景。①

从明末遗民因种族之感的亡国之痛转而与强盗表同情，到清代的种族也忘了而让宋江等都被官兵所杀，对作者创作意旨进行联系社会的分析评价。又如评析《三宝太监西洋记通俗演义》：

> 此书之作，则也与当时的环境有关系，因为郑和之在明代，名声赫然，为世人所乐道；而嘉靖以后，东南方面，倭寇猖獗，民间伤今之弱，于是便感昔之盛，做了这一部书。但不思将帅，而思太监，不恃兵力，而恃法术者，乃是一则为传统思想所囿；一则明朝的太监的确常做监军，权力非常之大。②

对其恃太监、法术而不思将帅和兵力的思想进行了剖析。对以小说见才学的《镜花缘》，鲁迅认为是传芳烈，并借胡适的评述，指出其标榜女性才学，讨论男女平等的小说意旨。

> 作者命笔之由，即见于《泣红亭记》，盖于诸女，悲其销沉，爰托稗官，以传芳烈。书中关于女子之论亦多，故胡适以为“是

① 《鲁迅全集》第九卷，人民文学出版社 2005 年版，第 335—336 页。
② 同上书，第 339 页。

一部讨论妇女问题的小说，他对于这个问题的答案，是男女应该受平等的待遇，平等的教育，平等的选举制度”（详见本书《引论》四）。[①]

鲁迅对明清小说中人物形象所体现的著者创作的思想旨趣也多有关注，如其注意到不同时代狭邪小说对妓女描写不同，体现出著者不同的创作旨归。

> 《品花宝鉴》是专叙乾隆以来北京底优伶的。其中人物虽与《红楼梦》不同，而仍以缠绵为主；所描写的伶人与狎客，也和佳人与才子差不多。《青楼梦》全书都讲妓女，但情形并非写实的，而是作者的理想。他以为只有妓女是才子的知己，经过若干周折，便即团圆，也仍脱不了明末的佳人才子这一派。到光绪中年，又有《海上花列传》出现，虽然也写妓女，但不像《青楼梦》那样的理想，却以为妓女有好，有坏，较近于写实了。一到光绪末年，《九尾龟》之类出，则所写的妓女都是坏人，狎客也像了无赖，与《海上花列传》又不同。这样，作者对于妓家的写法凡三变，先是溢美，中是近真，临末又溢恶，并且故意夸张，谩骂起来；有几种还是诬蔑，讹诈的器具。[②]

指出此类小说作者对于妓女的态度，从最初的等同于佳人到变为才子的知己，转而为有好有坏的较近于写实，至最终妓女都是坏人的描写，与作者及时代思潮等皆有一定关系。

---

① 《鲁迅全集》第九卷，人民文学出版社 2005 年版，第 258—259 页。

② 同上书，第 348—349 页。

（二）艺术特色的文学性全面审视

对于明清小说的艺术成就，鲁迅也进行了较为全面的观照，对其叙事结构，人物形象塑造及语言等诸方面都有涉及，体现了除以社会学的视角对明清小说进行审视之外，也以文学性视角对其进行探讨，这也使得其探讨显得更为深刻全面。

如对于明清小说结构叙事的关注，鲁迅最为赞赏的是《儒林外史》，“惟全书无主干，仅驱使各种人物，行列而来，事与其来俱起，亦与其去俱讫，虽云长篇，颇同短制；但如集诸碎锦，合为帖子”①。与《儒林外史》相比较，鲁迅又探讨了《官场现形记》与《二十年目睹之怪现状》的叙事结构，指出二者从艺术上已很难与《儒林外史》相提并论：

> （《官场现形记》）头绪既繁，角色复夥，其记事遂率与一人俱起，亦即与其人俱讫，若断若续，与《儒林外史》略同。然臆说颇多，难云实录，无自序所谓“含蓄蕴酿”之实，殊不足望文木老人后尘。况所搜罗，又仅“话柄”，联缀此等，以成类书；官场伎俩，本小异大同，汇为长编，即千篇一律……（《二十年目睹之怪现状》）全书以自号“九死一生”者为线索，历记二十年中所遇，所见，所闻天地间惊听之事，缀为一书，始自童年，末无结束，杂集“话柄”，与《官场现形记》同……惜描写失之张皇，时或伤于溢恶，言违真实，则感人之力顿微，终不过连篇“话柄”，仅足供闲散者谈笑之资而已。②

① 《鲁迅全集》第九卷，人民文学出版社2005年版，第229页。
② 同上书，第292—296页。

其结构仅为“话柄”，或臆说颇多、难云实录、千篇一律，或言违真实，仅供谈资。

对于明清小说的人物形象塑造，鲁迅同样多有关注。较为代表性的是对于《三国志演义》《聊斋志异》《儒林外史》等小说塑造人物形象的论述，如其认为《三国志演义》：

> 至于写人，亦颇有失，以致欲显刘备之长厚而似伪，状诸葛之多智而近妖；惟于关羽，特多好语，义勇之概，时时如见矣。如叙羽之出身丰采及勇力云……其人身长九尺五寸，髯长一尺八寸，丹凤眼，卧蚕眉，面如重枣，声似巨钟，立于帐前……关某曰，“如不胜，请斩我头”。操教酾热酒一杯，与关某饮了上马。关某曰，“酒且斟下，某去便来”。出帐提刀，飞身上马。众诸侯听得寨外鼓声大震，喊声大举，如天摧地塌，岳撼山崩。众皆失惊，却欲探听。鸾铃响处，马到中军，云长提华雄之头，掷于地上；其酒尚温……（第九回《曹操起兵伐董卓》）又如曹操赤壁之败，孔明知操命不当尽，乃故使羽扼华容道，俾得纵之，而又故以军法相要，使立军令状而去，此叙孔明止见狡狯，而羽之气概则凛然。①

其中通过众人眼中关羽的肖像描写及言行叙述，其风神及勇武历历如见。而孔明明知道曹操命不该绝，关羽重义，却还要为难他华容道截击曹操，并使关羽立下军令状。孔明的狡狯与关羽的凛然又相得益彰。又如对于《聊斋志异》人物形象塑造及描写的特点，鲁迅认为，“《聊斋志异》独于详尽之外，示以平常，使花妖狐魅，多具人

---

① 《鲁迅全集》第九卷，人民文学出版社2005年版，第135—136页。

情，和易可亲，忘为异类，而又偶见鹘突，知复非人”①。指出其塑造的花妖狐魅多具人情，却又能在偶然中见其原形的特点。对于《儒林外史》的人物塑造，则以马二先生游西湖茫茫然大嚼而归与范进为母亲丁忧不用银筷子却夹起大虾圆子送进嘴里的情节，借以说明马二先生的迂儒本色与范进的虚伪实质。“翼翼尽礼，则无一贬词，而情伪毕露，诚微辞之妙选，亦狙击之辣手矣”②，指出其借细节以彰显人物性格的独特艺术魅力。

对于明清小说的语言，鲁迅也加以注意，如其对照《蟫史》与《燕山外史》的语言：

> 特缘勉造硬语，力拟古书，成诘屈之文……即谓虽华艳而乏天趣，徒奇崛而无深意也。……《燕山外史》八卷……专主词华，略以寄慨。③

对比中指出《蟫史》语言刻意以生硬的词语，力图模仿古语而形成佶屈聱牙的文字，辞采华丽而又缺乏天趣，用语奇崛却没有深意的特点，而《燕山外史》则是用排偶文来写小说，更是以辞采华丽为主，略有所感慨寄托而已。

（三）作者“文心”的发掘与评述

鲁迅还注重对明清小说作者生平思想与文学创作的关注，在了解作者思想基础上，使对作品的理解更为透彻，体现出鲁迅知人论事的严谨态度。如其论述《西游记》的作者吴承恩，“性敏多慧，博极群书，复

---

① 《鲁迅全集》第九卷，人民文学出版社2005年版，第216页。
② 同上书，第231页。
③ 同上书，第255页。

善谐剧，著杂记数种，名震一时……杂记之一即《西游记》……又能诗，其‘词微而显，旨博而深’（陈文烛序语），为有明一代淮郡诗人之冠”①。通过自身的考察或他人评述，对吴承恩的文学创作及特点进行了探讨。

> 承恩本善于滑稽，他讲妖怪的喜，怒，哀，乐，都近于人情，所以人都喜欢看！这是他的本领。而且叫人看了，无所容心，不像《三国志演义》，见刘胜则喜，见曹胜则恨；因为《西游记》上所讲的都是妖怪，我们看了，但觉好玩，所谓忘怀得失，独存赏鉴了——这也是他的本领。②

吴承恩的聪敏谐谑，善讲滑稽，选材使人忘怀得失，恰是其独特之处。又如，认为纪昀：

> 本长文笔，多见秘书，又襟怀夷旷，故凡测鬼神之情状，发人间之幽微，托狐鬼以抒己见者，隽思妙语，时足解颐；间杂考辨，亦有灼见。叙述复雍容淡雅，天趣盎然，故后来无人能夺其席，固非仅借位高望重以传者……“天性孤直，不喜以心性空谈，标榜门户”（盛序语），其处事贵宽，论人欲恕，故于宋儒之苛察，特有违言，书中有触即发，与见于《四库总目提要》中者正等。且于不情之论，世间习而不察者，亦每设疑难，揭其拘迂，此先后诸作家所未有者也。③

纪昀的隽思妙语，天性孤直，宽以待人的天分与性格以及其位高

---

① 《鲁迅全集》第九卷，人民文学出版社2005年版，第167—168页。

② 同上书，第338页。

③ 同上书，第220—222页。

见多识广的坦荡襟怀，在《阅微草堂笔记》中多有展示。而关于《儒林外史》的作者吴敬梓。鲁迅则认为其：

> 多所见闻，又工于表现，故凡所有叙述，皆能在纸上见其声态；而写儒者之奇形怪状，为独多而独详。当时距明亡没有百年，明季底遗风，尚留存于士流中，八股而外，一无所知，也一无所事。敬梓身为士人，熟悉其中情形，故其暴露丑态，就能格外详细。①

以上通过对于诸多作者思想性格或者文学创作等探讨，鲁迅可谓知人论事，不但为进一步理解明清小说的内容思想提供参考依据，也为中国小说研究者提供了资料借鉴。

二 明清小说史学梳理的科学性

鲁迅的小说史学探讨，既有意识建立起明清小说史学框架体系，同时也十分注意小说史学的线索性梳理，为世人较为清晰地勾勒出了明清小说的整体及每类小说的发展流变轨迹，且在具体梳理过程中，还特别注意点与面的结合，既有经典作品或全面或独特之处的详细论述、评析、判断或考证，又有具有一定小说史学意义和价值的代表性作品简明扼要的梳理论述，显得详略有致而恰如其分，主次分明而条理清晰。

（一）意在建立整体框架

鲁迅对于明清小说的梳理，着意建构起清晰可辨的史学框架体系。而在其建立的过程中十分注意按照一定的逻辑思维方法进行梳理。因

① 《鲁迅全集》第九卷，人民文学出版社2005年版，第345页。

此，其建构的明清小说史学体系具有以历史时代为经，以不同小说类型为纬的清晰的网络体系特点。具体而言，鲁迅的明清小说梳理首先按照历史时代分为明代和清代两个时期，又根据不同的内容或体例，在《史略》中，分明代小说为元明传来之讲史、明之神魔小说、明之人情小说、明之拟宋市人小说及后来选本四类，而每一类又根据作品的数量以及其在小说史上的地位与意义，进行详略得当的论述，如分讲史小说与人情小说各为上、下两篇，神魔小说则为上、中、下三篇进行。清代小说分为清之拟晋唐小说及其支流、清之讽刺小说、清之人情小说、清之以小说见才学者、清之狭邪小说、清之侠义小说及公案与清之谴责小说七篇进行论述。在每一篇中，按照小说出现的历史顺序探讨其流变，对其思想内容或艺术特色加以梳理。在《变迁》中，则把明代小说分为两大主潮，即讲神魔之争的与讲世情的。清代小说主要分为拟古派、讽刺派、人情派与侠义派四派，并对其支流进行探讨。尽管二者分类不同，但鲁迅都是以目录学与分类学原则来结构明清小说史。前者作为小说史学论著，显得更为详尽细致，而后者作为讲稿，限于时间和篇幅，则仅列其最主要的，更侧重基本框架建构，注重对最具代表性作品的梳理。正如郭豫适在《史略》“导读”中言：

> 全书纵论中国小说的酝酿、产生、发展和变迁，评述历代小说兴衰变化的社会历史背景和思想文化的原因，介绍历代主要的有代表性的作家和作品，评析各种各类小说思想艺术的特色，成就和得失，内容非常丰富，是一部自成体系的具有历史发展的完整性的中国小说通史。①

① 郭豫适：《〈中国小说史略〉导读》，鲁迅《中国小说史略》，上海古籍出版社1998年版，第11页。

鲁迅对于明清小说的探讨亦如此，对于每一时代小说进行分类，对于每类小说梳理源流，探求思想大旨，评判艺术特色，在此基础上建立起发展框架体系，展示了其学识和魄力。

（二）注重演进线索勾勒

鲁迅在对明清小说的探讨中，十分注意小说史学的线索性梳理，对一类小说的渊源、出现、发展及繁荣、衰落等创作阶段的作品进行分析论述，较为清晰地勾勒出明清小说的发展流变轨迹，体现了强烈的小说史学意识。正如其所说：

> 但看中国进化的情形，却有两种很特别的现象：一种是新的来了好久之后而旧的又回复过来，即是反复；一种是新的来了好久之后而旧的并不废去，即是羼杂。然而就并不进化么？那也不然，只是比较的慢，使我们性急的人，有一日三秋之感罢了。文艺，文艺之一的小说，自然也如此。例如虽至今日，而许多作品里面，唐宋的，甚而至于原始人民的思想手段的糟粕都还在。今天所讲，就想不理会这些糟粕——虽然它还很受社会欢迎——而从倒行的杂乱的作品里寻出一条进行的线索来。①

鲁迅在对中国小说进行梳理时必然注意到了其发展同历史发展一样的具有反复和羼杂的特点，但鲁迅要做的是要在“倒行的杂乱的作品里寻出一条进行的线索来”，所以其以行进为主旨，建立框架，梳理流变。对于所分列的元明传来之讲史、神魔、人情以及拟宋市人小说及后来选本四类小说，以及清代的拟晋唐小说及其支流、讽刺、人情、

① 《鲁迅全集》第九卷，人民文学出版社2005年版，第311页。

以小说见才学者、狭邪、侠义小说及公案和谴责小说探讨，无不具有探源溯流的特点。如其对于人情小说的梳理，在明代和清代分别以《金瓶梅》和《红楼梦》等为代表，列出三章进行探讨：

> 文辞与意象以观《金瓶梅》，则不外描写世情，尽其情伪，又缘衰世，万事不纲，爰发苦言，每极峻急，然亦时涉隐曲，猥黩者多。后或略其他文，专注此点，因予恶谥，谓之“淫书”；而在当时，实亦时尚……风气既变，并及文林……而小说亦多神魔之谈，且每叙床笫之事也。然《金瓶梅》作者能文，故虽间杂猥词，而其他佳处自在，至于末流，则著意所写，专在性交，又越常情，如有狂疾，惟《肉蒲团》意想颇似李渔，较为出类而已。其尤下者则意欲媟语，而未能文，乃作小书，刊布于世，中经禁断，今多不传。万历时又有名《玉娇梨》者……“然笔锋恣横酣畅，似尤胜《金瓶梅》”（皆见《野获编》二十五）……《续金瓶梅》主意殊单简……余文俱述他人牵缠孽报，而以国家大事，穿插其间，又杂引佛典道经儒理，详加解释……明之“淫书”作者，本好以阐明因果自解……然所谓佛法，复甚不纯，仍混儒道，与神魔小说诸作家意想无甚异，惟似较重力行，又欲无所执著，故亦颇讥当时空谈三教一致及妄分三教等差者之弊。①

指出了明代世情小说的特点，首先论述了以《金瓶梅》为代表的明代人情小说出现的渊源、社会时代土壤，及其表达的思想观念与艺术特点，并对其中多有床笫之事描写的特点给予联系时代的解释与论述。而其“末流”则专在性交，只有其中的《肉蒲团》还较为出类一

① 《鲁迅全集》第九卷，人民文学出版社2005年版，第186—192页。

些。更有“其尤下者”内容与文采都欠佳，因此多不传。接着提到《玉娇梨》的笔锋恣横酣畅，《续金瓶梅》的主意殊单简，因果羼杂而穿插国家大事，且佛、儒、道三教混同的特点。而对于世情小说的学步者及其异流，则只是蹈袭书名，叙述多为才子佳人，“始或乖违，终多如意”的“佳话”特点，并与唐传奇的貌合神离。此类小说以《玉娇梨》《平山冷燕》为代表，其显扬女子，多所雷同，不能“冲决而高翥”。最终以《好逑传》的文辞较佳，人物稍异及其后的《铁花仙史》设事求奇，却文笔晦涩，又混入战争，“轶出于人情小说范围之外”来结束对明代人情小说的探讨。① 对于其优劣高下做出简明扼要的分析论述。对于清代人情小说的探讨，以《红楼梦》及其续书为主：

> 全书所写，虽不外悲喜之情，聚散之迹，而人物事故，则摆脱旧套，与在先之人情小说甚不同……盖叙述皆存本真，闻见悉所亲历，正因写实，转成新鲜……此他续作，纷纭尚多……大率承高鹗续书而更补其缺陷，结以“团圆”；甚或谓作者本以为书中无一好人，因而钻刺吹求，大加笔伐。但据本书自说，则仅乃如实抒写，绝无讥弹，独于自身，深所忏悔。此固常情所嘉，故《红楼梦》至今为人爱重，然亦常情所怪，故复有人不满，奋起而补订圆满之。此足见人之度量相去之远，亦曹雪芹之所以不可及也。②

指出其与先前人情小说最大的不同为“叙述皆存本真，闻见悉所亲历，正因写实，转成新鲜”的突出特点，而其续书则“大率承高鹗

---

① 《鲁迅全集》第九卷，人民文学出版社 2005 年版，第 196—202 页。

② 同上书，第 235—246 页。

续书而更补其缺陷，结以‘团圆’”，与原著者曹雪芹“如实抒写，绝无讥弹，独于自身，深所忏悔”所不同，“奋起而补订圆满之”的初衷却也正是“此足见人之度量相去之远，亦曹雪芹之所以不可及也”的差距所在。通过以上对于明清两代人情小说的梳理与品评，对其流变线索梳理清晰可辨。

（三）力求点面兼顾

在建立小说发展框架并对其源流进行梳理的同时，鲁迅还十分注意一类小说中成就最高的作品与线索流变中不同阶段代表性作品的介绍，显得要言不烦，详略得当，对经典作品的最有成就或最具特点之处进行论述，并非面面俱到。如此布局一部学术著作，别致新颖，辅之以适宜贴切的文本引用，读来觉得生动活泼，深入浅出而不呆板沉滞。如在清之讽刺小说至谴责小说的梳理中，重点探讨《儒林外史》，指出其最突出的讽刺特色及其独特的结构等，以专章的篇幅论述，而对于谴责小说，则以《官场现形记》《二十年目睹之怪现状》《老残游记》《孽海花》四部小说为例加以评述，对于“黑幕小说”则仅以一段扼要评述一笔带过，详略有致。其中对于《儒林外史》的论述评价极高：

> 迨吴敬梓《儒林外史》出……能烛幽索隐，物无遁形，凡官师，儒者，名士，山人，间亦有市井细民，皆现身纸上，声态并作，使彼世相，如在目前，惟全书无主干，仅驱使各种人物，行列而来，事与其来俱起，亦与其去俱讫，虽云长篇，颇同短制；但如集诸碎锦，合为帖子，虽非巨幅，而时见珍异，因亦娱心……马二……其言真率，又尚上知春秋汉唐，在“时文士”中实犹属诚笃博通之士，但其议论，则不特尽揭当时对于学问之见

解，且洞见所谓儒者之心肝者也。至于性行，乃亦君子……迂儒之本色固在……至叙范进……翼翼尽礼，则无一贬词，而情伪毕露，诚微辞之妙选，亦狙击之辣手矣……此外刻画伪妄之处尚多，掊击习俗者亦屡见。其述王玉辉之女既殉夫……描写良心与礼教之冲突，殊极刻深（详见本书钱玄同序）；作者生清初，又束身名教之内，而能心有依违，托稗说以寄慨，殆亦深有会于此矣。以言君子，尚亦有人……迨南京名士渐已销磨，先贤祠亦荒废；而奇人幸未绝于市井……然独不乐与士人往还，且知士人亦不屑与友：固非“儒林”中人也……是后亦鲜有以公心讽世之书如《儒林外史》者。①

对于足称讽刺之书的《儒林外史》，论述其思想旨归，文章风格，叙事结构特点，人物形象塑造及作者等，详尽全面，而对于清末谴责小说的梳理，相对而言，则简明扼要：

（《官场现形记》）凡所叙述，皆迎合，钻营，朦混，罗掘，倾轧等故事，兼及士人之热心于作吏，及官吏闺中之隐情。头绪既繁，脚色复夥，其记事遂率与一人俱起，亦即与其人俱讫，若断若续，与《儒林外史》略同。然臆说颇多，难云实录……况所搜罗，又仅“话柄”，联缀此等，以成类书；官场伎俩，本小异大同，汇为长编，即千篇一律……（《二十年目睹之怪现状》）全书以自号“九死一生”者为线索，历记二十年中所遇，所见，所闻天地间惊听之事，缀为一书，始自童年，末无结束，杂集“话柄”，与《官场现形记》同。而作者经历较多，故所叙之族类亦

① 《鲁迅全集》第九卷，人民文学出版社2005年版，第228—233页。

> 较夥，官师士商，皆著于录，搜罗当时传说而外，亦贩旧作（如《钟馗捉鬼传》之类）……相传吴沃尧性强毅，不欲下于人，遂坎坷没世，故其言殊慨然。惜描写失之张皇，时或伤于溢恶，言违真实，则感人之力顿微，终不过连篇“话柄”，仅足供闲散者谈笑之资而已……其书（《老残游记》）即借铁英号老残者之游行，而历记其言论闻见，叙景状物，时有可观，作者信仰，并见于内，而攻击官吏之处亦多……有揭清官之恶者，自《老残游记》始也……（《孽海花》）并写当时达官名士模样，亦极淋漓，而时复张大其词，如凡谴责小说通病；惟结构工巧，文采斐然，则其所长也……亲炙者久，描写当能近实，而形容时复过度，亦失自然，盖尚增饰而贱白描，当日之作风固如此矣。①

对于四部小说内容、结构或作者等进行梳理，比较中见其差异，而不同于《儒林外史》的详尽细致。可见小说成就价值不同，论者的论述详略亦有不同，体现了一种史学者善于选择取舍的学术思维特点。在卷帙浩繁的古代小说中理出清晰的框架与线索，这一选择取舍眼光是极为有益与必须的，而这也正是鲁迅小说史学研究成就斐然的原因之一。

三　明清小说史学研究的成就及意义

出色的史学家，应该具备史才、史学、史识三长，而鲁迅在中国小说史的梳理中，展示出了他作为杰出文学史家的“才、学、识”，这也正是蔡元培先生挽鲁迅时所说，“著作最谨严，岂徒中国小说史；遗言尤沉痛，莫作空头文学家”的最好明证。鲁迅的小说史学研究成

① 《鲁迅全集》第九卷，人民文学出版社2005年版，第292—300页。

就巨大，意义非凡。

（一）完备的经纬体系与综合方法

鲁迅以《史略》与《变迁》为代表的小说史学著作影响深远。体现了鲁迅的“史才”。其在小说史学框架体系梳理建构、文学文本审视与评论，以及文学研究的方式方法等诸多方面，多有独特的可资借鉴之处，为后世研究者提供了丰厚宝贵的研究经验与成果。

在小说史学框架体系的建构借鉴方面，鲁迅为明清小说确立起来的以历史时代为经，以小说类型为纬的小说史学框架体系，为后世治小说史者甚至文学史者提供了一种可资借鉴的模式，即按照一定的历史时期，并参照文学作品的相关特点，首先对需要探讨梳理的对象做出文学分期，在此基础上再将一定时期内的文学作品按照一定的标准进行分类，然后在此分类的基础上，再进行同一类型作品流变的探讨梳理，且在探讨中，注意文学作品的成就较高之处与独特之处，以做到知识性、评述性与创新性的交融。这是鲁迅为治小说史甚至文学史者提供的文学史学书写模式，也多为后世学人借鉴模仿。小说史学框架体系范式的建构之外，鲁迅还提供了可资借鉴的研究思路，即文学史学梳理的同时还要对文学文本进行社会性与文学性为主的多方面研究探讨，既要重视文学文本传达出的思想意旨，也要关注小说的文学艺术性成就，对其结构、人物形象塑造、语言等文学艺术因素进行考量，指出其独特之处及在文学发展史上的地位与意义等。

在小说史学的方法运用上，鲁迅运用了多种研究方法，值得学习借鉴，其中，实证性与阐释性两种方法，分别体现了小说史学研究者扎实的资料梳理与考证工作，以及独特的小说思想内涵见解，是不可多得的宝贵经验。鲁迅在小说研究中运用诸多文学或史学史料基础上所做的考证工作，对于诸如《西游记》的作者问题，《水浒传》的版本问题以及《红楼梦》的立意旨归等较为重要的明清小说诸多疑问，进行了建立在翔实资料基础上的较为明晰的探讨，而对于诸多明清小说的形成流变及思想等方面，鲁迅根据社会历史背景及思潮做出了合乎学理的阐释及发掘，视阈宏阔，见解也多殊极深刻。

（二）翔实丰厚的文献集校与梳理

在《史略》的撰写中，因为著述需要，鲁迅做了大量资料搜集、辑录、校勘等准备性工作，如辑校隋代以前的古小说创作为《古小说钩沉》，全书共辑录 36 种，1300 多条（篇），而搜集《唐宋传奇集》选辑唐宋小说 45 篇，《小说旧闻钞》则是鲁迅辑录的宋以后小说史料 41 种，另有《会稽故郡杂集》与校本《嵇康集》等，展示了学者鲁迅在文学史学研究之外，还包括搜集、辑录、校勘的广泛治学范围。鲁迅所做的这些工作，成就了鲁迅成为小说史家的“史学”条件。而这些工作成果同时也为后世学人提供了丰厚翔实的学术资料，功业卓绝。仅以《小说旧闻钞》为例，便可窥豹一斑。

鲁迅《小说旧闻钞》自序中说道：“取关于所谓俗文小说之旧闻，为昔之史学家所不屑道者，稍加次第，付之排印。特以见闻虽隘，究非转贩，学子得此，或足省其复重寻检之劳焉而已。”① 寥寥数语，“史学家所不屑道者”的内容，“足省其复重寻检之劳”的初衷，足可洞见鲁迅作为学术前辈的开阔胸怀与高远识见。而著有《中国俗文学史》的郑振铎曾评价其，“小说考证一类的书支离破碎的杂辑，便都

① 中国社会科学院文学研究所鲁迅研究室编：《1913—1983 鲁迅研究学术论著资料汇编》，中国文联出版公司 1986 年版，第 1255 页。

溘然无色”①。孔嘉（台静农）的《鲁迅先生整理中国古文学之成绩》文中，也对《小说旧闻钞》加以论述、梳理。

> 是书分类为：（一）以小说为纲，得四十一部；（二）源流；（三）评刻；（四）禁黜；（五）杂说。末附以引用书目。计引用书有67种……至其体例，略见于初版自序云：通卷俱论小说……凡所录载，本拟力汰复重，以便观览，然有破格，可得而言：在《水浒传》……下有重复者，著俗说流传之迹也；在《西游记》下有复重者，揭此书不著录于地志之渐也；在《源流篇》中有复重者，明札记说稗贩之多也。无稽甚者，亦在所删，而独留《消夏闲记》《扬州梦》各一则，则见悠谬之谈，故书中故常有，且复至于此耳。足见是书虽名为《小说旧闻钞》，实有总结旧闻，考证旧闻之意。使人读其书知其渊源及其流变，非寻常抄掇之书可比。②

认为其总结旧闻，考证旧闻，可以使人从中知其渊源流变，而不是一般的抄掇之书。台静农的高度评价，也可说明学者鲁迅的小说史家意识以及其严谨的治学态度。

另有学者指出，鲁迅著述《史略》，所做的小说研究资料梳理极其丰富：

> 从鲁迅所引书目来看，共参考了93种书籍，共1570卷。仅以《水浒》为例，为了考证和评价它，鲁迅检阅了《百川书志》《笔丛》《西湖游览志余》《续文献通考》《元人杂剧》《宋史》

---

① 同上。

② 中国社会科学院文学研究所鲁迅研究室编：《1913—1983鲁迅研究学术论著资料汇编》，中国文联出版公司1986年版，第1256页。

《七修类稿》《野获编》《书影》等书，同时用四种不同版本的《水浒》作比较。这样，鲁迅找书、抄录资料、校刊辨正，有人估计，仅评价《水浒》一篇即需检阅一千万字，而且所引资料，都是鲁迅亲手抄录、核对的第一手资料。①

足可见其用力、用功的深厚扎实，其谨严且求实、求真的问学态度也十分值得学习。

（三）精当严谨的科学观点与论断

鲁迅不但建立起明清小说史框架结构，对于小说史资料进行了广泛搜集整理，更在广泛借鉴前人或同时代学者研究基础上，多有自己思考的精当见解，诸多论断为治中国小说史者借鉴引用，至今无人超越。展示出一位小说史学家在睿智的“史才”、丰厚的“史学”基础上，堪称真知灼见的“史识”。如讨论《西游记》创作宗旨时对前人的借鉴：

或云劝学，或云谈禅，或云讲道，皆阐明理法，文词甚繁。然作者虽儒生，此书则实出于游戏，亦非语道，故全书仅偶见五行生克之常谈，尤未学佛，故末回至有荒唐无稽之经目，特缘混同之教，流行来久，故其著作，乃亦释迦与老君同流，真性与元神杂出，使三教之徒，皆得随宜附会而已。假欲勉求大旨，则谢肇淛（《五杂组》十五）之“《西游记》曼衍虚诞，而其纵横变化，以猿为心之神，以猪为意之驰，其始之放纵，上天下地，莫能禁制，而归于紧箍一咒，能使心猿驯伏，至死靡他，盖亦求放

① 韩文宁：《从〈中国小说史略〉看鲁迅对校勘学的贡献》，《大学图书馆学报》1999年第5期。

心之喻，非浪作也”数语，已足尽之。①

“以猿为心之神，以猪为意之驰”的叙述策略，“使心猿驯伏”的创作旨归，寥寥数语，透彻分析辅以借鉴，《西游记》大旨淋漓尽显。又如对于《聊斋志异》与同类书的比较：

虽亦如当时同类之书，不外记神仙狐鬼精魅故事，然描写委曲，叙次井然，用传奇法，而以志怪，变幻之状，如在目前；又或易调改弦，别叙畸人异行，出于幻域，顿入人间；偶述琐闻，亦多简洁，故读者耳目，为之一新……明末志怪群书，大抵简略，又多荒怪，诞而不情，《聊斋志异》独于详尽之外，示以平常，使花妖狐魅，多具人情，和易可亲，忘为异类，而又偶见鹘突，知复非人。②

对于《聊斋志异》内容、描述及记人叙事特点等论述，却深得其意。而《儒林外史》的

秉持公心，指擿时弊，机锋所向，尤在士林；其文又慼而能谐，婉而多讽：于是说部中乃始有足称讽刺之书……亦与其去俱讫，虽云长篇，颇同短制。③

等思想内容，叙述手法，人物描写，叙事结构等的论述，也均为的评，常常为后人称引。

如上所述，鲁迅在进行中国小说史学研究中，使用的研究方法丰富多样，且科学有效，一方面展示出其丰厚的学术底蕴，另一方面也

① 《鲁迅全集》第九卷，人民文学出版社2005年版，第172页。
② 同上书，第216页。
③ 同上书，第228页。

是其敏锐深刻的学术识见的明证，正因如此，鲁迅的中国小说史学研究在史料辨析、作品评论、流派分类、时代概貌及发展规律等诸方面，才获得了前所未有，甚至至今也较为全面深刻的巨大成就。也正因如此深厚的小说史学修养和研究背景，鲁迅的文学创作自是呈现出与众不同的独特风貌。鲁迅小说史学的成就及意义，难以尽数，在此仅借用孔嘉（台静农）在《鲁迅先生整理中国古文学之成绩》一文中的一段话结束对学者鲁迅小说史学成就的探讨，“近代文学史一类著作，或偏于论述，或侧重考证，皆类乎长编，先生是书独以文学史家的严谨态度出之”①。“以文学史家的严谨态度出之”，足见鲁迅有意为小说史学，突破只偏重于议论或偏重于考证，以史学家的严谨态度来梳理小说史，并以其非凡的“史才，史学，史识”，为中国小说史学贡献一部“开山的创作”（胡适语），成就卓绝，贡献卓越。

① 中国社会科学院文学研究所鲁迅研究室编：《1913—1983 鲁迅研究学术论著资料汇编》，中国文联出版公司 1986 年版，第 1242 页。

第二章　明清小说到鲁迅小说的现代性转换

从以专制和愚昧为主要特征的封建末世明、清两朝，到以提倡民主、科学走上历史舞台的现代社会，在五百多年的社会变迁中，不论是明初的理性盛行还是明末的心学汹涌，不论是清初的乾嘉实证考据，还是清末的战乱世事，及至新文化运动的风起云涌，西学东渐，社会转型与历史变革中的每一场文化思潮，无一不对作为文学最主要体裁样式之一且思想内涵丰厚的小说产生巨大影响，而小说在这五百多年的历史、社会、文化思潮变迁中，也经历了从古典小说的成熟及至巅峰走向现代小说的开端直至典范的变迁。其代表一为明清小说，另一个则是以《呐喊》《彷徨》《故事新编》等为代表，被称为现代小说在其手中开端并走向成熟标志的鲁迅小说。尽管时代不同，易感的心灵对人生与社会的关注思考却不约而同，而知识分子以批判社会弊端及重建社会秩序为己任的人文使命情怀，使其不惮于历经最深沉，最痛楚的求索与追问，试图以文学来描摹现实或展示理想的社会状态与人生追求，使鲁迅小说与明清小说有着某种相似相通。同时学者鲁迅在对明清小说的研读梳理中，会受到耳濡目染的影响，鲁迅小说创作对于明清小说会有一定的批判、借鉴与继承、创新。

明清一代，社会转型、心学兴起与经济活动的发展，肯定人欲与张扬个性的人文思潮广为流播，反映在文学上，对个体生命和欲望的关注与对现实人性的描摹成为明清小说新的文学因子，使其风貌焕然一新。而对个性与主体意识的过于张扬与人欲的过于肯定，又使社会某种程度上出现物欲横流，道德缺失的失范状态，对向来以批判社会现实为己任的知识分子，指摘时弊与匡扶世风也便成为其创作的主题内涵之一，这都使明清小说具有题材内容空前丰富，对世俗生活展现全面，并蕴含着对社会政治、爱情婚姻、人伦关系及人生理想的全新探索与关注的人文内蕴特点。时至现代，新文化运动风起云涌，作为时代文学与思想中坚的鲁迅，以痛切的悲悯与愤怒，抒写时代知识分子的呐喊与彷徨，描摹苦难农民的恣睢与麻木，以看似轻松的游戏笔墨将英雄的神话消解在意味深长的戏谑中，在对古衣冠的“现代化”述说中，在看似不经意的描摹却满含深情的悲凉中，寄寓着对民族与民众的深切关爱与同情，无奈与悲悯的情怀，在对社会、民族、人生出路的探索中，迷茫却又执着，深感绝望却依然反抗着。艺术上，明清小说结构丰富多样，叙述脉络清晰，人物形象丰满，艺术手法多样，对于心理、环境、细节等描摹细腻逼真。而鲁迅小说以启蒙为主旨，关注时代知识分子与农民，以“看/被看”和“离去—归来—再离去”两大独特情节结构模式，具有强烈的主观抒情性，主体渗入小说的强烈诗性，形式的创新性，强烈的讽刺性，叙事视角的丰富性及语言的凝练性等特点，表现出与明清小说不同的现代品格。从明清小说到鲁迅小说，从思想内容到艺术形式，呈现了中国古代小说向现代小说的转变。

本论题对于鲁迅小说与明清小说关系的梳理，拟从以下几个角度切入。

首先，在对于社会的世俗人情、世相、世风诸多方面，明清小说与鲁迅小说都有不同描摹。诸如“三言”“二拍”作为“市民社会风情画”，在浓重的商业气息中，描摹婚恋自主和女性意识得以张扬，而在抨击贪官酷吏的同时，清官又趋向了市民化，并在“情”与“理”的冲突展现中，走向了“礼”的回归。又如《金瓶梅》展示了一幅“封建末世的世俗人情画”，由一家而写及天下国家，从暴露社会矛盾走向剖析探视扭曲的人性，暴露了一个“富贵必因奸巧得，功名全仗邓通成”的政治腐败、世风污浊的社会，以对追求和崇尚恣意享受性爱的快感与不择手段的聚敛财富成为小说主人公的人生目标的描述，展示了人与人之间虚伪、自私、势利、尔虞我诈的社会世风。至鲁迅笔下，社会则是在虚伪的“仁义道德”的充斥下存在绵延，人与人之间满是“吃人”二字，不但成了彼此生命存在与行为遭际的麻木“看客”，冷漠着、愚昧着，又冷酷而津津有味地鉴赏着他人的不幸与灾难，甚至像饿狼一样，用鬼火般冰冷刺骨的眼睛噬啮着他人的灵魂。而无数的阿Q们则在虚假的精神“胜利”中，陷落在“一只黑色的染缸”里，不自知，不自拔，任其濡染、浸淫着，如闰土一样在辛苦恣睢艰难的劳作中老去，如祥林嫂一样在死后被两个男人灵魂争夺的恐怖中牺牲，如孔乙己一样在周围人的嘲弄声中孤独死去，宛若一个个失去了魂灵的僵尸，游走在“黑色的染缸”似的凄凄黑夜，不懂得孤独，不觉得快乐，不知道幸福，被摧残着肉体，更被“咀嚼”着灵魂。通过这些描摹，可清晰窥见从明清小说至鲁迅小说，对于社会世相人情、世情、世风的展示，呈现一种由描摹外在社会现象及人与人之间的表面关系，转向揭示社会的本质与透视人与人之间及人类个体的“灵魂的深”，发掘几千年来积淀在国民潜意识中的劣根性及失语的“沉默”。如果说明清小说以其对社会及人与人之间的摹写向我们展示了一幅明清时代的“浮世绘”而凸显其古代小说的成就，鲁迅小说则以现代社会及人来“画魂灵”，从而彰显其现代品质，显得更深刻，更厚重。

明清小说与鲁迅小说在对社会世风世情世相的绘摹中，同样关注人的存在。对此比较选取二者对于知识分子、女性与幼者三类社会群体的关注为代表，探求其对于人类心灵，人类生存现状与未来的三重叩问。作为被认为是“社会良心”（班达语）的知识分子，明清小说以《儒林外史》为代表，取材于社会现实，对士林中人进行了摹写。既摹绘出科举制度下的文人图谱，一群被科举扭曲的社会中同样被科举制度扭曲的文人，以及科举制度下派生的“名士”，又塑造了理想文士的形象，其以忧国忧民、践行儒家美德的“真儒”与尊重女性、追求自由与个性解放的文士为代表，以兼有实学思想的市井奇人构建理想士人的人格范型。与其相对，鲁迅小说被公认为以知识分子与农民形象开辟了中国现代小说的新篇章，与明清小说相较，虽然也有科举制度浸淫下凄凉的孔乙己（《孔乙己》）与凄惨的陈士成（《白光》），而更引人注目的是以主体渗入其中的孤独者们，他们慨叹自己的命运像“一只苍蝇”，“但是飞了一个小圈子，便又回来停在原地点”①漂泊、孤独与迷惘、无奈，成为鲁迅笔下知识者们最明显的身份特征。在以农民为主人公的“看客”之外，鲁迅以找不到身心栖息之地的“孤独游子”为其塑造的知识者们定格，其对于知识者的关注也从明清小说的批判与期待走向更为深刻的叩问与自省。知识者的价

① 《鲁迅全集》第二卷，人民文学出版社2005年版，第7页。

值与意义，期许与轨迹，在鲁迅小说塑造的知识者身上，无不充满了迷惘和对理想求而不得的痛楚。如果说知识分子作为“社会良心”而存在的话，鲁迅的叩问则直逼人类灵魂的内心，显得更为本质而厚重。对于作为人类不可或缺的一半的存在，“在任何社会中，妇女解放的程度是衡量人类普遍解放的天然尺度”。（傅立叶）明清小说与鲁迅小说中对于女性生存境况的摹写同样值得关注与思考。明清小说中除对女性着墨不多的如《三国志演义》《水浒传》之外，其他小说无不对女性做出浓墨重彩的描绘。如果说《金瓶梅》是对女性生存价值观念的批判，《红楼梦》是对女性悲剧命运的悲悯，《镜花缘》是对女性存在价值的褒扬的话，明清小说对于女性的关注分别从家庭婚姻、生命价值和社会地位三个方面对封建社会的女性境况做了较为全面地展示。鲁迅小说同样在以上三个方面对于中国现代社会女性予以描摹，与明清小说相比，鲁迅小说中的女性形象塑造便多了深刻分析与冷静思考，子君们的爱情，祥林嫂们的灵魂，爱姑们的勇敢，单四嫂子们的希望与梦境，带给人的无不是深深的悲凉，唯有伤逝，唯有离婚，唯有祝福，唯有明天。在此意义上，鲁迅以对女性的关注为代表，展示了对于人类生存境况与灵魂自由的关注，也是对人类社会解放程度的思考。鲁迅的伟大之处还在于他不仅面向过去，思索着现在，更关注着民族与人类的未来，这在鲁迅的小说中表现为对孩子的关注与摹写。在明清小说中，除《金瓶梅》中那个作为潘金莲泄恨对象，被猫扑死的婴儿与《聊斋志异》中化为蟋蟀的幼儿（《促织》）之外，对于幼者的描述较为少见。而鲁迅则以“开辟了我国文学（小说）发展的一个新的时代”[①] 的《狂人日记》发出了振聋发聩的强音“救救孩子……”且

① 钱理群、温儒敏、吴福辉：《中国现代文学三十年》，北京大学出版社 1998 年版，第 30 页。

以“自己肩着因袭的重担，肩住了黑暗的闸门，放他们到宽阔光明的地方去；此后幸福的度日，合理的做人”① 为历史使命。从明清小说到鲁迅小说，从对幼者的忽略与漠视到关注与珍视，展示了鲁迅对国家、民族，甚至人类未来与希望的叩问与关注，幼者受到呵护，摆脱不幸，过上良好生活与受到良好教育，是鲁迅所期待的。这一关注，因幼者的无辜且无助而更显弥足珍贵。

对于明清小说与鲁迅小说思想文化意蕴的比较探讨以其以儒家理想情怀、追寻诚爱、悲悯苍生三方面为关注点。可以说明清小说以修身、齐家、治国、平天下为己任的儒家情怀是其主要思想意蕴之一，诸如诸葛亮的鞠躬尽瘁、知其不可而为之的感酬知遇之恩，宋江率水浒豪杰以义向忠、舍生取义的忠义悲歌，孙悟空一行的不畏艰险、求得成圣成佛正果，这些无论是以一统天下还是报效君王为最终目的，其修齐治平的儒家情怀无不尽得彰显，某种程度上也可说是一种理想人生状态的摹写，而与此相较，鲁迅小说则以对现实世界理性的细致描摹来凸显社会制度的腐朽与数千年来积淀下来的种种国民劣根性，并以此深蕴其立国与立人的文学创作初衷，是一种启蒙者的角色与姿态，但也仍是一种为国为民的儒家情怀，因其表现得更为深沉凝重，也显得更为真实和触动人心。就明清小说与鲁迅小说的伦理情感意蕴而言，明清小说更多展示的是忠义诚信的国家、社会、人际伦理，孝悌慈爱的家庭伦理，即使这些伦理并非都能得到完全践行，但至少在诸多人物形象品质中存在，但鲁迅小说更多描写的是一个充斥着虚假的“仁义道德”的社会，人与人之间麻木、冷漠，并以互相“鉴赏”彼此的不幸为乐趣，是一个缺乏真诚与友爱的人间，即使是家庭中，

① 《鲁迅全集》第一卷，人民文学出版社 2005 年版，第 145 页。

也缺乏爱情、亲情与温暖。鲁迅小说如此情感意蕴特点，使其弥漫着一种凄凉的冷意，社会失去了温暖，甚至失去了应有的鲜活生命气息，显得冷冰冰与死气沉沉，与明清小说相较，少了诗意与理想的表达而多了真实、深刻的现实哲思。鲁迅像是一个以冷峻双眸俯瞰人间百态的智者，以痛楚的心情书写凄凉的社会与人生。而对于生命存在的思考，作为一个永恒命题，在明清小说与鲁迅小说中同样隐现着，但又有所不同。二者相较，一是由对于生命的漠视与忽视转向珍视与重视，二是对生命意义的悲叹转向对生存境遇的悲悯。明清小说常常充斥着战争与杀戮，而其中对于生命逝去的悲叹却并不多见。明清小说对于生命意义的思考以《红楼梦》为代表，作为一部“彻头彻尾”的大悲剧，一切最终只是“白茫茫大地真干净”，作者深沉叩问“满纸荒唐言，一把辛酸泪，都云作者痴，谁解其中味?”（第一回）只是满腹心酸与伤悲。而鲁迅小说则在体味生存的悲凉之余，更多了一份对生命的悲悯。对于生命，尤其是弱小者，表现出极大的关注与珍视，甚至对于一些小动物生命的逝去也深深痛惜，而对于掠夺生命的邪恶势力则表现出极大的仇视，一如《铸剑》中的黑色人，不求任何回报甚至舍弃生命，帮助眉间尺复仇。鲁迅对于世间苍生，“哀其不幸，怒其不争”，因其爱的深沉，对其种种劣根性，恨则恨矣，却怀着深沉的悲悯。因此不惮于铁屋子的厚重，即使绝望，依然呐喊着，试图唤醒沉睡的魂灵，让其走出“瞒”和“骗”的大泽。因此，鲁迅小说较之明清小说在思想文化情感意蕴上显得更为厚重、深刻，更具现实和人类学、哲学意义。

在鲁迅小说与明清小说中，还有一类可以比较的小说，即以相似表达策略，以写实与变形、曲笔与真实的交融来抒情写意的小说，可以《西游记》《聊斋志异》《故事新编》为例进行比较。《西游记》以神魔来透视现实世界的世情人性，被称为“戏笔中存至理”①。作为一部富有人生哲理的“游戏之作”，在极幻与极真交融中抒写对人性自由的向往和对人生自我价值的肯定，呼唤“强者为尊应让我，英雄只此敢争先”的有个性、有理想、有能力的理想人性美与个性自我，同时以幻笔来批判现实、构设理想世界。《聊斋志异》则以狐鬼世界的构建来书写现实社会的世情人性，以对具有人情化与意象性特点的狐鬼花妖的描述来书写士子的科举失意、落寞生活，来刺贪刺虐，在崇高与庸俗的并存中，实现现实伦理与精神追求的超越，寄托作者的人生、社会理想。《故事新编》则在杂糅古今，“起死”与“激活”古人，对中国古代神话、传说与史实进行现代性的改写中来描摹现代社会。将英雄与古代圣贤还原于常人、凡人本相，以打破时空，古今杂糅的笔法来表现“古”“今”间的深刻联系。作为其生命最后的创新之作，《故事新编》以“游戏笔墨”表达鲁迅生命情感中固有的悲凉，批判现代社会的污浊与腐朽，鞭挞人性的虚伪、冷漠、自私和愚昧等种种劣根性，在消解英雄与神话中探寻重建理想社会与重塑理想人性的道路。不同于《西游记》《聊斋志异》以幻笔与曲笔，通过对理想世界的描摹与理想人物的塑造来抒情写意，表达作者的理想与期许，《故事新编》则是在对古代英雄的现代消解中传情达意，表达作者的认知与思考。一个走向理想境遇与诗意，一个则走向现实的冷酷与悲凉。与《西游记》的终成正果和《聊斋志异》的狐鬼花妖与现实中人的相知相爱相助不同，《故事新编》中的英雄或圣人则在现实中处于一种讽刺性境地，一心为他人，却被曲解、误解；拯救苍生，却为其疏离，对亲近的人充满爱意，却被其暗害中伤，凡此种种，无不是一

① 袁行霈主编：《中国文学史》第四卷，高等教育出版社 2003 年版，第 5 页。

种无爱的荒凉的悲剧、绝望境遇。然而尽管如此，英雄或圣人却矢志不渝，在清醒的凄凉痛楚绝望中执着前行。这不正是著者深感绝望却又反抗绝望的形象再现么？或可说，明清小说在幻笔、戏笔中走向理想，而鲁迅《故事新编》则在戏笔中描述绝望，在绝望中追寻希望。难以规避造化弄人，但生命情愫的初衷与深沉思考却在顽强抗拒着。正因清醒，所以孤独。因其不屈，方显伟大！

在艺术上，从成熟古典走向现代典范，明清小说到鲁迅小说的艺术特质发生了本质改变。首先在创作手法上，从明清小说的古典现实主义走向鲁迅小说具有现代性特点的现实主义，从明清小说对事件、人物的外部描述转向鲁迅小说对事件的客观展示与人物细致的心理刻画；其次在结构模式上，明清小说常常以因果轮回等模式来结构故事，而鲁迅小说则以独特的“看/被看”和“离去—归来—再离去”的故事模式来结构小说，注重具有现实性特点的细节描述；另外，对于小说的讽刺艺术，明清小说成就最高的自然非《儒林外史》莫属，其“秉持公心，指擿时弊，机锋所向，尤在士林；其文又戚而能谐，婉而多讽：于是说部中乃始有足称讽刺之书”①。以客观的，公正的，现实的视角来冷观世间世事，指出、揭发身边社会中的种种弊端，而其矛头针对的，尤其是“士林”中人，辅之以悲凉而又颇感谐谑，温婉却又讽刺的行文，所以赢得“说部中乃始有足称讽刺之书”，也使得其讽刺效果“无一贬词，而情伪毕露”。鲁迅小说的讽刺艺术在现代文学史上同样堪称独步，较之《儒林外史》，鲁迅小说的讽刺更为冷峻客观，其机锋所向却不仅仅在于士林，而是更为开阔，而其讽刺的程度也更为忧愤深广。不仅是社会人情世相，更指向国人的灵魂，展示

---

① 《鲁迅全集》第九卷，人民文学出版社 2005 年版，第 228 页。

其固有的劣根性。二者相较，或许可以说吴敬梓以智者的慧眼冷观世界，描摹人生，鲁迅则以智者、爱者、悲者的深情来体察抒写灵魂的深。

第一节　世情人相的绘貌摹魂演绎：从浮世绘到画魂灵

明清小说与鲁迅小说对于社会世情、世相和世风等各个方面，均有所关注、描摹。但如果说明清小说以其对社会以及人与人之间以及个体追求的摹写，向我们展示了一幅明清时代的“浮世绘”，凸显了中国古典小说描绘世情人相的成就，鲁迅小说则是以其为现代社会和现代社会中的人“画魂灵”，来彰显中国小说的现代品质。从明清小说到鲁迅小说，体现了一种小说创作关注视角的内转向，其摹绘与关注对象的深化与平民大众化，这也是现代小说不同于古代小说的本质差异之一。

一　社会风情演绎：生动的“市民社会风情画”到死寂的“黑色染缸”

明清小说对于社会风情摹写较为详尽可以被称为“市民社会风情画”的“三言”“二拍”为代表。其以市民为主要观照群体，其社会活动与社会风情描述也以当时社会现状为主要背景，较为客观地反映了以市民为主的社会风情画卷。其对市民群体的描述主要表现在三个方面。首先是对商人群体的描摹。“三言”“二拍”刊行于明代天启年间，冯梦龙与凌濛初二人又都生长于商业活动比较活跃的江、浙一带，以小市民出身，身份特征新颖的商人群体，自然会受到敏感士子的关注。在“三言”“二拍”一些描写中，体现出一改“士、农、工、商”中商的社会地位为其末的传统观念，而倡言“一品官，二品客”（《蒋兴哥重会珍珠衫》）的时代风尚，甚至“徽州风俗，以商贾为第一等生业，科举反在次着”（《叠居奇程客得助》），表现出对商业活动及商人的肯定。其中的商人形象，既有正直善良一面，又有吃苦耐劳，重情重义的一面。虽然这种描写带有理想的成分，但这也从侧面反映了时代中富有商业智慧、头脑灵活机变，思想新颖与身影活跃的商人正在取代读书士子而成为时代宠儿。其次是在晚明人文思潮浸淫下，社会中张扬个性，尊重自我的意识在“三言”“二拍”中也多所反映，这一思想较多体现在描写婚恋主题的作品中。其婚恋题材故事中，同样一改恪守“父母之命，媒妁之言”的封建包办婚姻传统，而唱出了“相悦为婚，礼以义起”（《乔太守乱点鸳鸯谱》）的时代婚恋心音，而花魁娘子莘瑶琴更是在不断接触中，深深感受到了卖油郎秦重“又忠厚，又老实”的“至诚君子”可贵品性与“知心知意”的温暖体贴，不同于“豪华之辈，酒色之徒”，毅然以花魁相嫁于靠自己的辛勤劳动赢得生活的卖油郎，而秦重却直到莘瑶琴发出“布衣蔬食，死而无怨”的坚定誓言，才认可“平昔住惯了高堂大厦，享用了锦衣玉食”的花魁娘子做自己的妻子。这种建立在相互了解基础上，以真挚情爱为基础的真实、平等、自由，包含着强烈自我意识的婚恋观，从侧面反映了晚明时代，婚恋自主与张扬个性自我，女性得到尊重的人的思想意识与观念。再次，晚明时代商业兴起与个性自主意识张扬的汹涌社会思潮中，同样也伴随着时代现实社会的污浊与贪婪。“三言”“二拍”中，不乏揭露社会黑暗与贪官污吏贪赃枉法，残害无辜的故事。如讲述嘉靖奸相严嵩父子恃宠贪虐，罪恶如山的《沈小霞相会出师表》，认为朝廷“只为错用了一个奸臣，浊乱了朝纲，险些儿不得太平”。“他父子济恶，招权纳贿，卖官鬻爵”，“但有与他作对的，立见奇祸。”沈小霞之父沈炼就是因为不满严嵩飞扬跋扈而仗义执言，被严嵩害死。而其他官吏则“贪爱的是钱财，奉承的是富贵，把那‘正直公平’四字抛却东海大洋”（《恶船家计赚假尸银》）。《进香客莽看金刚经》中的柳太守，为人便是“极贪的性子”，因为听说某寺珍藏有白居易手书的《金刚经》而价值千金，便一心要弄到手，为此不惜串通劫盗，构设罪名，诬陷该寺住持，直到阴谋得逞。而《王渔翁舍镜崇三宝》的提刑官浑耀也是“大贪之人”，为抢夺一面宝镜反复勒索法轮和尚，竟将其打死。《青楼市探人踪》的杨巡道更是又贪又狠，被称作“除了银子再无药医”的，为官时贪财纳贿，为非作歹，即使被撤职回乡，也还是“所为愈横”，“终日在家设谋运局，为非作歹”，坏事做绝。《钱多处白丁横带》则揭露了卖官鬻爵的罪恶官场。郭七郎买了个刺史，张多保告诉他，做官“有的钱赚，越做越高，随你去剥削小民贪污无耻，只要有使用，有人情，便是万年无事”。如此封建官场，上至宰相辅臣，下至微卑小吏，皆借助手中的职权贪赃枉法，鱼肉百姓，充分暴露了封建官吏的腐败贪婪本质。借此而言，“三言”“二拍”对于晚明社会风情在描写时代商业兴起，个性张扬以及封建社会的腐朽没落诸多方面，展示了一幅生动鲜活却又不乏真实的社会画卷。

与明清小说相较，鲁迅小说对于时代社会风情也有多方面展示，但更多的则是一种死寂、沉默与荒凉的社会风情画面。鲁迅小说集命名为《呐喊》，如其所说：

> 独有叫喊于生人中，而生人并无反应，既非赞同，也无反对，如置身毫无边际的荒原，无可措手的了，这是怎样的悲哀呵，我于是以我所感到者为寂寞。这寂寞又一天一天的长大起来，如大

> 毒蛇，缠住了我的灵魂了。……“假如一间铁屋子，是绝无窗户而万难破毁的，里面有许多熟睡的人们，不久都要闷死了，然而是从昏睡入死灭，并不感到就死的悲哀。现在你大嚷起来，惊起了较为清醒的几个人，使这不幸的少数者来受无可挽救的临终的苦楚，你倒以为对得起他们么?”“然而几个人既然起来，你不能说决没有毁坏这铁屋的希望。”……在我自己，本以为现在是已经并非一个切迫而不能已于言的人了，但或者也还未能忘怀于当日自己的寂寞的悲哀罢，所以有时候仍不免呐喊几声，聊以慰藉那在寂寞里奔驰的猛士，使他不惮于前驱。①

之所以呐喊，正是因为叫喊于生人中无人应和，恍若置身于无涯的荒原，悲哀而寂寞，却不忍卒看万难破毁的铁屋子里熟睡的人们即将闷而死灭，虽然惊起的较为清醒的几个人也许只能忍受临终时的绝望苦楚，但至少也可能心怀一丝打破铁屋子的希望。在鲁迅小说世界中，生活是沉默而死寂的。正如俄国盲诗人爱罗先珂君所感受的“北京却连蛙鸣也没有”和鲁迅所听到的“只有四只鸭，却还在沙漠上‘鸭鸭’的叫”②。沙漠之与鸭，是干燥饥渴的大地与作为天性戏水而游的生命存在的悖论，鸭们的偏会是在作为中国首都的北京的“沙漠”上而非北京的“池水”中叫着，正体现着鸭们饥渴、焦虑、急切、痛苦的呐喊。这是怎样的一种焦灼生命在沉默与死寂的作为一国之都却又是沙漠荒原中的叫声？鸭们的生命与生活如此，人们的生命与生活呢？

> 掌柜是一副凶脸孔，主顾也没有好声气，教人活泼不得；只

① 《鲁迅全集》第一卷，人民文学出版社2005年版，第439—442页。

② 同上书，第586页。

有孔乙己到店，才可以笑几声……孔乙己喝过半碗酒……旁人便又问道，“孔乙己，你当真认识字么？”孔乙己看着问他的人，显出不屑置辩的神气。他们便接着说道，“你怎的连半个秀才也捞不到呢？”孔乙己立刻显出颓唐不安模样，脸上笼上了一层灰色，嘴里说些话；这回可是全是之乎者也之类，一些不懂了。在这时候，众人也都哄笑起来：店内外充满了快活的空气。……孔乙己是这样的使人快活，可是没有他，别人也便这么过。……不一会，他喝完酒，便又在旁人的说笑声中，坐着用这手慢慢走去了。……我到现在终于没有见——大约孔乙己的确死了。①

人生的无聊，到了只有在取笑不幸者的困窘时才可以笑几声，只有在赏鉴他人的不幸时才可以提起来一点点精神与兴趣；而读书人的寂寞，也只有在给愚顽的孩子们分几颗茴香豆博取他们的环绕，在教一个酒店的柜台小伙计“茴”字的四种写法时才聊以排遣。孩子们吃完豆再讨要不到时一哄而散，而教小伙计写“茴”字也遭遇到了小伙计“愈不耐烦了，努着嘴走远”的不屑。就这样，沉睡而不自知，悲哀而不自省，无聊而不自觉，寂寞而不自察。独有怀着一颗悲悯的痛楚心灵来俯瞰这群苍生的鲁迅，感受这深深孤独中的悲凉与无奈。鲁迅小说中对于社会的腐朽与官吏的昏聩与明清小说的直接描述有所不同，例如在《阿Q正传》中，阿Q之所以被抓是因为赵家被抢，阿Q便稀里糊涂成了罪犯而被判为死刑。小说中并没有解释阿Q为什么被抓或被判死刑，然而统治者的草菅人命，昏聩腐朽却历历在目。阿Q在监牢中遇到两个“也仿佛是乡下人”，“一个说是举人老爷要追他祖父欠下来的陈租，一个不知道为了什么事”。同样，在《狂人日记》

① 《鲁迅全集》第一卷，人民文学出版社2005年版，第457—461页。

中，狂人看到的是一个“黑漆漆的，不知是日是夜”的黑暗世界，是满纸写满虚伪的“仁义道德”和“吃人”本质的伪善罪恶社会历史。而《故乡》中的中年闰土也被“苛税，兵，匪，官，绅，都苦得他像一个木偶人了”。全无少年时的活泼与天真影子，辛苦恣睢的为生活而奔波劳累。鲁迅小说在如此种种不动声色的故事讲述中，在故事叙述的留白中，愤怒的谴责、指斥与悲凉却深蕴其中。

从“三言”“二拍”到鲁迅小说，对于社会风情描摹，二者关注对象有诸多相似之处，但反映的社会时代特点却有所不同，作者思想情感倾注也不尽相同。首先，晚明时代商业兴起的生机勃勃的社会环境氛围与个性张扬的文化思潮，反映在明清小说中，交融成一幅生动鲜活的社会人物画卷，与鲁迅小说笔下社会的死气沉沉，百业凋敝，缺少生气的情形迥异，而晚明人物好言功利，个性张扬，注重自我的人生观与鲁迅小说世界中人们的空虚、麻木、冷漠、孤独状态也形成强烈反差，使二者呈现迥异风格。其次，相似观照对象展示时代社会的不同特点之外，作者的关注视角也有很大不同。或许可以说“三言”“二拍”著者是要把社会现实中的较为真实的社会现状与人情百态描摹、讲述给世人看，旨在讲故事，在故事情节的延展中描摹世态，绘画人情。而鲁迅小说则旨在“画出沉默的国民的灵魂来”，是一种意欲透视社会本质，以及人类情感状态与价值取向的深刻分析摹画，是一种将现实综合为典型来描摹出本质的理性思考。如果说明清小说是栩栩如生的图画，鲁迅小说则更像深入心灵肌理的医学解剖。其犀利的目光直刺社会本质与人类灵魂深处，描摹人类“灵魂的深”。因此作为具有现代性质的小说，鲁迅小说对人类与社会的反映更加充满理性与深刻。

二 世俗人情变迁：利欲弥漫的“封建末世世俗人情画”与孤独者和“看客”

明清小说中，对于现实社会世俗人情描述较为详尽的当属《金瓶梅》。这部“寄意于时俗”（《金瓶梅词话序》）的明代世情小说，以《水浒传》的一个情节生发开来，由西门一家而写及天下国家，虽然故事背景在宋代，但描绘世俗人情立意现实的痕迹，斑斑可见，涉及上至朝廷、士林，下至市井、侍婢，各色人等，而其描绘的社会政治的黑暗腐朽，商业经济的邪恶奸诈，道德的沦丧与人心的险恶，无不穷形尽相，栩栩如生，展示了一幅“封建末世世俗人情画”，不但深刻暴露了社会的种种矛盾弊端，又真切剖析扭曲的人性，可谓写出了现实世俗的人情百态，正如鲁迅所说“著此一家，即骂尽诸色”，一个“骂”字，极为贴切地指出《金瓶梅》的立意旨归。与“三言”“二拍”对社会风情的一般描摹不同，《金瓶梅》则显得更为深刻，其暴露与批判色彩十分鲜明，对人物的形象刻画与思想展示也极为生动、深刻。其对于人与人之间关系的描摹展示，无论官场还是商场，家庭还是社会，正是晚明“好货好色”思潮浸淫社会的生动再现，而这一特点也正是与此思潮相对应的“利”“欲”二字的最好阐释。正如小说中所说：“富贵必因奸巧得，功名全仗邓通成。”权钱交易在《金瓶梅》中展现得淋漓尽致，以西门庆为中心，为官者，西门庆贪其权势可为自己攫取钱财提供更大的方便，不惜重金贿赂，投其所好，如蔡京、童贯、朱太尉、蔡御史等，而官宦同样因可以从西门庆处获得重金而中饱私囊。二者以权钱为交易，互相利用。为友者，同样与西门庆以利维系，其一群帮闲朋友，无往不利，如应伯爵、常峙节等。《金瓶梅》在表现以利当先的社会世情同时，人欲的恣意享受，也成为其非常醒目的世情特点之一。其中，对于金钱财富攫取的强烈欲望以西门庆最为典型，而对于性的不择手段的恣意追求与贪恋，潘金莲则是代表。当吴月娘劝西门庆“你日后那没来回没正经养婆娘，没搭煞贪财好色的事体，少干几桩（坏事），却不攒下些阴功”时，西门庆竟然笑道：“娘，你的醋话儿又来了。却不道天地尚有阴阳，男女自然配合。今生偷情的，苟合的，都是前生分定，姻缘簿上注名今生了还。难道是生拉拉，胡诌乱扯，歪厮缠做的？咱闻那佛祖西天，也止不过要黄金铺地。阴司十殿，也要些楮镪营求。咱只消尽这家私，广为善事，就使强奸了嫦娥，和奸了织女，拐了孙飞琼，盗了西王母的女儿，也不减我泼天的富贵。”（第五十七回）在这段话中，西门庆以天地有阴阳而认为男女之合是自然的事，并用“前生分定”的因果观念为自己的好色淫乱辩解，对于纵情享乐，认为可用“消尽这家私，广为善事”来消灾免罪，如此贪财纵欲，可说是当时社会极为典型的形象代表。而另一典型形象潘金莲，一是不择手段，为了满足欲望，嫁给西门庆，毒死武大，为了维护自己在西门庆面前的宠幸，与李瓶儿争宠，用计谋害死李瓶儿襁褓中的儿子等，心狠手辣。二是欲壑难填。甚至在嫁入西门庆家之后，还与西门庆的女婿陈经济私通，全然不顾家庭身份伦理。如此行径，使其几乎已成为文学形象中淫欲的象征。

与《金瓶梅》展示的利欲为主的人际伦理思想观念不同，鲁迅小说中人与人之间最为明显的关系则是隔膜和冷漠，这使其小说出现两类独特的人物形象：“孤独者”和“看客”。魏连殳（《孤独者》）作为孤独者的代表，没有至亲的亲人，而曾有过“愿意我活几天”的至爱朋友，也“被敌人诱杀了”。那些他曾十分怜惜的孩子们，甚至还不很能走路的也会指着他道：“杀!”如此残忍与冷酷的字眼竟出自蹒跚学步的孩子之口，而其更为悲哀的是作为有追求有抱负的知识分子，却得不到施展的无奈与无助。《在酒楼上》的“我”“觉得北方固不是我的旧乡，但南来又只能算一个客子”的漂泊无依感，同样是魏连殳、吕纬甫们的生命境遇。其生存状态像蜂子或蝇子：

> 停在一个地方，给什么来一吓，即刻飞去了，但是飞了一个小圈子，便又回来停在原地点，便以为这实在很可笑，也可怜。可不料现在我自己也飞回来了，不过绕了一点小圈子。又不料你也回来了。你不能飞得更远些么？①

这是怎样的可笑与可怜，怎样的无奈与悲哀的孤独，因此其心灵的呐喊只能长歌当哭：

> 隐约像是长嗥，像一匹受伤的狼，当深夜在旷野中嗥叫，惨伤里夹杂着愤怒和悲哀。②

唯有受伤的狼似的长嚎，在漆黑的旷野上，在凄厉的寒风呼啸中，伤在身躯，更痛至心灵，不知何处是梦中的草原所在。其惨伤的嚎叫中夹杂着愤怒与悲哀，生命强烈爱憎却处于一个巨大的“无物之阵”中。而在另一篇小说《示众》中，横断画面间充斥着麻木无魂的“看客”。其生命状态只是机械的“看”与惘然的为“客”，而浑然不知所看者何，为何而看，甚至不知道自己是谁，连做蝇子的自知自觉都不会在心灵闪过，而只是机械地跟着看着，同时又不自知中做了被看者，甚至是“独存鉴赏”的。

> 孩子就扭转身去，向着圈外，嚷着要回去了。老妈子先也略

---

① 《鲁迅全集》第二卷，人民文学出版社2005年版，第27页。

② 同上。

略一跄踉，但便即站定，旋转孩子来使他正对白背心，一手指点着，说道："阿，阿，看呀！多么好看哪！……"①

看到了什么？什么好看？怎样的好看？却又全然不知。当孔乙己被众酒客一层层揭开作为读书人却要为生存去偷窃的伤疤而被哄笑时，当阿Q被绑缚刑场将要杀头却又被赴死路两旁的看客因其没有唱一句戏文而认为自己"白跟了一趟……"时，当一群人故意问起祥林嫂，要一遍遍地听她的阿毛被狼吃而挤出几滴"同情"的眼泪时，人与人之间以鉴赏他人的痛苦为乐，人与人之间的冷漠以至冷酷可见一斑。而在亲人与情侣之间呢？同样是人生的孤苦无助和人与人之间隔膜的心灵。正如涓生与子君。这个在鲁迅小说中被认为唯一以爱情为题材的小说，讲述的或许不仅仅是爱情：

四围是广大的空虚，还有死的寂静。死于无爱的人们的眼前的黑暗，我仿佛一一看见，还听得一切苦闷和绝望的挣扎的声音。

我还期待着新的东西到来，无名的，意外的。但一天一天，无非是死的寂静。

……死的寂静有时也自己战栗，自己退藏，于是在这绝续之交，便闪出无名的，意外的，新的期待。

……

然而子君的葬式却又在我的眼前，是独自负着虚空的重担，在灰白的长路上前行，而又即刻消失在周围的严威和冷眼里了。②

涓生在被遗忘的偏僻小屋中，感到的是寂静和空虚，伴着对子君

① 《鲁迅全集》第二卷，人民文学出版社2005年版，第73—74页。
② 同上书，第113—133页。

的深深悔恨和悲哀。而涓生的讲述，面对只是点头答应着倾听的沉默的子君，其话语“连余音都消失在虚空中了”。涓生与子君相爱却深深隔膜着，只是讲述者与倾听者，不曾交流对话。当涓生欲逃离无涯的寂静和空虚时，却发现无处可逃，“广大的空虚”和“死的寂静”弥漫“四围”，而同时包裹在“死于无爱的人们”的眼前的，还有漆漆的黑暗，而这一切，涓生却又仿佛一一看见，更“听得一切苦闷和绝望的挣扎的声音”。这是怎样的凄凉和无奈，痛心与无助。期待固然有，但终究一天天到来的无非还是死的寂静。于是，抗拒着，却又是无可抗拒的虚空，“只坐卧在广大的空虚里，一任这死的寂静侵蚀着我的灵魂”。却又有时“自己战栗，自己退藏”，而这侵蚀与退藏的绝续之交，“便闪出无名的，意外的，新的期待”。这是怎样的折磨与锲而不舍，死的寂静的侵蚀与退藏，正是绝望之于希望一样，交织着纠缠着共生着，噬啮着人的灵魂与情感，而涓生在这弥漫四际的“死的寂静”里挣扎着，没有任何依傍，没有任何温暖，没有任何支撑，更无处可逃。涓生的痛苦如此，而子君呢？子君的葬式是那样的“独自负着虚空的重担，在灰白的长路上前行，而又即刻消失在周围的严威和冷眼里了”。更是孤独的，一个人负着“虚空”却又是“重担”的前行，“灰白的”是死寂的颜色，长长的是无望的尽头，而四围在死的寂静之外，并多了父辈的“严威”和旁人的“冷眼”。相对于涓生，子君要忍受更多的重压，在子君的生命中，涓生的胆怯与子君失去爱的依傍后的绝望、无助，“即刻消失”也便是子君不可抗拒的运命了。即使相爱的人之间，亲人之间，亲人与旁人的“严威与冷眼”，更使人生笼罩在一种悲凉的绝望中，孤独前行。孤独者若此，而对于“看客”而言，人只是作为一个事不关己的旁观者而存在，孔乙己受人嘲弄时，可以说说，可为无聊的生活博得一乐；祥林嫂讲述自己的孩子被狼吃掉的悲惨痛楚时，可以听听，聊以演示一下听者“同情的”眼泪，革命者夏瑜被杀头时，“盗窃者”阿Q被枪毙时，可以看看，有无可以刺激感官的“好戏”，而是否真的得到了满足，似乎并无人关心。只是这一“看”的行为形象展示了人与人之间表面的冷漠，深层的孤独与灵魂深处的麻木。

如果说明清小说《金瓶梅》展示的是人与人之间利欲的纠缠维系，鲁迅小说则体现的是人与人之间冷冰冰的隔膜。或许正因为有强烈的欲望，才使得人与人之间充斥着可以互为工具的价值，使得人与人之间看起来来往甚微密切，也因此使得社会中的生命看起来充满欲望的“生”的特征，即使这一表面的生机勃勃的过度欲望使其走向毁灭更为迅速。而鲁迅小说中旁观者的无谓与冷漠，传达的则是一种社会的死气沉沉，暗无生气，是一种令人感到窒息的沉闷与冰冷，使整个社会与人都如行尸走肉的悲凉。清人张潮曾言：“《金瓶梅》是一部哀书。”（《幽梦影》）而鲁迅讲述现代社会中的人物时，则满含“哀其不幸，怒其不争”的情感，这也正是鲁迅在《摩罗诗力说》中所提到的摩罗诗人的情怀。“哀”之外更有“怒”的隐痛，这是《金瓶梅》中所没有强烈体现的。也正是鲁迅小说较之《金瓶梅》等明清世情小说较为丰富的情感与较为深刻的思索。

三　关注对象转换：帝王将相、才子佳人到新的智识者登场

在为现代短篇小说集《总退却》所做的序中，关于古代小说与“五四”之后小说描述对象的变化，以及其产生变化的原因和变化的效果，鲁迅曾有如下论述：

> 而且书中的主角也变换了。古之小说，主角是勇将策士，侠盗赃官，妖怪神仙，佳人才子，后来则有妓女嫖客，无赖奴才之

流。“五四”以后的短篇里却大抵是新的智识者登了场。因为他们是首先觉到了在“欧风美雨”中的飘摇的，然而总还不脱古之英雄和才子气。现在可又不同了，大家都已感到飘摇不再要听一个特别的人的运命。某英雄在柏林拊髀看天，某天才在泰山捶胸泣血，还有谁会转过脸去呢？他们要知道，感觉得更广大，更深邃了。

这一本集子就是这一时代的出产品，显示着分明的蜕变，人物并非英雄，风光也不旖旎，然而将中国的眼睛点出来了。①

从帝王将相、才子佳人等到“新的智识者”，从古代小说到现代小说描述人物形象的这一变化，在明清小说与鲁迅小说的人物形象比较中可见一斑。鲁迅小说被认为开创了中国现代文学的两大题材：农民与知识分子，而不同于明清小说以勇将策士（如《三国志演义》），侠盗赃官（如《水浒传》《三侠五义》《官场现形记》），妖怪神仙（如《西游记》《封神传》《聊斋志异》《阅微草堂笔记》），佳人才子（如《野叟曝言》《镜花缘》），以及妓女嫖客（《品花宝鉴》《花月痕》《青楼梦》），无赖奴才（《二十年目睹之怪现状》《孽海花》）等为主角。中国古代小说发展至明清，不仅前代各种形式类别的小说一一出现，展示的社会画卷与人物形象也极为丰富。长篇与短篇，白话与文言，累积与独创等，不一而足，而人物涉及的帝王将相、贩夫走卒等，三教九流，无所不包。但诸如《三国志演义》的出将入相，一统天下，《水浒传》的“共存忠义于心，共著功勋于国”，“替天行道”，“辅国安民”，《西游记》的不畏艰难险阻，一心求取真经，《红楼梦》的才人云集等，均含有对人生价值与生存状态的一种理想期许，而少了对人物形象尤其是下层人物思想行为直至心灵的深层发掘，而这，

---

① 《鲁迅全集》第四卷，人民文学出版社2005年版，第638—639页。

正是鲁迅所做的开拓与创新之处。鲁迅小说开创了农民与知识分子两大中国现代文学主要题材，塑造了沉溺于精神胜利法的悲惨的却无辜而被夺去生命的阿Q，在愚昧的封建鬼魂思想重压与恐怖中惨死在新年“祝福”之夜的祥林嫂，在父辈烈日一般的严威和旁人赛过冰霜的冷眼中绝望死去的子君，像“蝇子”一样飞去一圈却又不得不飞回来的魏连殳，在科举的阴影与社会的薄凉中惨淡一生连自己的温饱都不能保障的孔乙己……鲁迅更为关注的是这些生活在社会底层的普通下层民众的生计与悲苦，运命遭际与麻木灵魂及下层知识者身影的漂泊、追求的迷惘与心灵的无所归依，孤独寂寥，鲁迅在此要为这些苍生百姓画形摹貌，述情写心。

基于此创作初衷，因此鲁迅虽然认为《总退却》的人物并非英雄，描绘的风光也不旖旎，然而却点出了“中国的眼睛”，这是鲁迅对《总退却》的高度评价，其描述主题的改变，描述社会环境与反映社会实质的不同，也正是其不同于之前小说的最为独特之处。鲁迅对“非英雄”人物与“不旖旎”的农村风光的小说表现社会背景高度认同，其点出了“中国的眼睛”的高度思想表现，而且也正是鲁迅小说创作的追求所在，以“沉默的国民的灵魂”彰显中华民族的“眼睛”。

从明清小说到鲁迅小说人物形象的变迁，可以说正是遵循了这一规律。从帝王将相、才子佳人到新的智识者与农民这一人物主体的变化，从市井到乡土中国的社会与自然环境的变化，以及以点出“中国的眼睛”的创作初衷，折射出明清小说作者与鲁迅小说创作的不同观念。如果说明清小说以帝王将相、才子佳人等为关注描摹对象，展示了作者对于社会主流意识与思想的关注，是一种带有理想与写意色彩的写实的话，鲁迅小说则是一种对于身边社会现实的冷静客观的写实，其更为深刻之处是通过这种冷静客观的写实，传达出一个思想深邃的智识者对于现代社会现实与人性的深刻思考。鲁迅以一个睿智而敏感的心灵，洞透了现代社会的本质，而其犀利的目光则直接刺向现代社会国民的灵魂深处。其“画出沉睡的国民的灵魂”，并且意欲展示其“灵魂的深”以及唤醒“沉睡的国民的灵魂”的创作初衷，在创作中历历可见，极为透彻、全面。即此而言，明清小说如果以其广阔丰富的画面为明清社会展示了一幅浮世绘的写意画，鲁迅小说则是一种深入现代社会与现代社会人性肌理的画魂灵的工笔，更为真实，也更为深刻，社会与人文的价值和意义更为深远。且不说鲁迅的小说在现代社会发展进步中的最终意义究竟有多深邃辽远，单是这种“真”的展示，已是巨大的人文精神资源，更为中国现代小说开掘社会与人性的“深”做出了经典示范。

第二节　人类苍生的关注叩问变迁：问心、问人、问未来

在对社会世态人情进行细致摹绘的同时，明清小说与鲁迅小说对人类自身同样深切关注，此处以知识分子、时代女性与幼者三种社会群体为代表，对此加以审视探讨。知识分子群体被认为是“社会良心”，其思想应是时代社会中最先进最深刻的代表，可以从中管窥社会时代脉搏。

作为人类不可或缺的一半存在的女性群体，可以其存在境况为例来审视明清小说与鲁迅小说中对于人类生存的摹写。以《金瓶梅》《红楼梦》《镜花缘》等小说为代表，明清小说对于女性的关注分别从家庭婚姻、生命价值和社会地位三个方面对封建社会女性生存境况做

了较为全面的展示，而鲁迅小说在从以上三个方面对旧中国女性予以描摹时，则更多了深刻分析与冷静思考，唯有“伤逝”，唯有“离婚”，唯有牺牲中的“祝福”，唯有期待“明天”，显得凄楚而虚幻渺茫。这一关注，在更深意义上代表了鲁迅对于人类时代生存境况与灵魂自由的关注，是对人类社会解放程度的探寻与追问，这一探寻与追问因其关注对象的深深不幸而令人备感痛楚与深重。

鲁迅的伟大更因为他关注着民族与人类的未来，体现在其小说中便是对幼者的关注。幼者作为人类生命的延续，是国家、社会的未来，也是民族与人类的希望。综观明清小说，可知其对这一群体的关注并不多见，其幼者常常处于一种被忽略与漠视的境地。而鲁迅小说则在其现代小说的开篇之作《狂人日记》中就直接呐喊出了“救救孩子……”的振聋发聩的强音，甘愿为幼者“肩住了黑暗的闸门”，成就其幸福未来。而鲁迅小说中的幼者几乎都是不幸的，作为人间至爱者，鲁迅清醒地看到了这些希望被摧残，纯真心灵被毒蚀，其痛惜之情不言而喻。

一　知识分子之于社会良心：从扭曲“儒林”到绕圈“蝇子”的时代形象

明清小说与鲁迅小说中，均有以描摹知识分子为主要题材的作品。明清小说中对于智识者描述最为集中的当属《儒林外史》，这部极为鲁迅推重的小说，其“秉持公心，指摘时弊”的客观批判，“机锋所向，尤在士林”的独特视角，“戚而能谐，婉而多讽”的讽刺风格与手法，使其成为明清小说中不可多得的佳作。而其思想内容最值得关注的，则应该是其“机锋所向，尤在士林”的批判视角，以讽刺的态度观照士林，或许可以说，在明清小说中，《儒林外史》以生动形象、全面深刻的笔触，最为集中也最为形象的对封建社会科举制度下的知识分子的生活和精神状态进行了描摹与审视，对封建社会科举制度下的知识分子的命运进行了深刻的思考，使得这一群体以一种被讽刺者的姿态展现于文学人物的长廊中，淋漓尽致，丑态各异而又栩栩如生。

在小说的第一回楔子中，作者借王冕故事“敷陈大义”，“隐括全文”，指出了知识分子全不顾“文行出处”的遗失自我。综观《儒林外史》，小说讽刺了科举制度下的这些知识分子一改昔日“君子忧道不忧贫”的淡泊名利品行，而变为一味痴迷科举、追名逐利的世俗，同时，传统的以修齐治平为己任的精神追求在这里已演变为道德沦丧、精神委顿的空虚，更痛惜于其才华枯竭、人格丧失的堕落。这样一群丢失了知识分子以修齐治平高自标置的士林中人，深受科举毒害而不自知，思想意识背离了作为儒者的初衷而不自省，使得《儒林外史》更似一部“儒林丑史”，也是著者以忧愤之笔为儒林士人歌哭的一部“儒林痛史”。是丑史，因为儒林中人的种种丑态；是痛史，是著者儒林中人遗失自我一痛。一味痴迷科举的周进，考到60岁还是个童生，以教书或替人记账糊口，受尽他人奚落，范进考到54岁还是童生，“面黄肌瘦，花白胡须”，一顶破毡帽，一件麻布直裰，“冻得乞乞缩缩”的寒酸可怜，被丈人胡屠户经常辱骂“尖嘴猴腮”，“癞蛤蟆想吃天鹅肉”，受尽邻人及家人的鄙薄，全无读书人的尊严。他们把自己的生命全部投入科举考试中，除了八股之外，知识匮乏，范进做了主考官，却不知道大文豪苏轼是谁。又如痴迷科举，醉心八股选家的马二先生，面对如诗如画的西湖美景，却全无会心，领略不到其中的美好，只知道一路走去，茫茫然大嚼而归，满脑子只有八股文，最终也只是挤出一句真乃“载华岳而不重，振河海而不泄”的俗文旧套。少数幸运通过科举求得官职的读书人，一旦走上仕途，不是想着为百姓谋福，而是一心钻营，贪得无厌地压榨百姓，以谋取私利，中饱私囊。甚至一些戴着科举功名帽子的乡绅，如严贡生之类，雇人船只不给船钱，还要诬陷人，凭自己的权力要将船工送入衙门，竟然连邻居家走来的一头猪也要昧下，还口口声声在人前标榜自己，“小弟只是一个为人率真，在乡里之间从不笑的占人寸丝半粟的便宜”。全无读书人的道德廉耻之心。另一位匡超人，由一个流落在外还一心惦记生病的父亲，懊丧自己不能回去侍奉的淳朴青年，考上秀才后，以“名士”自居，追逐名利，变得吹牛撒谎，卖友求荣，堕落为一个忘恩负义的小人。如此读书人，已经全无知识分子的高尚人格与品行，早把读书人的“文行出处”抛至九霄云外了。

与《儒林外史》相似，鲁迅小说中对于知识分子形象的描述同样栩栩如生，淋漓尽致，但与《儒林外史》中读书人见利忘义、萎缩堕落的丑陋形象不同，鲁迅小说更多描写了读书人无所归依的漂泊与落魄窘态的孤独、迷惘。其知识分子题材小说当属《孤独者》与《在酒楼上》最为典型。《在酒楼上》的主人公是一对悲凉无奈而少语的漂泊者，“（我）觉得北方固不是我的旧乡，但南来又只能算一个客子，无论那边的干雪怎样纷飞，这里的柔雪又怎样的依恋，于我都没有什么关系了”。“我看着废园，渐渐地感到孤独，但又不愿有别的酒客上来。”独坐酒楼上，一种孤独、漂泊却又无可奈何，无所适从，无可依赖的情绪在“我”心中弥漫着，直到意外遇到吕维甫：

> “我一回来，就想到我可笑。”……“我在少年时，看见蜂子或蝇子停在一个地方，给什么来一吓，即刻飞去了，但是飞了一个小圈子，便又回来停在原地点，便以为这实在很可笑，也可怜。可不料现在我自己也飞回来了，不过绕了一点小圈子。又不料你也回来了。你不能飞得更远些么？”……
>
> 但我现在就是这样子，敷敷衍衍，模模胡胡。……

这些意思也不过是我的那些旧日的梦的痕迹，即刻就自笑，接着也就忘却了。

……

以后？——我不知道。你看我们那时豫想的事可有一件如意？我现在什么也不知道，连明天怎样也不知道，连后一分……①

吕维甫以“蝇子”为自己的生命轨迹形象做比，飞了一个小圈子，却又飞回原点。渐渐变得敷衍，却也很清醒地知道自己的麻木，感激着，不安着，害怕着自己辜负老朋友。吕维甫此行的两件事都没有做成（给弟弟迁坟却没找到弟弟的尸首，给喜欢的女孩顺子送剪绒花，顺子却已经死去），却也自嘲地认为只不过是旧日梦的痕迹，会忘却，而以后呢，“不知道”“连后一分……”一种强烈的漂泊无依与无可奈何充斥在主人公心中，“没有旧乡”的“客子”，像一只绕了一圈又只能飞回来的“蝇子”，而旧时的梦也只能忘却，甚至“后一分”的人生也更是无从知道。漂泊的现代知识分子与乡土中国“在而不属”，找不到精神故园的深深无奈，如影随形。《孤独者》魏连殳在他人看来是一个“有些古怪”，一个“异样”的“异类”。每次领到薪水第一件事便是寄给祖母，“一日也不拖延”。而这个祖母和他没有任何血缘关系。祖母死后魏连殳奔丧，“没有落过一滴泪”，直到大殓完毕后，才“像一匹受伤的狼，当深夜在旷野中嗥叫，惨伤里夹杂着愤怒和悲哀”。诸如此类的行为都是“老例上所没有的”，惹得大家都总是“意外”。魏连殳如此解释他的号哭祖母，“可是我那时不知怎地，将她的一生缩在眼前了，亲手造成孤独，又放在嘴里去咀嚼的人的一生。而且觉得这样的人还很多哩。这些人们，就使我要痛哭”。魏连殳的号

① 《鲁迅全集》第二卷，人民文学出版社2005年版，第27—34页。

哭，是因为祖母，是因为自己，更是因为“这样的人还很多哩”。这是怎样的一种孤独，这是怎样的一种悲悯情怀。没有任何亲人，不被任何人理解，却又深深地悲悯着身边每一个孤独的不幸的生命，无人诉说，无人理解，只有长歌当哭，只有长歌当哭之后的沉默，失语。这个相识一场竟“以送殓始，以送殓终”的朋友，在他人生最窘迫时，却还想着“我还得活几天!”可是在他做了师长顾问，每月薪水有现洋八十元之后，却写信来：

> 现在才真是失败者了。先前，还有人愿意我活几天，我自己也还想活几天的时候，活不下去；现在，大可以无须了，然而要活下去……
>
> ……
>
> 愿意我活几天的，自己就活不下去。这人已被敌人诱杀了。
>
> ……
>
> ……好在愿意我好好地活下去的已经没有了，再没有谁痛心。使这样的人痛心，我是不愿意的。然而现在是没有了，连这一个也没有了。快活极了，舒服极了；我已经躬行我先前所憎恶，所反对的一切，拒斥我先前所崇仰，所主张的一切了。我已经真的失败，——然而我胜利了。
>
> ……
>
> 这里有新的宾客，新的馈赠，新的颂扬，新的钻营，新的磕头和打拱，新的打牌和猜拳，新的冷眼和恶心，新的失眠和吐血……①

---

① 《鲁迅全集》第二卷，人民文学出版社2005年版，第103—104页。

愿意他活着的人已经不知道被谁杀死了，再没有谁会为魏连殳的死痛心，这使他觉得“快活极了”。他面对着“新的冷眼和恶心，新的失眠和吐血”。在自己的“失败中”，孤独的死去了。站在死去的魏连殳面前，“我”感到的是“一切是死一般静，死的人和活的人……一切是死一般静，死的人和活的人”。看到的是“他在不妥帖的衣冠中，安静地躺着，合了眼，闭着嘴，口角间仿佛含着冰冷的微笑，冷笑着这可笑的死尸”。这是怎样一种不忍卒读的悲哀和心恸，在“死一般静”的“死的人和活的人”间，“我”“仿佛要从一种沉重的东西中冲出，但是不能够。耳朵中有什么挣扎着，久之，久之，终于挣扎出来了，隐约像是长嗥，像一匹受伤的狼，当深夜在旷野中嗥叫，惨伤里夹杂着愤怒和悲哀”。一匹受伤的狼，惨伤、愤怒、悲哀，如此强烈的情感，却只能在深夜的旷野，长嚎，孤独。鲁迅笔下还有一位值得关注的知识分子，这就是《狂人日记》中的狂人。狂人以一种狂而不狂的姿态，指出了所看到的历史“歪歪斜斜的每页上都写着‘仁义道德’几个字”。“才从字缝里看出字来，满本都写着两个字是‘吃人’!”感受到的是“黑漆漆的，不知是日是夜”的环境，以及周围的“狮子似的凶心，兔子的怯弱，狐狸的狡猾……”发出了“没有吃过人的孩子，或者还有?”的疑问，并且呐喊道“救救孩子……”这样一个对社会与人类有着深刻认识的知识分子，小说在正文之前的文言小序中，指出其“然已早愈，赴某地候补矣”的现状。狂人的由狂到病愈而候补，同样值得深思。狂人深刻洞察了社会历史的本质，却只能被认为是“狂人”，最后的出路也只是“病愈”，“候补”。

与《儒林外史》对“儒林”群像丑态进行浓墨重彩的批判不同，鲁迅小说笔下的知识分子则是孤单无助，漂泊无依，悲凉凄楚与迷惘无奈的。从明清小说到鲁迅小说，从“儒林”群丑到绕圈“蝇子”形象的变迁，从对“儒林”丑态的冷静批判，甚至设立理想形象的期待（《儒林外史》中，以王冕，杜少卿等人物为儒林理想人格树型），到对知识分子现实中的孤独漂泊的自身处境与迷惘无奈的未来命运的审视与自省，吴敬梓与鲁迅对知识分子这一社会良知者的自身修养与社会使命进行思考。如果说《儒林外史》是一种对“儒林”“不该如此”的展示，鲁迅小说中的知识分子形象则向我们提出了“应该怎样”的叩问。以吴敬梓和鲁迅为代表的明清知识分子与现代知识分子，对于知识分子的自身存在进行了自觉或不自觉地深深思索。而与吴敬梓的为“儒林”群人描形画像不同，鲁迅对知识分子的叩问则直逼心灵深处，笔调更为冷静客观，目光更为尖锐、犀利。某种意义上，或许可以说，这一叩问不仅指向鲁迅身处的现代社会，甚至指向我们的当下时代，甚或指向人类对自己心灵精神期许的未来。

二　女性之于人类：对生命权力、爱情婚姻、个体价值的关怀与体认

女性，作为人类不可或缺的一半，在人类漫长的社会进程中，其存在状态无论如何变化，在孟悦、戴锦华看来，其在《浮出历史地表》[①] 之前，却始终是一个被隐没的世界。“人生莫做妇人身，百年苦乐由他人”，这是白居易对生活在夫权、君权、神权三大压力下广大女性深重苦难生命历程和不幸的写照。而19世纪法国空想社会主义者傅立叶则认为，“在任何社会中，妇女解放的程度是衡量普遍解放的天然尺度”。或许这句话也从另一个角度说明：女性，是一个需要被解放的群体。而女性的解放，应该既是身体的，也是心灵的，一方面要从依

① 孟悦、戴锦华：《浮出历史地表——现代妇女文学研究》，中国人民大学出版社2004年版。

附于男性的状态中解脱出来，身体得到解放；另一方面也要能够自由地依据自己的意志，广泛参与自己喜欢的社会生活；而更重要的是能够根据自己的意愿来选择价值观，获得思想与精神的自由和解放。女性身体的解放虽是外在的、表层的，但却是基础的、基本的，只有女性能够自由地广泛参与社会生活，才能最后实现其在精神领域的解放，只是，这一过程是极其艰难而缓慢的。若对明清小说与鲁迅小说中关于女性的书写加以观照，按照戴氏的观点，或许可以说二者所展示的女性生存状态，亦仍是一种地表下的存在。在艰难突奔中，或许曾有些许激流汹涌，最终却还是不得不隐没在男性世界中，艰难的存在着。在家庭、爱情婚姻中如此，在社会中如此，在自身个体生命价值与精神追求中，依然如此。可以说，在明清小说与鲁迅小说中，她，在他性世界中，依然是一种艰难境遇的存在。

首先要探讨的是明清小说与鲁迅小说中的女性在家庭中的地位问题。二者对于女性在家庭中的地位境况多有描述，折射出不同社会时代女性的生存境遇，但也都同样反映出一种艰难的生存状态。明清小说中，女性在家庭中所处地位观念具有代表性的一段话是在《三国志演义》中，当张飞失了城池，嫂嫂又陷了，面对关羽的数落要拔剑自刎时，“玄德向前抱住，夺剑掷地曰：‘古人云：“兄弟如手足，妻子如衣服。衣服破，尚可缝；手足断，安可续?”吾三人桃园结义，不求同生，但愿同死。今虽失了城池家小，安忍教兄弟中道而亡？况城池本非吾有；家眷虽被陷，吕布必不谋害，尚可设计救之。贤弟一时之误，何至遽欲捐生耶!’”（第十五回）衣服破了，还可以缝补，而手足断了，怎么可以再接上呢？刘备这段自称“古人云”的话，对于女性在家庭中的地位描写颇具代表性。《三国志演义》中另一个比较典型的女性形象是貂蝉。貂蝉作为东汉末年司徒王允的义女，国色天香，倾国倾城，见东汉王朝被奸臣董卓所操纵，主人王允忧虑，便月下焚香祷告，愿意替主人分忧。王允眼看董卓就要篡夺东汉王朝的政权，便用貂蝉设下连环计，先暗中把貂蝉许给吕布，又明里将其献给董卓。老奸巨猾的董卓为了拉拢英雄年少的吕布，收吕布为义子。貂蝉周旋于吕布与董卓二人之间，引出吕奉先大闹凤仪亭，使得凶横无忌权倾一时的奸臣董卓在宫门前被戮，而儿女情长、武功盖世的吕布也殒命于白门楼上。在《三国志演义》这部群雄争霸、充满血腥厮杀的小说中，貂蝉这样一个有胆有识的绝色女子，也只是作为争夺汉室江山的男性手中的工具而存在，而其在吕布死后，在小说中不知所终，这是著者的疏忽还是有意如此？不得而知，但貂蝉的命运遭际却可以作为当时女性的代表。在另一部明清小说《水浒传》中，108 位英雄，只有 3 位女性，而其中一丈青扈三娘的遭遇最具代表性。扈三娘作为扈家庄千金，武功高强，“美艳第一”，其出场诗云：雾鬓云鬟娇女将，凤头鞋宝镫斜踏。黄金竖甲衬红纱，狮蛮带柳腰端跨。霜刀把雄兵乱砍，玉纤手将猛将生拿。天然美貌海棠花，一丈青当先出马。（第四十八回）其被林冲生擒，一门老幼被李逵杀的只剩哥哥扈成，身遭此灭家惨痛，却被宋江做主许配给了杀人越货、猥琐不堪的好色之徒矮脚虎王英，其婚姻被如此一笔带过：“一丈青见宋江义气深重，退却不得，两口儿只得拜谢了。”（第四十九回）扈三娘如此品貌武艺，却如此遭遇，其在《水浒传》中甚至连一句话都没有说，作为一个人，一个女性，是沉默的，甚至可以说是处于一种失语状态，这不得不引人深思。在“三言”中，一位十分光彩的女性形象是杜十娘，她坚守真情，决不曲意逢迎，然而杜十娘的命运却是被自己真诚意欲托付的李甲转卖他人，最终只能抱持宝匣，自沉江底（《警世通言下·三十二·杜十娘怒沉百宝箱》）。在明清小说的这些作品中，女性在家庭中毫无地位可言，甚至自身生命安危都不能得到应有的保障，体现出女性在家庭中极为低下的地位。而在鲁迅的小说中，女性同样在家庭中毫无地位可言，即使身体，也会遭受折磨和摧残。七斤要被裹足（《风波》），祥林嫂要被绑回去再被绑着改嫁到山里，以换回小叔子结婚的彩礼钱（《祝福》），子君在家庭中感受到的是父辈的威严（《伤逝》），赵太太要忍受赵太爷的买小，小尼姑要遭到阿Q的非礼和众人的耻笑（《阿Q正传》），这些都是在家庭中毫无地位，身体备受摧残或欺辱的女性形象。

明清小说与鲁迅小说中，女性形象多以婚恋故事为承载。在婚恋中其爱情与婚姻同样不能自己做主。如“三言”“二拍”中，虽然有一些传达了爱情婚姻自主的思想，但仍有许多女性婚恋受到封建思想的束缚与压制。女性在婚恋中不是受到封建家长的束缚，就是遇到薄情男子的辜负，也因此才有秀秀的死报生仇（《警世通言下·第八卷·崔待诏生死冤家》），娇鸾的棒杀情郎（《警世通言下·第八卷·王娇鸾百年长恨》），白娘子的雷峰塔下忍受孤苦（《警世通言下·第二十八卷·白娘子永镇雷峰塔》），而《金瓶梅》中的诸多女性更是为了生存或欲望而曲意逢迎，甚至生死一瞬。《聊斋志异》中的诸多狐女孤魂，其出现也多是在书生窘迫之时，助书生渡过危难，而当书生功成名就之日，也便多是二者别离之时。更不用说林黛玉在薛宝钗出闺成大礼时的苦绛珠魂归离恨天（《红楼梦》）。同样，在鲁迅小说中，爱姑（《离婚》）与子君（《伤逝》）的婚恋同样充满着悲剧色彩。勇敢的爱姑曾宣称：

> “我倒并不贪图回到那边去，八三哥!”爱姑愤愤地昂起头，说，“我是赌气。你想，‘小畜生’姘上了小寡妇，就不要我，事情有这么容易的？‘老畜生’只知道帮儿子，也不要我，好容易呀！……”

……

要撇掉我，是不行的。七大人也好，八大人也好。我总要闹得他们家败人亡！慰老爷不是劝过我四回么？连爹也看得赔贴的钱有点头昏眼热了……

那我就拼出一条命，大家家败人亡。①

因为男人的背叛而要被遗弃的爱姑，要坚决斗争下去，讨回个公道，甚至决心要闹得“他们家家败人亡”，但是几个回合之后，便成了“我本来是专听七大人吩咐……”而老老实实接受了不幸的命运。子君也曾勇敢地宣称“我是我自己的，他们谁也没有干涉我的权利!”可当涓生说出“我已经不爱你了!”“她脸色陡然变成灰黄，死了似的；瞬间便又苏生，眼里也发了稚气的闪闪的光泽。这眼光射向四处，正如孩子在饥渴中寻求着慈爱的母亲，但只在空中寻求，恐怖地回避着我的眼。”

她以后所有的只是她父亲——儿女的债主——的烈日一般的严威和旁人的赛过冰霜的冷眼。此外便是虚空。负着虚空的重担，在严威和冷眼中走着所谓人生的路，这是怎么可怕的事呵！而况这路的尽头，又不过是——连墓碑也没有的坟墓。②

子君最终在这样的严威和冷眼中消失了。若说爱姑作为一个村姑，敢有意识为自己不幸的婚姻努力抗争一下的话，子君则把全部生活的希望寄托在了涓生身上，当这个希望被抽走时，子君也就只能是“消失”的命运了。而无论爱姑还是子君，她们的婚姻，爱情，幸福甚至

① 《鲁迅全集》第二卷，人民文学出版社 2005 年版，第 149—154 页。
② 同上书，第 126—130 页。

生命总是被他人掌握着。幸福的要求是这样单纯，却又这样艰难。

在明清小说与鲁迅小说中，关于女性的第三个叩问是“我是谁?”即女性自身的生存与生命价值和精神追求何在？对于一个大多数连家庭都没有走出的女性世界而言，这一叩问的回答似乎更无从开启。在明清小说中，于“金瓶梅们”而言，生命的价值与意义，就是博得西门庆的欢心，可以在这个家庭中有说话的权利，甚至只是有生存的一席之地；于“聊斋”中女性狐媚鬼魂而言，或许只是书生落魄时衣食饱暖的相助中，“我爱你时你正一贫如洗寒窗苦读，离开你时你却金榜题名洞房花烛”，狐的命运便是千年等待与千年孤独，其生命价值与精神追求或许只能是现实中的“色授魂与”；林黛玉的生命意义与精神追求是为了还得三生石上神瑛侍者的雨露滋润，是为了求得一个精神上的知己，却也只能是“哭绛珠魂归离恨天”，大观园中的儿女们无论有何等的诗情雅致，也只能是“千红一哭，万艳同悲”的人生宿命。单四嫂子的希望与精神寄托在梦中，因为梦中她也许可以见到儿子，儿子会给她带来什么虽然似乎并不确切，但却是她的未来和希望，是唯一的“明天”；子君所希求的，是可以安稳地饲弄油鸡，为一个人煮好饭等他回来，静静地听他讲他所愿意讲的，至于讲的什么，似乎并不十分重要。这些人生的价值希求和理想终究没有走出家庭与婚姻。即使对祥林嫂而言，是捐完门槛后，死后鬼魂可以不被生前所嫁的两个男人的鬼魂争夺撕扯，是可以求得在死后世界中的安稳、平安，也还是在另一个未知世界中关于家庭与婚姻的希求。以此而言，明清小说与鲁迅小说中的这些关于女性的故事，其形象所活动的视阈是狭小的，在一个狭小的视阈内或许我们不能苛求他们可以闯出如何高远的人生天地？而这一狭小天地的限定，或许并不是著者的视界不够高远开阔，因为在家庭中，在婚恋中，身体安全与行为言行自由的保证与婚姻自由的保证，是女性生存最基本的存在意义，在最基本的保障尚未得到之前，社会地位与权力，精神的追求与生命的期许更是无从谈起的，而连这最基本的生存条件的改变也是何其困难。鲁迅曾言：

人生最苦痛的是梦醒了无路可以走。做梦的人是幸福的；倘没有看出可走的路，最要紧的是不要去惊醒他。……所以我想，假使寻不出路，我们所要的就是梦；……但不要将来的梦，只要目前的梦。

……

第一，在家应该先获得男女平均的分配；第二，在社会应该获得男女相等的势力。可惜我不知道这权柄如何取得，单知道仍然要战斗；或者也许比要求参政权更要用剧烈的战斗。

要求经济权固然是很平凡的事，然而也许比要求高尚的参政权以及博大的女子解放之类更烦难。天下事尽有小作为比大作为更烦难的。

……

在经济方面得到自由，就不是傀儡了么？也还是傀儡。无非被人所牵的事可以减少，而自己能牵的傀儡可以增多罢了。因为在现在的社会里，不但女人常作男人的傀儡，就是男人和男人，女人和女人，也相互地作傀儡，男人也常作女人的傀儡，这决不是几个女人取得经济权所能救的。

……

走是苦的，安息是乐的，他何以不安息呢？虽说背着咒诅，可是大约总该是觉得走比安息还适意，所以始终狂走的罢。

只是这牺牲的适意是属于自己的，与志士们之所谓为社会者无涉。群众，——尤其是中国的，——永远是戏剧的看客。牺牲上场，如果显得慷慨，他们就看了悲壮剧；如果显得觳觫，他们就看了滑稽剧。

可惜中国太难改变了，即使搬动一张桌子，改装一个火炉，几乎也要血；而且即使有了血，也未必一定能搬动，能改装。不是很大的鞭子打在背上，中国自己是不肯动弹的。我想这鞭子总要来，好坏是别一问题，然而总要打到的。但是从哪里来，怎么地来，我也是不能确切地知道。①

如上鲁迅最终所说："不是很大的鞭子打在背上，中国自己是不肯动弹的。我想这鞭子总要来，好坏是别一问题，然而总要打到的。但是从哪里来，怎么地来，我也是不能确切地知道。"由此可见，鲁迅是思考了这一问题的，只是思考尚没有确切的答案，正如鲁迅文中所写，易卜生面对那些感谢他"将女性的自觉，解放这些事，给人心以新的启示"的代表者们所说的，"我写那篇却并不是这意思，我不过是做诗"②。诗，应是人生的一个梦，一种理想，一个期许吧？对于一个有社会良知的知识分子，如鲁迅，如易卜生而言，用心"做诗"，便是在用心讲述社会存在与发展和人类的生命历程与未来期许。为女性的存在，也为人类的存在，寻找富有诗意的生命栖居之所。因此，明清小说与鲁迅小说中，关于女性社会地位与角色的描写并不多，因为更多的女性并没有走出家庭，在家庭中还没有行动甚至是言语权利，更毋庸说有机会或有权利走上社会，在社会中充当一定的社会人角色了。正如水泊梁山就像宋江专制下的一个封建家庭，而扈三娘就像一个被动失语的婴孩一样，婚姻由他人做主，甚至生命由他人做主，没有更

① 《鲁迅全集》第一卷，人民文学出版社2005年版，第166—171页。
② 同上书，第166页。

多的行动与话语权，也就没有任何表达自己诉求和欲望的权利或机会。而在这样的环境中，走出家庭的结果会有两种，一是走向觉醒，二是走向沉沦。觉醒的子君走向了毁灭，斗争的爱姑败了回来。正如鲁迅所叩问的《娜拉走后怎样?》：

> 娜拉或者也实在只有两条路：不是堕落，就是回来。因为如果是一匹小鸟，则笼子里固然不自由，而一出笼门，外面便又有鹰，有猫，以及别的什么东西之类；倘使已经关得麻痹了翅子，忘却了飞翔，也诚然是无路可以走。还有一条，就是饿死了，但饿死已经离开了生活，更无所谓问题，所以也不是什么路。①

但有两篇女性题材作品值得一提，即清代的《镜花缘》与鲁迅《故事新编》中的《补天》。这两篇小说的相似之处是都略带神话传说色彩，更为重要的是二者所描述的女性都走出了家庭。鲁迅在探讨清之以小说见才学者中，认为《镜花缘》：

> 作者命笔之由，即见于《泣红亭记》，盖于诸女，悲其销沉，爰托稗官，以传芳烈。书中关于女子之论亦多，故胡适以为“是一部讨论妇女问题的小说，他对于这个问题的答案，是男女应该受平等的待遇，平等的教育，平等的选举制度”（详见本书《引论》四）。②

《镜花缘》塑造了一个以女性为中心的“女儿国”，“男子反穿衣裙，作为妇人，以治内事；女子反穿靴帽，作为男人，以治外事”。女子的智慧、才能都不弱于男子，从皇帝到辅臣都是女子。反映出作者

---

① 《鲁迅全集》第一卷，人民文学出版社2005年版，第166页。

② 《鲁迅全集》第九卷，人民文学出版社2005年版，第258—259页。

提倡男女平等、男女具有同样社会地位理想。与《镜花缘》的为众芳烈树传不同，《补天》塑造的是创世之母——女娲形象。女娲从沉睡中惊醒，觉得很无聊，然后开始掬泥造人，并欢喜着，“以未曾有的勇往和愉快继续着伊的事业”，然后累了，有点不耐烦了，但还是不停手。不自觉的只是做。直到腰酸腿疼，直到焦躁，然后开始创造花卉自然，但也同时做出了一些呆头呆脑，獐头鼠目的有些讨厌的小东西，继续抡到腰腿痛，臂膊乏力，合眼躺下。当她被再次惊醒的时候，原来是天地分崩了。歪斜开裂的天，龌龊破烂的地，不再赏心悦目。女娲炼五色石以补苍天，寻石头的时候却被冷笑、痛骂，或者抢回去，甚而至于还咬伊的手。事情完成，然而伊也累得眼花耳鸣，支持不住了。女娲以自己用尽了一切的躯壳，便在这中间躺倒，而且不再呼吸了。上下四方是死灭以上的寂静。直到有一天，一群禁军躲躲闪闪地攻到女娲死尸的旁边，在死尸的肚皮上扎了寨，因为这一处最膏腴，并改口说自己是“女娲氏之肠”。女娲就这样造出人类生灵与世界万物，炼五色石以补苍天，拯救苍生，直到自己被累死，却被一些禁军在死尸的肚皮上安营寨扎。与《镜花缘》的百花兴尽而散不同，女娲这位创世英雄为所创造的世界献出了毕生精力与生命，最终却是死无宁日。一种深沉的悲哀也就此弥散开来。《镜花缘》与《补天》中的女性同是走上了社会，一个是在社会中参加诸多社会活动，另一个则是世界的创造者与拯救者。而后者的命运是悲哀的，遭遇了自己赋予生命的却忘恩负义的小人的种种纠缠、毁谤、落井下石。如果说李汝珍是在抒写一首理想的浪漫诗歌，鲁迅则是在抒写心灵的沉思之歌，李汝珍面对的是现实生活种种，鲁迅指向的是对于人类原创与拯救的神话，同样一个切近而现实，一个幽远而苍凉，这是鲁迅与李汝珍感受的不同，思索的不同，初衷的不同，理想的不同，叩问的不同。

三　幼者之于未来：对社会、民族与人类未来的深沉关切

1900年，梁启超一篇洋洋数千言的《少年中国说》，振聋发聩，慷慨激昂地痛斥日本人称呼中国的“老大帝国”说，决绝言到：“恶！是何言！是何言！吾心目中有一少年中国在。”认为“欲言国之老少，请先言人之老少”。而“造成今日之老大中国者，则中国老朽之冤业也。制出将来之少年中国者，则中国少年之责任也”。因此指出，“少年智则国智，少年富则国富；少年强则国强，少年独立则国独立；少年自由则国自由，少年进步则国进步；少年胜于欧洲则国胜于欧洲，少年雄于地球则国雄于地球”。是呵，少年的智、富、强、独立、自由、进步、胜于欧洲与胜于世界，便是国家的智、富、强、独立、自由、进步、胜于欧洲与胜于世界。少年的未来，代表着一个国家的未来，某种意义上，也是一个民族的未来，甚至可以说，少年的未来，是世界的未来，也是社会的未来，人类的未来。因此，在明清小说与鲁迅小说中，审视观照二者描述的少年，在此暂且称为“幼者”的形象，应是一个极有意义的命题。

明清小说中的幼者形象，尤其是较有特点的形象并不是很多。《金瓶梅》中李瓶儿刚出生不久的婴孩被潘金莲特意驯养的恶猫扑死了，《促织》中那个九岁的孩子不小心扑死父亲费尽心机捉来的促织，投井而死变成了促织，《红楼梦》中的巧姐在贾府“势败”“家亡”后，无依无靠，在被她的“狠舅奸兄”企图卖入烟花柳巷时，巧遇受凤姐接济过的刘姥姥，把巧姐招入家里与板儿结成夫妻，由一个贵族小姐变为村妇，过着男耕女织的清淡生活。除此之外，明清小说中较为着力描述的幼者形象当属神魔小说《西游记》中的红孩儿与《封神传》中的哪吒了。红孩儿武功非凡，因为想吃唐僧肉以求长生不老，被孙

悟空请来观音菩萨，收服做了菩萨的善财童子。作为一个由妖而被收服为仙的形象，红孩儿形象的积极意义并不十分明显。《封神传》中的哪吒，则是作者着力描绘的一个丰满可爱的神话英雄形象。李靖夫人怀孕三年零六个月才生下个肉球，李靖一剑切开，跳出哪吒，手套“乾坤圈”，腹围“混天绫”，满地上走，使得满地红光，满屋异香。哪吒七岁时，大闹东海龙宫，而“一人行事一人当”，为不连累父母而断臂剖腹，剜肠剔骨还给父母。他的孝道感动了龙王，赦免了李靖夫妇。但当李靖对他的魂魄继续无理逼迫时，哪吒认为骨肉已归父母，不再相干，仍要加害，就是仇敌。于是借莲花再度还身后，立即找李靖报一鞭之恨！幸亏文殊等众神仙解救了李靖。哪吒先是亵渎天神，后又“忤逆乱伦”，属于大逆不道，而他却毫无顾忌，我行我素。哪吒“三头八臂”，手执金砖、火尖枪、九龙神火罩及阴阳剑等八件兵器，会隐现之法，六只眼睛，烈日下不惧强光，暗夜间能看清万物，洞察百里，向上能看九重天，向下看十八层地狱，神通广大，堪举世无双，在姜子牙帐下连战告捷，越战越勇，所向无敌。但功成后，哪吒却不恋红尘富贵、功名利禄，奏请皇上归山隐居。审视哪吒形象，具有神勇、智慧、叛逆、正义、淡泊名利等可贵品质，而这些可贵品质集中于一个天真活泼的孩子身上，更富深意。但哪吒毕竟是神话人物，或许只能说其形象只是作者的一种理想想象。

与明清小说相较，鲁迅小说中的幼者形象则显得更为丰富。在其现代小说开篇之作的《狂人日记》中，便提到了孩子：

> 一伙小孩子，也在那里议论我；眼色也同赵贵翁一样，脸色也铁青。
>
> ……但是小孩子呢？那时候，他们还没有出世，何以今天也睁着怪眼睛，似乎怕我，似乎想害我。这真教我怕，教我纳罕而

且伤心。

我明白了。这是他们娘老子教的!

……

他的年纪,比我大哥小得远,居然也是一伙;这一定是他娘老子先教的。还怕已经教给他儿子了;所以连小孩子,也都恶狠狠的看我。

……

我捏起筷子,便想起我大哥;晓得妹子死掉的缘故,也全在他。那时我妹子才五岁,可爱可怜的样子,还在眼前。母亲哭个不住,他却劝母亲不要哭;大约因为自己吃了,哭起来不免有点过意不去。如果还能过意不去……妹子是被大哥吃了,母亲知道没有,我可不得而知。

……记得我四五岁时……大哥说爷娘生病,做儿子的须割下一片肉来,煮熟了请他吃,才算好人;母亲也没有说不行。一片吃得,整个的自然也吃得。

……

没有吃过人的孩子,或者还有?

救救孩子……①

小说中的孩子有了和大人一样的“想害我”的眼色,是娘老子教的,而这吃人又教给儿子们。狂人的妹妹五岁时就死去了,“被大哥吃了”,陌生人、熟人,甚至亲人之间,无不是一种吃人的眼色,而孩子也有了这样的眼色。于是小说结尾处发出振聋发聩的呐喊:“没有吃过人的孩子,或许还有?救救孩子……”救救孩子的什么?不让孩子学

① 《鲁迅全集》第一卷,人民文学出版社2005年版,第445—455页。

会吃人，或者不被人吃掉？引人深思。而其中讲到爷娘生病，做儿子的要割下一片肉煮熟了请他吃，才算好人，恍然想起了鲁迅的《二十四孝图》，批判指斥其中宣扬的那些残忍的扭曲了人的天性的“孝道”。《孤独者》中的大良们与《孔乙己》中围着孔乙己要茴香豆的孩子们，当魏连殳和孔乙己身上有利可沾时，他们一拥而上，没有时，则一哄而散，绝不留恋，完全是成人的世俗和功利，而对于此，“我”和魏连殳辩论着，孩子们有了坏脾气，失了最宝贵的天真的原因是什么？先天本质的好坏与后天教育对孩子哪个起了最重要的作用？没有了“天真”，希望在哪里？

> 不。大人的坏脾气，在孩子们是没有的。后来的坏，如你平日所攻击的坏，那是环境教坏的。原来却并不坏，天真……我以为中国的可以希望，只在这一点。
>
> 不。如果孩子中没有坏根苗，大起来怎么会有坏花果？譬如一粒种子，正因为内中本含有枝叶花果的胚，长大时才能够发出这些东西来。何尝是无端……①

失去了天真的孩子固然如此，那些生病的幼者呢？单四嫂子的宝儿病了，单四嫂子求签、许愿都没有用，才拿出全部的积蓄，却去找何仙姑看病，宝儿死了。（《明天》）而救治华小栓痨病的灵药却是蘸着革命者鲜血的人血馒头，华小栓也终于死去了。（《药》）顺姑在病痛的折磨和听信未来的男人还不如偷鸡贼诳言中，痛苦而绝望地死去了。（《在酒楼上》）这些年幼的生命在大人的愚昧无知中，在庸医的耽误中，在对封建婚姻的绝望中，凄凉无助地死去了。生命的保障在哪里？

---

① 《鲁迅全集》第二卷，人民文学出版社2005年版，第93页。

鲁迅小说中也有幼者形象较为明朗和快乐的。少年闰土可以在一望无际的瓜田里捉猹，可以在冬日雪天装弶捕小鸟，可以在海边捡贝壳。(《故乡》) 少年双喜、阿发们可以捉蚯蚓钓虾，可以撑船去看社戏，看戏饿了可以“偷”自家的罗汉豆煮来吃。(《社戏》) 孩子们可以在观看小兔的活泼和成长中寻得乐趣和开心，(《兔和猫》) 可以在观看蝌蚪变成蛤蟆的过程中充满兴趣地报告着小蝌蚪变化的消息。(《鸭的喜剧》) 然而，闰土终究要长大，会被兵匪、官、绅、苛捐杂税、饥荒、多子苦得像一个木偶人，这是否也是双喜、阿发们的长大呢？兔子被猫吃了，小蝌蚪也被鸭子吃了，可以带来快乐的，还有什么？如此叩问，引人深思。

鲁迅小说中，提到幼者受教育的很少，只是在《肥皂》中，有所描述：

> “这真叫作不成样子，”过了一会，四铭又慷慨的说，“现在的学生是。其实，在光绪年间，我就是最提倡开学堂的，可万料不到学堂的流弊竟至于如此之大：什么解放咧，自由咧，没有实学，只会胡闹。学程呢，为他化了的钱也不少了，都白化。好容易给他进了中西折中的学堂，英文又专是‘口耳并重’的，你以为这该好了罢，哼，可是读了一年，连‘恶毒妇’也不懂，大约仍然是念死书。吓，什么学堂，造就了些什么？我简直说：应该统统关掉。”
>
> “对咧，真不如统统关掉的好。”四太太糊着纸锭，同情的说。
>
> 秀儿她们也不必进什么学堂了。“女孩子，念什么书？”九公公先前这样说，反对女学的时候，我还攻击他呢；可是现在看起来，究竟是老年人的话对。你想，女人一阵一阵的在街上走，已

经很不雅观的了，她们却还要剪头发。我最恨的就是那些剪了头发的女学生，我简直说，军人土匪倒还情有可原，搅乱天下的就是她们，应该很严的办一办……①

四铭夫妻一唱一和地攻击的教育现状，表达女孩子不用受教育的观念，学程们面对父亲的无理斥责与父母对教育的攻击，不敢有一句违拗，在这样的保守思想的专制家庭的熏陶中，学程们的未来和思想怎会不仍然令人担忧。

如此的生存现状，如此的教育，如此的家庭与家长，这些幼者的生命、生存、教育，无不令人担忧。鲁迅小说中，大多数都有孩子的出现，但很少看到令人振奋的幼者形象，没有智、富、强、独立、自由、进步的少年，何来智、富、强、独立、自由、进步的国家，何来民族的未来，阿Q们依然存在，看客们依然存在，在一个偌大的“黑色的酱缸里”，幼者若此，何处可以看到光明、希望和未来？

在明清小说与鲁迅小说中，以此三类观照群体为代表，对于社会时代中的知识分子，女性世界以及幼者进行描述与展示，二者的关注点不同，表达与展示的角度不同，群体具体的形象也不同，体现了著者不同的思想观念。但无论怎样，都是著者作为具有较高的思想认识的知识分子对社会敏锐的洞察与体悟，优秀的文学作品可以专注时代的脉搏，向读者传递时代的独特之处。明清小说的优秀作品与鲁迅小说作为文学世界不可多得的经典，其对社会中人的表现是丰富的，笔者难以一一进行分析与审视，仅就这三个群体而言，可以说体现了著者对人类的叩问与思考，如果说知识分子代表了社会的良心，女性的解放可以作为人类社会解放程度的标尺，幼者代表着一个社会、民族

① 《鲁迅全集》第二卷，人民文学出版社2005年版，第47—48页。

与人类的未来的话，或许可以说这是对于人类的心灵思想，人类的现实存在状况以及人类的未来与希望的叩问，这也应该是人类在发展中最应该关注的极为重要和本质的问题，这一叩问体现了著者的深深思索与对人类关切的深沉情怀。通过比照，或许可以说，如果明清小说的这一叩问与展示显得较为诗意与理想化的话，则鲁迅的叩问与展示则来得更为深沉与冷静，其深邃的思想与深刻的见解辅之以犀利的目光与笔触直刺每一个群体极为本质与较为深层的问题中心所在，鲁迅以他独特的思想与笔触，用文学形象描述了中国 20 世纪的复杂社会与人类问题，提出了诸多值得思索和应该予以解决的问题，这些问题或许某种那个程度上是人类共同面临的抉择与困境，鲁迅正向其笔下那个执着前行的“过客”，行走着，体察着，思考着，言说着，无奈着，但继续行走着，观察着，思考着，言说着，试图找寻到希望与光明的所在，为人类“肩住了黑暗的闸门，放他们到光明的地方去”。一种知识分子知其不可而为之的勇敢与无私无畏，一种深沉的思索与情感的顽强拒抗，失望着，绝望着，却抗拒着，求索着。这就是一个时代与华夏民族最伟大的知识分子之一——鲁迅的思考与担当。

第三节　情感意蕴的豪情大爱转换：理想、诚爱、生命

对于明清小说与鲁迅小说的思想文化意蕴，笔者试图以一种关注真、善、美存在的视角，从儒家理想情怀、追寻诚爱伦理与悲悯苍生的呼唤生命意识三方面切入梳理。

一　心向儒家理想：从修齐治平到立国、立人的嬗变

明清小说中不论是时代累积型还是独创型的作品，最终成书都离不开知识分子的参与，而作为知识分子独特的使命意识与身份特点，一种以修身、齐家、治国、平天下为己任的儒家情怀，便成为其主要的思想意蕴之一，此类人物形象无论以何种身份与角色存在，其修齐治平的儒家情怀却尽得彰显。而这一彰显某种程度上也可以说是著者对一种理想人生状态的摹写，尽管在我们看来其理想期许未必能在现实中实现。而与此相较，鲁迅小说则以对现实世界理性的细致描摹来凸显社会制度的腐朽与数千年来积淀下来的国民的种种劣根性，并以此深蕴其“立国”与“立人”的文学创作初衷，以一种启蒙者的角色与姿态伫立文学之林。虽仍是一种儒家情怀，但其面临的社会更复杂，体味的人性更深刻，也便表现得更为深沉凝重，也显得更为真实和触动人心。而从修齐治平的人生理想到“立国”“立人”的嬗变，其彰显的不仅是一种个体理想追求的改变，更体现了一种放怀社会转变与人性追求的深刻思索，是一种质的飞跃。

明清小说中以修齐治平为自己生命价值期许的形象处处可见。如被称为《三国志演义》三绝之一“智绝”的诸葛亮便是极具代表性的一位。正如冯文楼教授所阐释的：

> 他是儒家“内圣外王”之理想人格的光辉典范，是知识分子参与政治、“为王者师”的优秀楷模，是集知识（我）、道德（我）、政治（我）三位一体（三我合一）的完人形象。小说既赋予他儒家的抱负、道家的风范、法家的谋略、兵家的智慧，同时又赋予他以神奇的法力和传奇的色彩，是一个集“贤相”与“谋士”为一体，

融大传统文化与小传统文化于一身的多元复合式形象。①

他的完人式的道德人格，他的“鞠躬尽瘁，死而后已”的献身精神，他的以天下为己任的责任意识，他的“知其不可而为之”的宗教承当精神，他的治国平天下的理政才干和军事智慧，他所扮演的军事/贤相/知识分子等多重角色，他之道德与事功、学术与治才的合一，他之羽扇纶巾飘飘然有神仙之概的风姿，他的宁静、淡泊和满腹经纶的人文修养……使他成为一个超越了个体存在和历史存在的文化符号。②

诸葛亮形象是作者为儒者设立的一个标准，是儒家情怀的完美体现，且不论其行为最终结果如何。若说诸葛亮是儒家情怀修齐治平追求的最理想代表的话，宋江则率水浒豪杰以义向忠、舍生取义，吟唱了一曲忠义悲歌，是儒家“忠/义”人格追求的典型体现。宋江最显著的特点是其集忠、义于一身的人格期许。同样如冯文楼教授所指出的：

他既肩担道义，足践江湖，在“仗义疏财，济危扶困”的侠义行为中，实现了自己作为一名江湖义士、绿林好汉的人格价值，赢得“及时雨”的美名；又“身居水浒之中，心在朝廷之上”，一意招安，专图报国，竭力向“忠义双全”的人格巅峰攀登，屈辱而不辞，至死犹未悔。“忠义”不但是他高悬的人格目标，而且赋予它一种价值信仰和终极关怀的内涵。③

宋江走上梁山之前，其人生行为以“义”为主导，践行仗义疏

① 冯文楼：《四大奇书的文本书化学阐释》，中国社会科学出版社2003年版，第131页。
② 同上书，第137—138页。
③ 同上书，第204页。

财、救危扶困的行为准则，“担着血海也似干系”帮晁盖脱险。被逼上梁山后，宋江改“聚义厅”为“忠义堂”，追求“忠义双全”，一心待朝廷招安，可以为国尽忠。他对兄弟义薄云天，对朝廷也是忠心不改。且不论这一“忠义双全”的价值期许是否可以实现，宋江却是为此勉力而为的。如果说诸葛亮是一个出将入相，建功立业的儒家形象的完美展现，宋江则是“忠义双全”的社会人格期许与践行中高自标置，孙悟空则是一个既要一路为人间斩妖魔除害，又要取回真经以求国泰民安，更要追求个性“自我”与“本真”、人性自由与人格独立成圣成佛的形象，其追求的是个性、能力与理想的完美结合，其“强者为尊该让我，英雄只此敢争先”的铮铮宣言，其不畏艰险的跋涉求经，都使其形象闪现着晚明时代文化思潮的特点。虽是作为一个神话小说人物形象出现，却更具有时代思想精神的鲜明特点。其存在与追求使其形象已经超越了诸葛亮们的儒家对于社会的治国平天下责任情怀，也超越了宋江们对于“忠义双全”人格建构的追求，而是更多地融入了个性与自我，从而使其形象显得更加生机勃勃，充满生命力而熠熠生辉。在《儒林外史》中，著者也塑造了几位理想的儒者形象，最具代表性的是杜少卿，其形象与上述具有明显儒家情怀的人物相比，更多了份恬淡与超脱。杜少卿傲视权贵，古道热肠，却又追求个性自由，崇尚性情自我的闲适生活，在传统儒家美德之外多了恣意，在六朝名士的通脱之外少了颓放，如果说诸葛亮、宋江、孙悟空是代表追求建功立业、兼济天下的执着儒者情怀，杜少卿则是恬淡适意，独善其身的淡泊心境。但综观四位形象，其共同之处则只是一种理想的表达。诸葛亮“出师未捷身先死，长使英雄泪满襟”，宋江则“煞曜罡星今已矣，谗臣贼相尚依然”，杜少卿也只落得钱财散尽，“贤人君子，风流云散”的孤苦，唯有孙悟空修成正果，可毕竟那只是神话。

与明清小说将儒家理想情怀赋予理想人物形象，却又感到理想的难以实现不同，鲁迅小说则似乎较为真实直接地描述了这一儒家情怀在现实中的不可实现，但又与明清小说最终归于理想破灭不同，鲁迅在绝望之余，依然心怀希望，并以一个更为丰富的命题为知识分子的儒家情怀提出新的目标，这就是：立国和立人。以儒者身份出现的魏连殳孤独逝去了，像一只“蝇子”飞来飞去的吕维甫教着三个孩子“子曰诗云”，连“后一分”也不知道，对时代社会与人性有着清醒认识的狂人终于“病愈”候补去了，何以立国，何以立人？或许我们可以从大禹的一心治水为民，后羿的宽容待人，墨子的立志“兼爱”“非攻”中，窥见一些鲁迅的一些思索及答案吧。关于大禹：

“这杀千刀的！奔什么丧！走过自家的门口，看也不进来看一下，就奔你的丧！做官做官，做官有什么好处，仔细像你的老子，做到充军，还掉在池子里变大忘八！这没良心的杀千刀！……”

“放他妈的屁！”禹心里想，但嘴上却大声说道：“我经过查考，知道先前的方法‘湮’，确是错误了。以后应该用‘导’！不知道诸位的意见怎么样？”

禹微微一笑：“我知道的。有人说我的爸爸变了黄熊，也有人说他变了三足鳖，也有人说我在求名，图利。说就是了。我要说的是我查了山泽的情形，征了百姓的意见，已经看透实情，打定主意，无论如何，非‘导’不可！这些同事，也都和我同意的。”

……

前面并没有仪仗，不过一大批乞丐似的随员。临末是一个粗手粗脚的大汉，黑脸黄须，腿弯微曲……

“洪水滔天，”禹说，“浩浩怀山襄陵，下民都浸在水里。我走旱路坐车，走水路坐船，走泥路坐橇，走山路坐轿。到一座山，

> 砍一通树，和益俩给大家有饭吃，有肉吃。放田水入川，放川水入海，和稷俩给大家有难得的东西吃。东西不够，就调有余，补不足。搬家。大家这才静下来了，各地方成了个样子。”
>
> ……
>
> “唉！”禹说。“做皇帝要小心，安静。对天有良心，天才会仍旧给你好处！”
>
> ……
>
> “我讨过老婆，四天就走，”禹回答说，“生了阿启，也不当他儿子看。所以能够治了水，分作五圈，简直有五千里，计十二州，直到海边，立了五个头领，都很好。只是有苗可不行，你得留心点！”①

通过以上文字，可以看到环境的洪灾泛滥，民不聊生，然而那些空谈家们却在怀疑大禹治水的成功性。禹的形象是一条瘦长的莽汉，粗手粗脚，不穿袜子，满脚底都是栗子一般的老茧，他的随从们是一群乞丐似的大汉，面目黧黑，衣服奇旧。当人们议论治水方法时，禹问大家“导”怎么样？大家都说不行的时候，禹不吱声，最后微笑表示谣言他都不在乎，而治水的方法则非“导”不可！而他的黑瘦的乞丐似的东西，不动，不言，不笑，像铁铸一样的同事们同意他。禹治水成功了，被传为夜里化为黄熊，或怎样请了天兵天将，捉怪。禹治水回来，没有仪仗，有的只还是乞丐似的随员。禹还是粗手粗脚的大汉，黑脸黄须，腿弯微曲。当舜要禹说什么时，禹说：每天孳孳的勤勉着！洪水滔天，下民都浸在水里。自己水陆兼程的跋涉，和大家同甘共苦，采用疏导，调有余，补不足，才治好了人们稳定。禹忠告舜，

① 《鲁迅全集》第二卷，人民文学出版社 2005 年版，第 394—400 页。

做皇帝要小心，安静。对天有良心，以及留心有苗等。禹讨老婆四天就离开家，儿子启也不管，所以能够治了水。在漫画似的描述中，禹的形象落魄而辛苦，但他的一言一行，音容笑貌，无不透露着坚定、无私、清醒、理智、智慧、真实等种种可贵之处。禹的科学方法，认真态度，亲历亲为的不辞辛苦，才使其治水成功，使国家、人们安定下来。但是大家在这个兢兢业业一心为民治水的形象展示中，禹夫人对禹的责骂十分值得深思：禹过家门而不入，岂不知做官会做到充军，还掉在池子里变大王八！如果说洪水泛滥象征一个国家的混乱的话，禹的无私、智慧、决绝、勤劳、大度等优秀品质则能使其建立起一个安定的国家。另一个曾拯救人类免于灾难的英雄后羿，面对妻子嫦娥的自私、不理解和奚落，面对老婆子的敲诈及徒弟蓬蒙的背叛和暗害，却在检讨自己，宽容对待，真挚、忘我、善良。如此英雄，即使落魄，也仍令人尊敬。而向来主张“兼爱”“非攻”的墨子，得知楚国要攻宋，就一定要走二十来天的路去见公输般，劝他放弃攻宋。墨子带上一把盐渍藜菜干，一柄破铜刀，一破包袱窝窝头，简朴的衣食行囊，一路上，草鞋带断了三四回，鞋底磨成大窟窿，脚上起茧或起泡，却毫不在意。在宋国，“走了三天，看不见一所大屋，看不见一棵大树，看不见一个活泼的人，看不见一片肥沃的田地”。墨子见了公输般，先引其说出“我是义不杀人的”的话，然后说道：

> 可是我有几句话。我在北方，听说你造了云梯，要去攻宋。宋有什么罪过呢？楚国有余的是地，缺少的是民。杀缺少的来争有余的，不能说是智；宋没有罪，却要攻他，不能说是仁；知道着，却不争，不能说是忠；争了，而不得，不能说是强；义不杀

少，然而杀多，不能说是知类。先生以为怎样?①

直到公输般放弃攻宋，然后又立即去见楚王，并以喻设例，劝说楚王放弃攻打宋：

“现在有一个人，不要轿车，却想偷邻家的破车子；不要锦绣，却想偷邻家的短毡袄；不要米肉，却想偷邻家的糠屑饭：这是怎样的人呢?”……“楚的地面，”墨子道，“方五千里，宋的却只方五百里，这就像轿车的和破车子；楚有云梦，满是犀兕麋鹿，江汉里的鱼鳖鼋鼍之多，那里都赛不过，宋却是所谓连雉兔鲫鱼也没有的，这就像米肉的和糠屑饭；楚有长松文梓楠木豫章，宋却没有大树，这就像锦绣和短毡袄。所以据臣看来，王吏的攻宋，和这是同类的。”②

等楚王有放弃之意时，又演示破解云梯，表示即使自己被杀，攻打也会失败，使楚王最终放弃攻打宋。最后，公输般对墨子说不要攻打宋了的时候，墨子却说：

“我用爱来钩，用恭来拒。不用爱钩，是不相亲的，不用恭拒，是要油滑的，不相亲而又油滑，马上就离散。所以互相爱，互相恭，就等于互相利。现在你用钩去钩人，人也用钩来钩你，你用拒去拒人，人也用拒来拒你，互相钩，互相拒，也就等于互相害了。所以我这义的钩拒，比你那舟战的钩拒好。”

……

“所以你还是一味的行义，”墨子看着他的眼睛，诚恳的说，

① 《鲁迅全集》第二卷，人民文学出版社 2005 年版，第 474—475 页。
② 《鲁迅全集》第二卷，人民文学出版社 2005 年版，第 475—476 页。

“不但巧，连天下也是你的了。”①

墨子用兼爱、非攻、义、恭、大利等观念建立起和平没有征战的世界，墨子反对一切侵略战争，主张加强实力、奋起自卫的思想，及其勇敢、机智、真诚和无私忘我的精神，其与禹、羿一起，代表了中华民族的脊梁，并使这一精神具体化、形象化。

鲁迅小说《狂人日记》指出中国几千年社会历史的本质是“吃人”，其结果却产生了“不争之民”，封建思想意识吃掉的不仅是人的肉体，更是人的灵魂。在其侵蚀毒害下，造成了国民的卑鄙、懦弱，顺从、愚钝、麻木、冷漠、自私自利、恃强凌弱、缺乏自我意识、对国家命运漠不关心等，“对于羊显凶兽相，而对于凶兽则显羊相”，鲁迅指出国民的劣根性之一是“求做奴隶而不得”，国人最缺乏的是“诚”和“爱”等，这一切都使其“不幸”却又“不争”。因此，摒弃国民劣根性，建立起“尊个性而张精神”的，具有清醒、自尊、自强、自信、胸襟开阔的优秀人格精神的人。要让一个丧失了人格的民族免于灭亡，“第一要著，是在改变他们的精神”，使之找回灵魂，还为主体，改变骨子里的“奴性”，这就是“立人”。“其首在立人，人立而凡事举”，人人立而国家立。“立人”与“立国”之间，要先“自觉至，个性张”，“尊个性而扬精神”，实现人的自觉、个性的发展和行为的理性，“思想自由，凡百学术之事，勃焉兴起”，要经过如下途径：先觉者的个性解放→国人的个性解放→立人→立国，而国立，也为会人立提供进一步的外部保障，才能使人的精神获得进一步的解放，人权得到进一步的保障。进而建立一个“尊个性，张精神”的由“人各有己”的个人组成的“人国”，使立国与立人不再矛盾，让立国服

① 同上书，第478—479页。

务于人的解放和人权的保障。

对于理想的国家与人性，明清小说与鲁迅小说最大的不同，或许就是一个先在假想中予以“立”，而后因为尊重客观现实的艺术创作，又不得不承认“破”的必然，一个先审视“破”的原因而后再寻求“立”的途径。或许可说前者不得不走向更暗的夜，而后者则在清醒认识的基础上提出一个期许，把心意和希望指向光明的未来！

二　追求诚爱伦理：从理想伦理到缺乏诚爱的冷漠现实

作为传情达意的艺术样式，明清小说与鲁迅小说无不融注了著者深沉的情感意蕴。若审视比较，则发现二者的情感意蕴指向却不尽相同。

在明清小说中，《三国志演义》提供了君臣与兄弟间的伦理典范，其中最为典型的便是刘备与诸葛亮，及刘备与关羽和张飞桃园三结义的兄弟之间。刘备与诸葛亮之间的关系可以说是一种自古儒者心目最为心仪的君臣关系。刘备之于诸葛亮，先有以皇室贵胄的身份，不因诸葛亮布衣的卑微，礼贤下士，三顾茅庐，隆中求对，恳请诸葛亮出山相辅他一统天下，后有临终托孤，甚至可以说将子孙与江山一并托付诸葛亮。刘备对于诸葛亮的知遇之恩，信任之态，才使得诸葛亮有《出师表》中肝胆相照的肺腑之言，才有其鞠躬尽瘁，死而后已的无悔无怨。《出师表》中，寥寥数笔，刘备的礼贤下士，敬贤爱才，知人善任的贤主明君形象，跃然纸上。刘备做到了为主为君的清明仁爱，公平公正，而诸葛亮也铭记知遇之恩，做到了为臣的忠诚、尽力，二者形象为君臣者树立了典范。同时，《三国志演义》中刘关张结义情深，正如歌中所说，这一拜，“春风得意遇知音”，三人同声相应同气相求，“保国安邦志慷慨”，“建国立业展雄才”，三人共同心怀建国立业的人生目标，而“忠肝义胆，患难相随誓不分开”，“生死不改”则是三人之间情投意合的弥笃情深。因此才有战场上一起出生入死，甘为对方舍弃生命，才有关羽的为了回到刘备身边，放弃曹营种种诱惑的“美髯公千里走单骑汉寿侯五关斩六将”（第二十七回），张飞的不顾自身安危要一心为关羽报仇，刘备的不论成败，执意兴兵“急兄仇张飞遇害雪弟恨先主兴兵”（第八十一回），三兄弟在小说中手足情深，誓同生死，其情意历历可见。在《三国志演义》的君臣之道兄弟之情外，《水浒传》塑造最为成功的则是兄弟之义。一生以“忠义双全”作为自己人生价值期许的宋江自不必说，梁山的其他英雄同样重义轻利，愿意为其他兄弟排忧解难，“同声相应，同气相求”，正如小说中所写：“同声相应归山寨，一气相随聚水滨。”“豪杰相逢鱼得水，英雄际会弟投兄。”（第六十九回）义既是每个水浒英雄的行为准则与理想人格，又是维系水浒存在的精神纽带与水浒英雄评判是非的标准。他们“交情浑似股肱，义气真同骨肉”，以义平等相处。在“义”的感召下，一百零八英雄齐聚水浒，虽然相貌出身各异，却是肝胆相照，心意相投。正如小说中梁山大聚义排座次后，作者所热情赞颂的：“千里面朝夕相见，一寸心死生可同。相貌语言，南北东西虽各别；心情肝胆，忠诚信义并无差。其人则有帝子神孙，富豪将吏，并三教九流，乃至猎户渔人，屠儿刽子，都一般儿哥弟称呼，不分贵贱；且又有同胞手足，捉对夫妻，与叔侄郎舅，以及跟随主仆，争斗冤仇，皆一样的酒筵欢乐，无问亲疏。或精灵，或粗卤，或村朴，或风流，何尝相碍，果然识性同居；或笔舌，或奔驰，或偷骗，各有偏长，真是随才器使。”（百二十回本·第七十一回）《水浒传》中以宋江的忠同样值得一提，尽管在其指引下，最终的招安使梁山英雄走向毁灭，但对于作为梁山首领的宋江而言，这一人格价值取向是始终未曾动摇的，甚至在被害至死时，为了不让李逵报仇，竟亲手毒死了这个最信赖他尊敬他的兄弟。迂则迂矣，却是至诚。与此相似，在“三言”“二拍”中，在与明代的商业经济活动有关的故事以及人世间交往的故事中，表达诚实的经商之道，守信的交友之道，如卖油郎秦重的做生意的忠厚本分，《范巨卿鸡黍死生交》中张劭与范巨卿的死生之交等。去参加科举的张劭为了照顾素昧平生店中生病的范巨卿而误了科举。两人结义后，相约在重阳节时范巨卿来看望张劭的母亲，以鸡黍招待。当范巨卿因为忙生意直到重阳早上才想起而又相距千里时，为了按时赴约，范巨卿竟自刎使鬼魂来赴约。而张劭在去吊唁范巨卿时，也自刎并要葬在范巨卿旁边。故事中范、张二人的“信”极为典型，君子重然诺，甚至不顾高堂老母，妻儿弱小，不惜牺牲生命来践行“信”。在君臣、朋友之外，对于家庭内部伦理意识，明清小说也有所展示。如李逵在上梁山之后，要接来母亲享福，《封神传》中的哪吒为了不连累父母，剔骨还父母的“孝”等。《红楼梦》中，贾宝玉与众姐妹之间的亲密无间，老祖母对孙子孙女们的疼爱，贾政兄弟对母亲的依顺等，这些都是家庭伦理的展现。另有一篇值得一提的明清小说是《聊斋志异》中的《娇娜》。爱情作为重要主题之一的《聊斋志异》，其中既有至死不渝的隔世姻缘如聂小倩、宁采臣之爱（《聂小倩》），也有“忘为异类”而相知相惜的黄英、马生之爱（《黄英》），而最为动人与引人深思的便是提出了“色授魂与，犹胜于颠倒衣裳”的娇娜与孔生的精神之恋（《娇娜》），这种超越肌肤之亲的深挚的相知相爱，既是“知音”之恋，也是精神恋爱，活泼、幽默、大方的娇娜曾为孔生亲手割去胸前肿块，孔生因爱而不觉疼，而当娇娜遇到灾难时，孔生仗剑保护，不顾自己安危而被雷霆击晕。娇娜为此喊出“孔郎为我而死，我何生矣”的真情，并“使松娘捧其首，兄以金簪拨其齿，自乃撮其颐，以舌度红丸入，又接吻而呵之”。但在小说最终，娇娜却是只在孔生的“闲园”中，常与孔生下棋、聊天，成为“腻友”，正如异史氏所赞：“余于孔生，不羡其得艳妻，而羡其得腻友也。观其容，可以忘饥；听其声，可以解颐。得此良友，时一谈宴，则‘色授魂与’，尤胜于颠倒衣裳矣。”这种超越了肌肤之亲的精神爱恋，令人耳目一新，同时也极具不同凡俗的思想意义。

与明清小说展示的君臣，朋友，父子，兄弟间忠信义孝悌等伦理不同，鲁迅小说更多展示的则是人与人之间的麻木冷漠，缺乏诚、爱。许寿裳先生曾说：“当时我们觉得我们民族最缺乏的东西是诚和爱，——换句话说：便是深中了诈伪无耻和猜疑相贼的毛病。”（《回忆鲁迅》）而缺乏诚和爱的结果必然是瞒和骗，鲁迅先生曾批判：

> 中国人的不敢正视各方面，用瞒和骗，造出奇妙的逃路来，而自以为正路。
>
> 在这路上，就证明着国民性的怯弱，懒惰，而又巧滑。一天一天的满足着，即一天一天的堕落着，但却又觉得日见其光荣。①

在鲁迅心中，这样的一群缺乏诚和爱，有着诈伪无耻和猜疑相贼的品性，以“瞒和骗”为逃路的人，其所看到的，依然是这群人的缺乏诚和爱的，充斥瞒和骗的行径。当大家都在像鸭子一样伸着脖子观看时，并没有谁关心要被示众的是谁，他为什么要被砍头？而在观看时，胖孩子被突如其来的“啪的一声”打在脸颊上时，也只有在莫名其妙中，敢怒不敢言的仓皇而逃。人与人之间的麻木、冷漠，甚至无缘无故的仇视、相虐，与“火焰焰的太阳”中的发挥着“盛夏的威

---

① 《鲁迅全集》第一卷，人民文学出版社 2005 年版，第 254 页。

力”的自然，相互映衬，更让人体味出世间人情的悲凉。七斤被剪了辫子，而赵七爷穿起“竹布长衫”，“一定又是于他有庆，于他的仇家有殃了”的时候，因为七斤嫂曾骂过赵七爷是“贱胎”，她的七斤有危险的担心便被赵七爷证实了，“你们知道：长毛时候，留发不留头，留头不留发”，即使你有一家老小，“那也没法。没有辫子，该当何罪，书上都一条一条明明白白写着的。不管他家里有些什么人”。而好心相劝的守寡的八一嫂则遭到了七斤嫂指着鼻子的混骂：“谁要你来多嘴！你这偷汉的小寡妇！”面对这样一场关于被剪辫子的风波：

> 村人们呆呆站着，心里计算，都觉得自己确乎抵不住张翼德，因此也决定七斤便要没有性命。七斤既然犯了皇法，想起他往常对人谈论城中的新闻的时候，就不该含着长烟管显出那般骄傲模样，所以对七斤的犯法，也觉得有些畅快。他们也仿佛想发些议论，却又觉得没有什么议论可发。嗡嗡的一阵乱嚷，蚊子都撞过赤膊身子，闯到乌桕树下去做市；他们也就慢慢地走散回家，关上门去睡觉。七斤嫂咕哝着，也收了家伙和桌子矮凳回家，关上门睡觉了。①

愚昧、冷漠，落井下石、无爱、麻木、欺软怕硬、瞒和骗的逃路，凡此种种劣根性淋漓尽显。而亲情更是不尊老，不爱幼，长不慈，子不孝。九斤老太正在大怒，拿破芭蕉扇敲着凳脚数落她的曾孙女，“这真是一代不如一代!”“我活到七十九岁了，活够了，不愿意眼见这些败家相，——还是死的好。立刻就要吃饭了，还吃炒豆子，吃穷了一家子!”六斤则藏在乌桕树后，大声说，“这老不死的!”吃饭的时候，六斤被没好气的七斤嫂用筷子在伊的双丫角中间直扎下去，并大喝着。

① 《鲁迅全集》第一卷，人民文学出版社2005年版，第497页。

拿的碗因此掉在地上破了很大的缺口。七斤为此直跳起来，“入娘的!”一巴掌打倒了六斤。兄弟之间呢？沛君被同事称赞，而在以为弟弟得了猩红热而死去的梦里，却与现实中截然不同：

“像你们的弟兄，实在是少有的；我没有遇见过。你们简直是谁也没有一点自私自利的心思，这就不容易……”

——命令康儿和两个弟妹进学校去了；却还有两个孩子哭嚷着要跟去。他已经被哭嚷的声音缠得发烦，但同时也觉得自己有了最高的威权和极大的力。他看见自己的手掌比平常大了三四倍，铁铸似的，向荷生的脸上一掌批过去……

——荷生满脸是血，哭着进来了。他跳在神堂上……那孩子后面还跟着一群相识和不相识的人。他知道他们是都来攻击他的……

——“我决不至于昧了良心。你们不要受孩子诳话的骗……”

——荷生就在他身边，他又举起了手掌……①

这就是鲁迅笔下的人世间与家庭，这就是鲁迅笔下的兄弟之悌。虚伪的谎言已经取代了手足亲情。同样，单四嫂子的宝儿死了，老拱们却趁机调戏和捞取钱财，落井下石。祥林嫂若不是柳妈对于“将来到阴司去，那两个死鬼的男人还要争，你给了谁好呢？阎罗大王只好把你锯开来，分给他们”的一再强调，也不会在风雪的“祝福”之夜，凄惨绝望地死去。这是人与人之间怎样的无爱和失去诚实，又是怎样的一种冷酷弥漫的人间世。鲁迅小说中君臣，更准确地说是个体

① 《鲁迅全集》第二卷，人民文学出版社2005年版，第135—143页。

与国家之间关系命题的表达似乎较为隐秘，不若明清小说那样直接树立君明臣忠的典型，但鲁迅凄凉的文字里，常常闪现着一个爱国知识分子对国家的忧虑与爱。鲁迅笔下的国家是一个黑漆漆的，不知是日是夜的所在，生活其中的六斤们，祥林嫂、子君们，魏连殳、孔乙己们，阿Q、闰土们，没有幸福，没有欢乐，甚至没有最基本的生命保障，国何以爱，人，又何所爱?

如上所述，鲁迅小说与明清小说中关于人际伦理与情感意蕴的表达，有很大的不同。明清小说中虽然有君不仁，臣不忠，父不慈，子不孝，兄不悌，友不信的伦理关系存在，但也塑造了诸多典型的君明臣忠，父慈子孝，兄弟友爱，朋友诚信的形象，这是著者对于人间伦理的理想愿景的表达，也是一定的社会现实的描摹，是一种知识分子在正统的叙事视角下演绎的人与人之间情感意蕴与伦理道德规范的抒写，理想，而不失真实。中国社会及至现代，到了鲁迅笔下，鲁迅所处的环境使其对于国家政权的腐朽昏暗，官吏的腐败贪婪，国家内忧外患中的风雨飘摇，社会道德的沦丧殆尽，人们生存的举步维艰，都有深深的体察。国，是弱国，而民，是弱民。弱到没有骨气，没有灵魂，不会爱恨。而作为心怀人间至爱情感的鲁迅，其小说世界里，关于国家和国民，较之明清小说，少了理想的摹绘，更多的是现状的冷静审视与深刻洞察，悲悯述说中彰显一种意欲立国，必先立人，唯有立人，才可立国的使命情怀!

三　呼唤生命意识：从悲凉哀叹到悲怀悯人的生命关切

卢梭曾言，“对于世界，我微不足道，对于我自己，我就是一切”。或许可以说个体生命意识的觉醒，是人类文明的最大进步。明清时期，尤其是明中叶以后，商业繁荣，市民壮大，政治日趋腐朽使其对于思想的控制有所松动，以及阳明心学的兴起，使得个体生命意识的张扬与个体欲望的追求诚实时代文学较为突出的主题。而明末国事多艰，部分作家向理性回归，文学的经世致用特点加强。清代文学在清初文化专制与日益严苛的文字狱中，在汉学的兴盛与对文学社会功能的强调中，文学的滞化与人文意识的闪烁出现交织变迁，而作为古代小说集大成者的明清小说中，对小说最主要的描述对象（笔者认为是社会，自然，人）之一者——人，对作为人的最本质最突出的思想情感特征——个体生命意识的描述也随之有不同展现。及至现代，鲁迅小说对于人的个体生命的关注更加深入，以一个揭露封建社会“吃人”本质为“呐喊”第一声的深邃思者，将智识者对人类个体的关注推向巅峰。二者相较，整体而言，或许可以说明清小说由强调个体价值的建功立业，张扬自我，强调欲望而转向对于心灵感受的叩问，最终以“悲”的情怀作结，而鲁迅小说创作之初，便以一种深挚的“悲悯”情怀直问人的生命个体存在，其中既有对生命个体存在的尊重，又有对生命个体存在状态与环境的审察，对生命归宿的质问，更有对生命价值与意义的叩询，遍问人类、苍生，在黑漆漆的暗夜似的酱缸似的无爱的荒原似的多灾多难的现代中国，对于其弱国的国民们，“哀其不幸，怒其不争”，对“实在将生命造的太烂，毁得太烂了”的造物深深诅咒着，对如此造物中的苍生及其命运，爱着，哀着，痛着，悲凉着，无奈着，视线却又始终舍不得离开，舍不得放弃，执着地追寻着生命的何以存在的希望所在，未来所在；生命之所以存在的爱的所在，皈依所在。正如钱理群教授所说：

由此而形成了鲁迅作品的基本母题：“爱”——对每一个生命个体的关爱；“死”——生命无辜的毁灭；以及“反抗”——

对来自一切方面的对生命的奴役、残害的绝望的抗争。①

明清小说中，讲史小说《三国志演义》与《水浒传》中的生命个体，是以一统天下，建功立业，报国安民为其存在价值与意义的，正因如此，其个体生命的存亡意义也是以此为标准来衡量的。一部描写战争，一部描写起义，生命的荼毒是必然的。《三国志演义》中，一座城池的陷落，随之而来的是浮尸遍野，血流成河，一次战争的结束，几十万人马便几近覆没。《水浒传》中同样“怒杀”“火烧”“血溅”字眼在回目中历历可见，宋江等108位英雄最终是“天罡尽已归天界，地煞还应入地中”（第一百回），且不论无数打家劫舍中的血流成河，满门绝灭。这两部小说中，生命存在只是建功立业的载体，其存亡也便随着建功立业的需要而决定。神魔小说《平妖传》《西游记》《封神传》等，以平定妖孽为其题材，自然体现了一种对于善良无辜者生命的保护与邪恶妖魔的灭除，而《西游记》在此主旨之外，更具意义的是第一次典型地张扬了个体生命存在的价值。孙悟空大闹地府，为的是在阎罗簿上勾去自己的姓名可以成为永得长生的自由生命，其大闹天宫为的是要给自己博得一个“齐天大圣”的至尊地位，其一路降妖除怪为的是证明自己“斗战胜佛”的本领高强，其不离不弃护送唐僧西天取经为的是完成一个生命价值和意义的期许，一个生性高傲，一个“强者为尊该让我，英雄只此敢争先”的勇敢自信者，一个“身回水帘洞，心逐取经僧”（第三十三回）的执着者，其具有人性自由追求与自我价值肯定的，有个性，有理想，有能力的完善的美好人性形象熠熠生辉。而与之相较，猪八戒的夯实憨厚，食、色俱贪，懒惰巧滑，使其成为与孙悟空具有神性的完美相对的现实人性的个体生命存

① 钱理群：《鲁迅作品十五讲》，北京大学出版社2003年版，第9页。

在。而把人性现实追求的一面推到极致的当属《金瓶梅》。这部以极力摹绘人类对食、色追求的小说，以西门庆为代表，其对贪欲、淫欲的无限追求可以说是人性中欲望追求的极大放大与彰显。其被认为是一部“哀”书，除对腐朽社会无从拯救的悲哀之外，人的生命与人性为物欲所役使，所扭曲，所剥夺，或许也是著者深深所“哀”的，是著者对于人性欲望追求最深沉最有价值和最有意义叩问。与《金瓶梅》的人为食、色贪欲所役使与驱遣不同，《儒林外史》则表达了功名利禄驱使下的士林百态。这群士子对功名利禄的追求，是以钳制人的思想的八股科举为手段，而这一手段为士人的灵魂思想套上了无形的枷锁，使其丧失了人生最本真的思想存在，也就失去了个体生命存在的价值和意义。可以说《儒林外史》与《金瓶梅》相得益彰，将人类在对无尽物质追求中的生命价值与意义做出深刻思考。与其不同，“三言”“二拍”则对人类对食、色与钱财的追求进行了较为常态的描摹。其肯定人的合理欲望，初显一种主张克制“情”“欲”，向“理”“礼”回归的人生物质追求及其个体生命价值趋向。《红楼梦》这部“满纸荒唐言，一把辛酸泪。都云作者痴，谁解其中味”（第一回）的“彻头彻尾的悲剧”。“悲剧中之悲剧”，被王国维认为是第三种之悲剧：

> 但在第三种，则见此非常之势力足以破坏人生之福祉者，无时而不可坠于吾前。且此等惨酷之行，不但时时可受诸己，而或可以加诸人，躬丁其酷，而无不平之可鸣，此可谓天下之至惨也。若《红楼梦》，则正第三种之悲剧也。兹就宝玉、黛玉之事言之，贾母爱宝钗之婉嫕而惩黛玉之孤僻，又信金玉之邪说而思压宝玉之病。王夫人固亲于薛氏，凤姐以持家之故，忌黛玉之才而虞其不便于己也。袭人惩尤二姐、香菱之事，闻黛玉“不是东风压西

风，就是西风压东风”之语（第八十一回），惧祸之及而自同于凤姐，亦自然之势也。宝玉之于黛玉信誓旦旦，而不能言之于最爱之之祖母，则普通之道德使然，况黛玉一女子哉！由此种种原因，而金玉以之合，木石以之离，又岂有蛇蝎之人物、非常之变故行于其间哉？不过通常之道德、通常之人情、通常之境遇为之而已。①

如此一部“千红一窟（哭）”“万艳同杯（悲）”（第五回）的小说，最终只能“为官的，家业凋零；富贵的，金银散尽；有恩的，死里逃生；无情的，分明报应。欠命的，命已还；欠泪的，泪已尽。冤冤相报实非轻，分离聚合皆前定。欲知命短问前生，老来富贵也真侥幸。看破的，遁入空门；痴迷的，枉送了性命。好一似食尽鸟投林，落了片白茫茫大地真干净！”（第五回）其中，仕途的悲剧，富贵的悲剧，情意的悲剧，甚至生存都难以保障的悲剧，错综交织，最令人痛心之处是人间至美（如晴雯的真，鸳鸯的烈，妙玉的洁，探春的率等）的无端毁灭，人间至情（林、黛的爱情，尤三姐、柳湘云的爱情）的难成眷属，然而又正如王国维所说，这些悲剧并不是外因所促，而是不可抗拒的命运的悲剧。可见，曹雪芹要表达的是人生的悲剧，《红楼梦》深沉的悲剧意蕴是承载于各个人物形象身上的，是不可抗拒的悲剧。明清小说关于人类生命个体存在的价值与意义的描述，至此成为一种形而上的哲学探讨，悲凉深远。

与明清小说相比，鲁迅小说或许可以说从对生命个体存在状态与环境的审察，对生命个体存在权利的尊重，及对个体生命价值与意义的叩询三个层次来描述其存在。鲁迅的个体生命，既包括人类，也包

① 王国维等：《王国维蔡元培鲁迅评点红楼梦》，团结出版社2004年版，第19页。

括自然界一切有生命的个体。因此鲁迅对于生命个体的关爱是博大而深沉的，博大到容纳一切生命，深沉到直逼人类的心灵。而鲁迅对生命个体的关注同时又是建立在对所处社会的深刻洞察与透彻体悟基础上的，在一个黑漆漆的暗夜似的酱缸似的无爱的荒原似的多灾多难的现代中国，在一个写满“吃人”历史的社会中，对于任何生命个体，甚至一个小动物也十分怜惜。而这样社会中生命的不幸遭遇将是必然的。鲁迅在强烈诅咒“实在将生命造的太烂，毁得太烂了”造物的同时，也在“哀其不幸，怒其不争”地爱着，哀着，痛着，悲凉着，无奈着，为这些个体生命寻求着不是“瞒”和“骗”的出路和解脱，叩问着个体生存的终极关怀与心灵归属。首先，“关爱每一个生命个体；其次，对于生命个体无辜毁灭的复仇意识，‘死’；最终‘反抗’一切对生命的奴役、残害，既是绝望，也要抗争”。这是怎样一种深沉的悲悯情怀。如果说明清小说表达的是一种放逐自己的深刻冷静客观洞察，鲁迅小说则是将自己沉浸或融入身边的每一个所关爱的生命的生存环境中，与他们同呼吸着污浊的空气，同感受着命运的苍凉，同寻找着生命可以幸福存在的“开阔光明”的世界。鲁迅对生命的关爱是从身边小动物开始的，三太太的一对白兔，“竖直了小小的通红的长耳朵，动着鼻子，眼睛里颇现些惊疑的神色”，但在孩子们时时捉他们来玩耍时，“他们很和气，竖起耳朵，动着鼻子，驯良地站在小手的圈子里，但一有空，却也就溜开去了”。孩子和小兔都很开心，小兔还生了小兔，可好景不长，“竟又全不见了那小的和大的……太阳出来了，他们却都不见。于是大家就忘却了”。如此可爱的小动物不见了，“大家就忘却了”，说来何等轻松，却又包含着怎样的无奈和悲凉，虽然后来“白兔的家族更繁荣，大家也又都高兴了”，鲁迅却难以忘却：

但自此之后，我总觉得凄凉。夜半在灯下坐着想，那两条小

> 性命，竟是人不知鬼不觉的早在不知什么时候丧失了，生物史上不着一些痕迹，并S也不叫一声。我于是记起旧事来，先前我住在会馆里，清早起身，只见大槐树下一片散乱的鸽子毛，这明明是膏于鹰吻的了，上午长班来一打扫，便什么都不见，谁知道曾有一个生命断送在这里呢？我又曾路过西四牌楼，看见一匹小狗被马车轧得快死，待回来时，什么也不见了，搬掉了罢，过往行人憧憧的走着，谁知道曾有一个生命断送在这里呢？夏夜，窗外面，常听到苍蝇的悠长的吱吱的叫声，这一定是给蝇虎咬住了，然而我向来无所容心于其间，而别人并且不听到……
>
> 假使造物也可以责备，那么，我以为他实在将生命造得太滥了，毁得太滥了。
>
> ……
>
> 造物太胡闹，我不能不反抗他了，虽然也许是倒是帮他的忙……
>
> 那黑猫是不能久在矮墙上高视阔步的了，我决定的想，于是又不由的一瞥那藏在书箱里的一瓶氰酸钾。①

对于小兔子这样一个很弱小动物的被残害，大家浑然不觉，或很快忘却了，但却使鲁迅感到深深的“凄凉”，并且想起了曾经历的“鸽子”“小狗”甚至“苍蝇”的生命的断送而不被知道。于是鲁迅恨恨地诅咒了造物“实在将生命造得太滥了，毁得太滥了”。并且，怀着这样对残害无辜的仇恨而复仇了，“造物太胡闹，我不能不反抗他了，虽然也许是倒是帮他的忙……”这样决定的时候，不由得一瞥藏在书箱里的一瓶氰酸钾。而这对于凶残者的仇视，终于在为眉间尺复仇的黑色人身上体现了。这位歌哭无端的黑色人，“黑须黑眼睛，瘦得

---

① 《鲁迅全集》第一卷，人民文学出版社2005年版，第580—581页。

如铁”，“冷冷地”，却要为素不相识的眉间尺向残暴的“王”报杀父之仇，且不要眉间尺以“义士”或“同情”来玷污自己，“我的心里全没有你所谓的那些”。而“我只不过要给你报仇!”

> 我一向认识你的父亲，也如一向认识你一样。但我要报仇，却并不为此。聪明的孩子，告诉你罢。你还不知道么，我怎么地善于报仇。你的就是我的；他也就是我。我的魂灵上是有这么多的，人我所加的伤，我已经憎恶了我自己!①

当他已为眉间尺复仇，然而王的头却在鼎里紧紧咬住眉间尺的头不放开，“仿佛听到孩子的失声叫痛的声音”时，黑色人“从容地”将自己的头劈入鼎中，“直奔王头，一口咬住了王的鼻子，几乎要咬下来”。直到“知道了王头确已断气，便四目相视，微微一笑，随即合上眼睛，仰面向天，沉到水底里去了”。黑色人为替眉间尺复仇，毫不吝惜自己的生命，因为“你的就是我的；他也就是我。我的魂灵上是有这么多的，人我所加的伤，我已经憎恶了我自己!”这是怎样一个无私无畏的复仇者，又是怎样一个怀着强烈仇恨的复仇者？甚至因人我所加的伤而“憎恶了我自己”。那一瞥剧毒的氰化钾人的影子隐约可见。鲁迅小说创作伊始，便呐喊出了社会“吃人”（《狂人日记》）的愤恨，揭露对生命的荼毒与生存权利的无视。个体生命存在本来就已被造物毁得太烂，但令人心痛的是生命个体自己呢，或者如阿Q一样，麻木愚昧的试图以“精神胜利法”而苟活却不能，或如起死的五百年前死去的“汉子”（《起死》）一样，毫不珍惜还要重新死去。生存显得并无价值与意义，更无自身的追求

① 《鲁迅全集》第二卷，人民文学出版社2005年版，第441页。

与目的。陈士成、孔乙己们的生命是为了科举而存在的；子君们的生命是为了“盲目”的“爱情”而存在的；夏瑜、女娲们为了拯救愚昧无知的人类，甘心付出自己的生命；伯夷、叔齐们的生命是为了所谓的一个虚无的名；而魏连殳、吕维甫们，为了理想漂泊着，却又找不到理想的意义与价值，找不到理想的依附所在，涓生们最终却只能悔恨着，寂寞、孤独着，无处可逃；或许，最有意义的是禹们的生命存在吧，目标具体、切近，其践行也坚定、清醒而执着。或许可以作为鲁迅思考的一种结果与出路？

“你是怎么称呼的？”其回答是“我不知道”。“那么，你是从哪里来的呢？”回答仍是“我不知道”。“那么，我可以问你到哪里去么？”回答依然是“我不知道”。《过客》中这一满含隐喻的叩问，正如对于人类“我是谁，从哪来，向哪去”的永恒叩问一样，鲁迅同样关注了这一命题，与明清小说作者一起，进行了各自独特的思考。表达的方式不同，风格不同，关注的视角不同，结论不同，思考的起点不同，结果不同，但无论怎样，有良知的知识分子对个体生命的关爱、珍惜相通，其对生命存在价值与意义的切切叩问，跨越时空，息息相通！

第四节　题旨情怀的幻形写意比照：批判、建构、诗意栖居

选取明清小说《西游记》《聊斋志异》与鲁迅小说《故事新编》做比较，是基于这三种作品相似的情感与意旨表达策略，即以写实与幻化、想象与真实的交融来抒情写意，而三者既有相同之处，却又各

具特点。三部作品的共同之处是借对幻界百态或现实种种的揶揄来对现实社会与人性进行富有策略地揭露与批判，更是一种生命心灵诗意栖居的美好期许的文学表达。

一　以幻写实中的批判意识及叙事视角

不论是神魔小说《西游记》、志怪小说《聊斋志异》，还是古今杂糅的《故事新编》，三部小说的相通之处是以虚幻手法写神魔、鬼狐，或在现代社会演绎古代神话传说或英雄人物时，都蕴含着强烈的批判意味，以虚写实，借以抒发著者对社会不平及人性丑陋的批判，展示了知识分子的批判立场。但其批判对象及视角又不尽相同。

《西游记》描述的世界是以取经僧与神、魔的斗争为主的，但取经师徒所行走的世界却是人间世界，在一路“踏平坎坷成大道，斗罢艰辛又出发”的过程中，虚幻的妖魔世界更是真实人世的投影，而著者对于现实世界的愤懑与不平投射在小说中的仙界天庭抑或魔窟地府还是人间国度，对于天、地间的丑陋之人，丑陋之事的批判也时时隐现在字里行间。如其描写的天庭中，玉帝是不辨是非、独断专行的昏聩君王，其身边的众神同样是迂腐无能，欺上瞒下。在孙悟空大闹天宫的过程中，对于天性自尊孤傲，崇尚自由的孙悟空，天界与各路神仙均是以对其自由的约束与自尊的抹杀为目的的，玉帝的初衷是要做一个专制的君主，而诸仙的行事则是为了培养出又一个对当权者言听计从的臣仆和奴才。因此孙悟空的自尊、高傲是不可能为其所容的。终于被压到五行山下，经受身心的磨难，被剥夺自由与本真生命的勃勃生机，而试图促其向具有温驯奴性特点的臣仆转变。五行山下定心猿，只是心猿的心并未被定住，依然不屈和持守。接下来的故事则叙述了人间的邪恶与地府的腐败。陈光蕊赴任逢灾（《附录》），人间的邪恶贪婪，滥杀无辜，杀人越货，于此可见一斑，正如如来佛祖所言，“那南赡部洲者，贪淫乐祸，多杀多争，正所谓口舌凶场，是非恶海”。指出了世人人性的贪图享乐，多杀多争等恶劣品行。人间的帝王君主也多有昏聩无能，荒淫残暴，崇佛信道，草菅无辜的人。而地府同样也是如此。唐太宗在地府遭遇孤魂饿鬼纠缠，“得些钱钞与他”。其得以走出地府，也是因为或人情或世故。即使是西天佛祖，尊者也是“掯财作弊”，不肯白手传经。《西游记》中的诸多妖魔鬼怪更是现实社会中邪恶势力的象征。如虎力三大仙化为道士，在车迟国以妖书骗得国王信任后，便开始残害和尚，使一国和尚，或丢失性命，或沦为苦工，欲死不得，逃生不能，而且“四下里快手有多，缉事的又广，凭你怎么也是难脱”。不单是和尚，就是“剪鬃、秃子、毛稀的，都也难逃”。（第四十四回）这不正是明代“缉事人四出，道路（人）惶惧”，“一家犯，邻里皆坐（受连累）”的统治者利用特务残害无辜的真实写照吗？

《聊斋志异》描绘的不同于《西游记》的神魔，而是一个狐鬼世界。与《西游记》故事的承载于取经事业不同，《聊斋志异》故事常常借助梦幻或奇遇等展开。或是人的偶入幻境，或是狐媚幻入人间，是一种超越现实的虚幻、奇异故事。但这些虚幻的狐鬼故事承载的却是蒲松龄对现实世界的一腔忧愤，如其所言：“独是子夜荧荧，灯昏欲蕊；萧斋瑟瑟，案冷凝结冰。集腋为裘，妄续幽冥之录；浮白载笔，竟成孤愤之书。寄托如此，亦足悲矣！嗟乎！惊霜寒雀，抱树无温；吊月秋虫，偎栏自热。知我者，其在青林黑塞间乎！”（《聊斋自志》）蒲松龄就这样感喟着：笔下鬼事逸兴遄飞而赢得狂狷之名，借鬼事倾吐和寄托旷远怀抱，而不隐讳对鬼神之事的痴迷。在这寂寞子夜，灯火昏黄灯花欲结又幽幽欲灭；瑟瑟寒斋中，桌案像块寒冰。集腋成裘，像刘义庆妄续《幽明录》；奋笔写作，竟写成类似韩非子的《孤愤》之书；怀抱寄托在此，是足可以悲哀的了。蒲松龄悲叹着，惊霜寒雀栖在寒冬感觉不到温暖的枝丛上；吊月伤怀的秋虫偎依栏杆，在自己的歌声中聊得自慰的热度。而明白我的，唯有那青青枫林、沉沉关塞间游荡着的幽魂而已。襟怀若此，境况若此，悲凉若此，因而在孤愤的悲叹中，其故事更多的抒发了人世的冷暖悲戚。这冷暖悲戚、凄苦遭际既来自于世间政治的昏暗，也来自于官府的腐朽。如《公孙九娘》讲述莱阳生入鬼村与鬼女公孙九娘的一段幽魂故事开头的背景中写到“于七一案，连坐被诛者，栖霞、莱阳两县最多。一日俘数百人，尽戮于演武场中，碧血满地，白骨撑天”。对于清军的残暴和滥杀无辜进行了大胆揭露。又如《促织》中，“宣德间，宫中尚促织之戏，岁征民间”。而“里胥猾黠，假此科敛丁口，每责一头，辄倾数家之产”。当以童子业为生的成名好不容易找到的一只促织被九岁的孩子不小心扑死后，孩子吓得投井自尽，化为促织。异史氏在篇末批评道：“天子偶用一物，未必不过此已忘；而奉行者即为定例。加以官贪吏虐，民日贴妇卖儿，更无休止。故天子一跬步，皆关民命，不可忽也。”虽然故事中“成氏子以蠹贫，以促织富，裘马扬扬”。但很明显只是幻想的故事结局。君王的昏聩堕落，里胥滑黠，官贪吏虐，民日贴妇卖儿，更无休止的暗无天日的百姓生活，由此可见一斑。身为场屋困顿的蒲松龄，对于科场的弊端也有深刻的揭露。考官的昏庸，致使有才之士难以得中，而平庸卑劣之才却一路顺畅得以腾达。闻人生在冥间的考弊司，看到的是堂下刻着“孝悌忠信”“礼义廉耻”的石碣，而司主虚肚鬼王却专事榨取，初来秀才“不必有罪”，而是“例应割髀肉”，行贿才可以赎免，闻人生不仅悲愤大呼“惨惨如此，成何世界！”（《考弊司》）“文章词赋，冠绝当时，而所如不偶，困于名场”的叶生，郁郁而死，死不瞑目，幻形于世，将生前的制艺传授他人，同样的文章却连试皆捷，当叶生幻形也中举回乡时，其妻子却迎头棒喝“君死已久，何复言贵”，叶生闻之，“抚然惆怅”，“扑地而灭”（《叶生》）。其他如盲僧人凭嗅觉评判文章，并愤然指斥考官的一窍不通，“仆虽盲于目，而不盲于鼻，今帘中人并鼻亦盲矣”。贾奉雉受异人指点，取拙劣泛滥的句子连缀成文，却得榜高中，自己都感到“以金盆玉碗贮狗矢，真无颜出见同人”。讽刺揶揄，鞭辟入里。社会腐朽黑暗，科场暗无天日，使得史氏曰感叹若此：“嗟乎！遇合难期，遭逢不偶。行踪落落，对影长愁；傲骨嶙嶙，搔头自爱。叹面目之酸涩，来鬼物之揶揄。频居康了之中，则须发之条条可丑；一落孙山之外，则文章之处处皆疵。古今痛哭之人，卞和惟尔；颠倒逸群之物，伯乐伊谁？抱刺于怀，三年灭字，侧身以望，四海无家。人生世上，只须合眼放步，以听造物之低昂而已。天下之昂藏沦落如叶生者，亦复不少，顾安得令威复来而生死从之也哉？噫！”（《贾奉雉》）遭际的困顿悲凉无奈，一言难尽，胸中的无限惆怅块垒，无可寄托，歌哭无端，四海无家，孤愤难抒，知者，伴者，听着的，似乎唯有旷野的孤魂野狐。黑暗社会中人生的黯淡悲凉，何至于此？

不同于《西游记》的借神魔世界写意，同时批判现实社会的统治者及人性的或自私或贪婪等种种劣性，《聊斋志异》的借旷野孤魂野狐世界来抒情，并对于统治者的残暴腐朽及科举制度的种种弊端加以抨击，《故事新编》——这部被称为“是想从古代和现代都采取题材，来做短篇小说”（《故事新编序言》）的鲁迅生命最后的创新之作，则以人物故事与形象的“古今杂糅”，在或油滑或戏谑的“庄严”与“荒诞”的，对英雄或哲人的建构或消解中，以“游戏笔墨”投射出鲁迅骨子里深深的悲凉，而字里行间，批判的锋芒，同样隐约可见。

或许可以说，以“立国”与“立人”思想为一生期许的鲁迅，其在《故事新编》中所批评的，便是既有国的不“立”，更有人的不“人”。如《补天》中，作为世界的创造者与拯救者，女娲“诧异”自己做的“小东西”，“这诧异使伊喜欢，以未曾有的勇往和愉快继续着伊的事业，呼吸吹嘘着，汗混和着……”认为他们是“可爱的宝贝”。并为其“几乎吹完了呼吸，流完了汗，而况又头昏，两眼便蒙胧起来，两颊也渐渐地发了热，自己觉得无所谓了，而且不耐烦。然而伊还是照旧的不歇手，不自觉的只是做”。直到“总觉得左右不如意了”，便开始抡着紫藤溅出泥水“就成了许多伊先前做过了一般的小东西”，泥水“还在空中便成了哇哇地啼哭的小东西，爬来爬去的撒得满地”。直到精疲力竭而合上眼睛。当她被巨大的声响惊醒的时候，“坏劫到来，天地分崩了”。她“将那些山都搁在”“一队巨鳌”脊梁上，嘱咐“给我驼到平稳点的地方去罢!”她想知道“那是怎么一回事呢?”回答是：“颛顼不道，抗我后，我后躬行天讨，战于郊。”“人心不古，康回实有豕心，觑天位，我后躬行天讨，战于郊。”“是打仗罢?”看到“天上一条大裂纹，非常深，也非常阔”。女娲打定了主意“修补起来再说”。“从此日日夜夜堆芦柴”使得日日消瘦，寻青石而被“看见的又冷笑、痛骂，或者抢回去，甚而至于还咬伊的手”。女娲只好用五色石以补苍天。而终于感到了“我从来没有这样的无聊过”。女娲看到了自己两腿之间“顶着长方板的”拿着的小片“裸裎淫佚，失德蔑礼败度，禽兽行。国有常刑，惟禁!”女娲“本已知道和这类东西扳谈，照例是说不通的，于是不再开口，而开始点火炼五色石以补苍天。直到“天上一色青碧”，“捧芦灰了，一捧一捧的填在地上的大水里”，即使“灰水泼满了伊的周身”。直到完成，“伊的以自己用尽了自己一切的躯壳，便在这中间躺倒，而且不再呼吸了”。“上下四方是死灭以上的寂静。”直到有一天“禁军终于杀到了，因为他们等候着望不见火光和烟尘的时候，所以到得迟”。他们就在死尸的肚皮上扎了寨，因为这一处最膏腴，他们捡选这些事是很伶俐的。然而他们却突然变了口风，说唯有他们是女娲的嫡派，同时也就改换了大纛旗上的科斗字，写道“女娲氏之肠”。作为《故事新编》的开篇之作，《补天》的批判是十分深刻的。人类面对女娲的创造，丝毫没有感恩，而以自己的贪婪引起战争，使得天崩山动，人类面临灭绝的灾难。女娲再次不辞辛苦，炼五色石以补苍天而拯救人类，人类却“裸裎淫佚，失德蔑礼败度，禽兽行。国有常刑，惟禁！”女娲终于为拯救人类而停止了呼吸。然而即使如此，其尸体却还是被无耻的“禁军”选择膏腴的肚皮扎寨安居，并且以其“嫡派”自居。人类自己为自己制造了灾难，却并不感恩拯救者，这样无情无义的生物，使得世界处于一种绝望中，“所以直到现在，总没有人看见半座神仙山，至多也不外乎发见了若干野蛮岛”。人间没有“神仙山”，只有“野蛮岛”，如此悲凉与绝望，焦灼与无奈，充斥鲁迅心中。贪婪、自私、见利忘义，对于人的劣根性的批判精辟而深刻。而曾经“封豕长蛇”、射落九日而拯救人类免除灾难的后羿，虽然没有像女娲一样为拯救人类被累至死，却也遭遇了英雄末路，食无着落，受尽旁人甚至亲人奚落，被世人讹诈、不解、诬陷、毁谤，被弟子暗害，而最终被亲人抛弃的悲惨境遇。(《奔月》）即使像费尽周折与辛苦磨难，以及不顾生命危险，游说楚王放弃对宋的进攻，而拯救了宋国的墨翟，“在归途上，是走得较慢了，一则力乏，二则脚痛，三则干粮已经吃完，难免觉得肚子饿，四则事情已经办妥，不像来时的匆忙。然而比来时更晦气：一进宋国界，就被搜检了两回；走近都城，又遇到募捐救国队，募去了破包袱；到得南关外，又遭着大雨，到城门下想避避雨，被两个执戈的巡兵赶开了，淋得一身湿，从此鼻子塞了十多天”。(《非攻》) 让人在体味到墨翟在“九死其未悔”的执着拯救苍生免于战争的荼毒中，所忍受的悲凉、辛酸与冷酷无情。如果说《补天》《奔月》《非攻》批判了人类的贪婪、自私、无情无义等劣根性的话，《采薇》则把批判的矛头指向了人的虚伪与迂腐。伯夷与叔齐为了愚忠而“不食周粟”，殊不知“普天之下，莫非王土”，终于连薇也不能吃下去了，终于也不能活下去了。而为伯夷熬了姜汤的“年轻的太太”，“看见伯夷已经自己醒来了，似乎很有些失望”。当知道伯夷怕辣而不想喝时，“这怎么办好呢？还是八年陈的老姜熬的呀。别人家还拿不出这样的东西来呢。我们的家里又没有爱吃辣的人……”她显然有点不高兴。直到叔齐替伯夷喝下姜汤“恭敬的夸赞了姜汤的力量，谢了那太太的好意之后，这才解决了这一场大纠纷”。华山大王小穷奇明明是打劫，却冠冕堂皇地说“请您老赏”一点买路钱。自称“小人们也遵先王遗教，非常敬老，所以要请您老留下一点纪念品”甚至都要动手打劫，还寡廉鲜耻地声称“如果您老还要谦让，那可小人们只好恭行天搜，瞻仰一下您老的贵体了！”而终于把“伯夷叔齐们”细细搜检了一遍。最终还自我标榜：“老先生，请您不要怕。海派会‘剥猪猡’，我们是文明人，不干这玩意儿的。什么纪念品也没有，只好算我们自己晦气。现在您只要滚您的蛋就是了！”及至“恭敬”问：“您走了？您不喝茶了么？”绘声绘色的滑稽的言行，反衬出伪善或邪恶的本性。《出关》的老子，因为不能为作为徒弟的孔子所容而不得不出关，人间的“礼”何在？被强制对“四个巡警，两个签子手，五个探子，一个书记，账房和厨房”讲了一通“道可道，非常道；名可名，非常名。……”而终于讲得“大家显出苦脸来了，有些人还似乎手足失措。一个签子手打了一个大呵欠，书记先生竟打起瞌睡来，哗啷一声，刀，笔，木札，都从手里落在席子上面了”。老子却讲得更“详细了一点”。听讲的人“还是听不懂”。因而格外受苦，可是大家“为面子起见，人们只好熬着，但后来总不免七倒八歪斜，各人想着自己的事，待讲到‘圣人之道，为而不争’，住了口了，还是谁也不动弹”。直到老子加上一句“完了！”其中的世态炎凉令人心寒，圣学的不被理解而预示的道德沦丧，思想麻木苍白，在嬉笑怒骂之中，表现得淋漓尽致。《起死》中，好心的庄子请司命起死五百年前的汉子之后，却被汉子无理纠缠着，要扒下庄子的衣服自己穿，而庄子则被鬼魂奚落并当场出丑，落得仓皇而逃。《铸剑》在复仇的主题中，王的残暴无度，喜怒无常，荼毒生灵，纵情享乐，昏庸腐朽，贪得无厌等统治阶级的恶劣品行也暴露无遗。一部《故事新编》，只有《理水》看似以歌颂禹的一心为公，亲力亲为，果断勇毅，有智有谋的实干家形象，但在对其周围的群臣及百姓的描述中，群臣的虚伪、欺上瞒下、无能且嫉贤妒能，言行不一，极尽毁谤诬陷之能事等种种恶劣品行更是惟妙惟肖，百姓的麻木愚昧、奴性十足，欺软怕硬等劣根性同样尽得体现。

《故事新编》与《西游记》及《聊斋志异》的批判性相较，不同于后二者的批判多侧重于统治者与社会的腐朽黑暗，《故事新编》则更集中于对人的劣根性的深刻挖掘与揭示，这一批判与揭示或许可说因其直逼人性的内心深处而显得更为犀利、深刻。《西游记》借神魔世界以写意，《聊斋志异》借旷野孤魂野狐世界以抒情，《故事新编》“古今杂糅”，或油滑或戏谑的在“庄严”与“荒诞”的对英雄或哲人的建构或消解中，以“游戏笔墨”，投射出鲁迅骨子里深深的悲凉，而字里行间批判的锋芒同样隐约可见。或许可以说，以“立国”与“立人”思想为宗旨，鲁迅在《故事新编》中所批评的，既有国的不“立”，又有人的不“立”。因此其批判也就具有了某种形而上的特点。

《故事新编》的人物选取不是神话传说人物就是英雄及历史人物。或者可以说对老子《出关》与庄子《起死》的描述，某种程度上也是对于以其为代表的道家思想无为而治的一种深刻思考与审视，对于墨翟《非攻》的述说，则可以看作对其“兼爱”“非攻”墨家思想的一种审视，对于《铸剑》复仇主题的表达，则是对于传统儒家温文尔雅，恕道等的一种隐性讽刺，对于《奔月》英雄末路的展示，则为人类提出了持续发展的主题萌芽等。同时，基于不同的批判视角，鲁迅在立意批判时，除了把愤恨不平的情感与人类不幸的原因的探讨指向社会与统治者的种种丑恶的外在原因外，更指向了作为社会主体的人类的自身，通过审视人类自身的劣根性，“哀其不幸”的同时更“怒其不争”，体现了鲁迅在“立人”基础上，再以此“立国”，以文学思想展示的社会、人类理想。以此而言，鲁迅小说较之明清小说此一方面的探讨或许可以说更为深刻，充满智慧与更为抓住问题的根本所在。人不“立”，何以“立国”，而人之“立”，其最重要、最基础的是先要找到其不“立”的根本原因所在，只有深刻地“画”出最本质的“灵魂”，才能认清“沉默的国民的灵魂”，才能改造“国民性”，而后人立，而后国立。此一价值期许与指向，及至当下，仅对于改造国民性而言，仍然是任重而道远！无怪乎鲁迅的孤独、绝望，而不放弃。

综上所述，无论是《西游记》中对天庭众神的昏聩、蛮横及专断的批判与揭露，与妖魔们的凶狠、贪婪、自私、残害无辜的仇恨及势不两立，或者人间国度的种种丑陋、腐朽与不公，还是《聊斋志异》中对统治者穷兵黩武的残暴与荼毒无辜生灵的批判，对科举制度腐朽与黑暗的揭露与指斥，抑或《故事新编》中对人们的麻木、愚昧、冷漠及统治者残暴的批判，都是以虚幻的形式出现的，在虚幻中书写著者对于社会与人间的不平。这样的书写一方面可以使著者的批判空间更加广阔，另一方面也可以使其批判力度及深度更加不受制约而更“放诞无忌”，刺贪刺虐，也更入木三分。这无论是在思想统治由高压趋于松动的明代社会，还是在“避席畏闻文字狱，著书都为稻粱谋”（《龚定盦诗集·咏史》）文网严密的有清一代，及反动统治肆虐的鲁迅生活中，以实写虚，在神鬼或古人中融入实际和现代，是著者的一种不得已而为之，也是智者的一种抒情达意的策略选择，“假作真时真亦假，无为有处有还无”，或许红楼梦境的这句谶语，也可以作为这些以幻写实，避实就虚，却是以智者的眼光洞察世事，不平则鸣的一种知识分子的使命情怀，难能而可贵，愤恨而多愁，深切而多忧！

二　以幻抒情中的世界与人生理想建构

知识分子总是以批判为其“路漫漫其修远兮”的生命心灵跋涉之旅中的人文情怀，而却又以重建为其“吾将上下而求索”的肩担道义的“虽九死其未悔”且“知其不可而为之”的使命情怀。在对《西游记》《聊斋志异》与《故事新编》的批判加以探讨之后，在此，以对其批判之后的重建策略的体现做一比较，审视封建社会的知识分子，与现代社会中，作为为数千年的“吃人”的封建社会的结束发出“呐喊”第一声的鲁迅，其为建构理想世界所描绘的愿景画图，其指向社会理想与人类未来的所做探索。

关于《西游记》的创作题旨，鲁迅曾指出评议此书者：

或云劝学，或云谈禅，或云讲道，皆阐明理法，文词甚繁。然作者虽儒生，此书则实出于游戏，亦非语道，故全书仅偶见五行生克之常谈，尤未学佛，故末回至有荒唐无稽之经目，特缘混同之教，流行来久，故其著作，乃亦释迦与老君同流，真性与元神杂出，使三教之徒，皆得随宜附会而已。假欲勉求大旨，则谢

> 肇淛（《五杂组》十五）之“《西游记》曼衍虚诞，而其纵横变化，以猿为心之神，以猪为意之驰，其始之放纵，上天下地，莫能禁制，而归于紧箍一咒，能使心猿驯伏，至死靡他，盖亦求放心之喻，非浪作也”数语，已足尽之。作者所说，亦第云“众僧们议论佛门定旨，上西天取经的缘由……
>
> 三藏钳口不言，但以手指自心……三藏道‘心生种种魔生，心灭种种魔灭，我弟子曾在化生寺对佛说下誓愿，不由我不尽此心，这一去，定要到西天见佛求经，使我们法轮回转，皇图永固’（十三回）而已”。①

寥寥数语，深得《西游记》思想意旨的真谛所在。《西游记》的“曼衍虚诞，而其纵横变化”正是其以神魔的虚无荒诞，纵横天庭、地府、魔界山窟为书写对象的表象，而其本质则是“以猿为心之神，以猪为意之驰，其始之放纵，上天下地，莫能禁制，而归于紧箍一咒，能使心猿驯伏，至死靡他，盖亦求放心之喻，非浪作也”。孙悟空在这一行程中，由山野石猴的放纵而可以上天下地，到归于紧箍一咒，使得心猿驯服，进而对于取经事业至死靡他，而终于历练成为“斗战胜佛”。取经事业指向的则是灭去心魔，尽心尽意，求取真经以使得皇图永固。借宗教来重建社会的道德体系，进而建立起理想的社会。关于《西游记》的文化性解读，正如冯文楼教授所言：作为一个多重意指的寓言架构，其表层结构关怀的是灵魂的救赎与人格的修炼，其基层结构则指向现实世界的批判与理想世界的寻求，而其最本质的深层结构所在，则是人性的开启与整合。② 或许更广义而言，《西游记》的灵

---

① 《鲁迅全集》第九卷，人民文学出版社 2005 年版，第 172—173 页。

② 冯文楼：《四大奇书的文本书化学阐释》，中国社会科学出版社 2003 年版，第 215—275 页。

魂的救赎与人格的修炼，其理想世界的寻求，以及其整合人性以使之趋向著者心中完美理想的价值取向，都可认为是著者在神魔世界中，对于人生、社会，以及生命所应是的理想状态的建构。虽然渺茫和虚幻，但毕竟是一种生命行走的方向所在，是一种召唤心灵的力量，是使人在昏暗腐朽堕落的现实世界，得以持守心灵的一方净土。以此而言，无论其如何虚幻和难以实现，都是极具人文价值与意义的。《西游记》中，最为重要也最为典型的是对孙悟空的历练。其从“灵根育孕源流出心性修持大道生”（第一回）的石猴出世，探得水帘洞，成为群猴敬服的美猴王，到“四海千山皆拱伏 九幽十类尽除名”（第三回），从生死簿上勾去自己的名字，尽得长生。因为“官封弼马心何足 名注齐天意未宁”（第四回），孙悟空为了反抗自己的被轻视，而大闹天宫。虽然其结果是被“五行山下定心猿”（第七回），但天界的秩序却着实被他彻底搅翻了一次。在“心猿归正六贼无踪”（第十四回）中，孙悟空追随唐僧开始西天取经的事业，在被套上了紧箍咒之后，孙悟空表示愿保唐僧取经，“再无退悔之意”。从此尽心尽意踏上取经的征途。在其后的一路踏平坎坷，降妖除魔的过程中，孙悟空追随唐僧，风餐露宿，艰辛跋涉，却从不后悔退却，即使被唐僧误会驱逐，也是“身回水帘洞，心逐取经僧”（第三十回），直到“九九数完魔灭尽 散散行满道归根”（第九十九回）而成为“斗战圣佛”，成为一个完美的理想英雄。可以说孙悟空的历练过程从经历了从“自发”到“自觉”，直到“自为”的结果。在其从石猴到“美猴王”，从“齐天大圣”及至经过千辛万险成为“斗战圣佛”的过程中，孙悟空以坚定的信念，彻底的斗争精神，在不断战胜自我的弱点与私心中，在曾被为妖魔蒙骗的师父的三次驱逐中，忍辱负重，依然故我勇敢坚定，毫不畏惧地护佑唐僧西天取经，在一次次的磨难中，走向自我人格的趋于完善和完美。在取经一行人中，孙悟空不同于猪八戒的自私懒惰，也不同于唐僧的迂腐怯懦，而是无私无畏，警惕清醒，明辨是非，勇敢坚定，不为利益驱使，忍辱负重，在求取真经的理想指引下，孙悟空外与妖魔战斗，内与心魔搏击，从而终于实现了自我灵魂的救赎与人格的提升，直至完美。在“径回东土五圣成真”（第一百回）的结局中，《西游记》强调的是取经一行人个体的成圣成佛，而千辛万苦取回来的佛经，“长老捧几卷登台，方欲讽诵”，却听到召唤，“诵经的，放下经卷，跟我回西去也”。太宗另选高僧，将经书传布天下，几句带过。或许可以说《西游记》中的经卷，作为一个可以保得国家“皇图永固”的象征同时，似乎更是一个个体灵魂救赎与人格修炼的目标隐喻。取经的完成，在一路涤荡外妖内魔世界的过程中，到达个体心灵的理想世界。

不同于《西游记》的神魔世界与现实世界的交融，佛与魔的较量，在《聊斋志异》中，则是狐鬼世界与现实世界的共存，人与狐鬼的相遇。《聊斋志异》在批判社会黑暗，揭露和抨击封建统治阶级压迫、残害人民罪行以及科举制度的腐败及种种弊端之外，最具闪光点的一类题材便是反抗压迫，追求真挚美好爱情，争取自由幸福的故事。可以说这类故事以美好理想情感世界的建构，为现实生活中的落魄士子们提供了一方温暖的心灵家园，为其凄苦的现实生活注入勇气和希望，使一颗睥睨邪恶的心灵，在幻念世界中摆脱世俗羁绊，求得心灵自由。蒲松龄将自己的人生理想写入这些故事，在“青林黑塞间”非现实的狐鬼世界中寻求知音和慰藉、知己与真情。《聊斋志异》形象塑造丰富多彩，故事奇诡有趣，思想意旨不同流俗。在这个花妖鬼狐的世界中，其写得最美最动人的，也是这些人与狐妖、人与鬼神、花仙及人与人之间纯真爱情的篇章。这些篇章的男主人公多为贫穷落魄的现实世界中的士子形象，而女主人公则多为狐妖、花仙、女鬼等非现实世界中的女性形象。现实中的士子们常常满腹才华，遭遇却多或怀才不遇，或举业不顺，或贫窘落魄等，前途渺茫而又无可奈何。而非现实的狐女、花仙、女鬼则常常一往情深，并且可以用自己拥有的非现实的力量帮助所钟爱的士子们摆脱困窘落魄，使其或拥有相知相惜的美好爱情或顺达的生活境遇。借助幻化世界抒写自己人生理想，建构心目中的理想世界，其美好意旨，由此可见一斑。综观士子与狐媚花妖的交往，其类型大致有两种，一为与其成就幸福的家庭，二为助其成就功名事业。如狐女红玉，初与穷书生冯相如交好，被冯父痛斥羞愧而走，却为冯相如出金娶妻、生子。当冯相如妻子被御史恶霸宋某霸占不屈而死，父亲被打而亡，儿子被弃深山，几乎家破人亡时，红玉救回孩子，并为其买地耕田，亲自劳作，最终冯相如乡试得中，成殷实之家。红玉的成人之美，救人危难，助人困厄，值得赞叹。难怪异史氏赞其“非特人侠，狐亦侠也”（《红玉》）。而鬼女宦娘深爱琴艺极高的温如春，却人鬼殊途不能结合，宦娘促成温如春与善弹筝的葛良工的婚事，自己在音乐欣赏的满足与爱情的缺憾中悄然隐去。（《宦娘》）狐女阿绣，为赢得刘子固爱情，幻化为刘子固深爱的民女阿绣，在与民女阿绣美与爱的竞争中，狐女阿绣感动于刘子固对民女阿绣的一片真爱，成全了刘子固与民女阿绣的婚姻，使得“所爱者爱其所爱”。同样是爱得深沉，却爱得不俗（《阿绣》）。而鬼女聂小倩则深爱书生宁采臣，帮助宁采臣杀死妖物，并追寻宁采臣到宁家为其操持家务、侍奉宁母，终于获得宁家的认可（《聂小倩》）。《聊斋志异》此类故事中的狐女或鬼女，对于深爱的人不自私，不嫉妒，成全他们幸福的生活，无不善良热情，深情一片，如此形象，熠熠生辉。《聊斋志异》中还有一类狐女或鬼女异类幻化的形象，同样真纯美好，令人叹为观止。狐女婴宁，其明显的特点是爱笑、天真、爱花。秀才王子服初见婴宁，“拈梅花一枝，容华绝代，笑容可掬”。“遗花地上，笑语自去”，使其“拾花怅然，神魂丧失”。再见婴宁，依然“含笑拈花而入”。婴宁离开后“闻户外隐有笑声”。“嗤嗤笑不已。婢推之以入，犹掩其口，笑不可遏。”见到王子服，“女又大笑”，“至门外，笑声始纵”。“见生来，狂笑欲堕。”“且下且笑，不能自止。”“女笑又作，倚树不能行，良久乃罢。”当王子服告诉婴宁，“我所为爱，非瓜葛之爱，乃夫妻之爱”。是“夜共枕席耳”时，女俯首思良久，曰：“我不惯与生人睡。”并告诉母亲，“大哥欲我共寝”。当王子服责备婴宁这是“背人语”时，婴宁道，“背他人，岂得背老母？且寝处亦常事，何讳之?”一派天真烂漫。当婴宁到王子服家后，依然“但闻室中嗤嗤，皆婴宁笑声”。“母入室，女犹浓笑不顾。母促令出，始极力忍笑，又面壁移时方出。才一展拜。翻然遽入，放声大笑。”“但善笑，禁之亦不可止。然笑处嫣然，狂而不损其媚，人皆乐之。”在与王子服结婚的日子“女笑极不能俯仰”。“每值母忧怒，女至一笑即解。”“而爱花成癖。”当婴宁使调戏她的西人子暴毙，王子服受牵累，被母责斥后“女正色，矢不复笑”。尽管母曰：“人罔不笑，但须有时。”而女由是竟不复笑，虽故逗之亦终不笑，然竟日未尝有戚容。“女逾年，生一子，在怀抱中，不畏生人，见人辄笑，亦大有母风云。”婴宁的开朗、率真、快乐、爱美（以花喻之）之外，又显得嫉恶如仇，真挚坦诚。难怪异史氏赞叹其：“观其孜孜憨笑，似全无心肝者。而墙下恶作剧，其黠孰甚焉！至凄恋鬼母，反笑为哭，我婴宁殆隐于笑者矣。窃闻山中有草，名‘笑矣乎’，嗅之，则笑不可止。房中植此一种，则合欢、忘忧，并无颜色矣。若解语花，正嫌其作态耳。”合欢，忘忧，皆是人们对生活与生命最美好的最真诚的期待，而婴宁以“撄宁”

(《庄子大宗师》) 譬喻，“其为物，无不将也，无不迎也；无不毁也，无不成也，其名撄宁。撄宁也者，撄而后宁也”，展示了一种最本真最无邪最坦荡，面对得失成败都不动心的美好境界。菊精黄英（《黄英》），幻化人形嫁于书生马子才，以种菊卖菊为生，并自称“自食其力不为贪，贩花为业不为俗”，一种菊的淡雅，闲逸，洒落之风栩栩如生。《聊斋志异》的类似于婴宁、黄英的一些带有象征性特点的文学意象，承载了著者对美好的歌颂与向往，而这些美好的象征与书生的结为秦晋，朝夕相伴，更是书生们梦寐以求的对生活和生命的美好期许。《聊斋志异》另有一篇《娇娜》，深值一提。狐女娇娜与读书人孔生相爱却不能相伴，在生命遭际中互相携助与成全，当娇娜看到孔生为其而死时，大哭曰：“孔郎为我而死，我何生矣！”并“以舌度红丸入，又接吻而呵之。红丸随气入喉，格格作响，移时豁然而苏”。救活孔生。娇娜最终离去。异史氏在小说结尾，曰：“余于孔生，不羡其得艳妻，而羡其得腻友也。观其容，可以疗饥；听其声，可以解颐。得此良友，时一谈宴，则‘色授魂与’，尤胜于‘颠倒衣裳’矣。”这样超越肌肤之亲的知己、精神之爱，对那些对于精神世界有着执着追求的士子而言，同样是梦寐以求的精神期许。《聊斋志异》之中，诸如天真烂漫的婴宁，通达清逸的黄英，真率坦诚的娇娜等，人各一面，是封建社会士子们浪漫奇想中的美好所在，理想所托。正如书中所说，“天下惟真才人为能多情，不以妍媸易念也”（《瑞云》）。如此狐媚花妖，在蒲松龄的笔下，“多具人情，和易可亲，忘为异类”。少了妖鬼之气，而多了亲切美好的人间真情与温暖。如此真、善、美的形象，即使是梦幻存在，对于落魄书生、失意士子而言，其带来的温馨，欢乐，幸福，安慰，无不是士子与书生所期盼的，聊斋先生正是以此狐媚花妖，寄托意愿，补充现实缺憾，寻求理想的生活与情感。

如果说《西游记》中关于人的成圣成佛的完美人格与价值追求的人生理想在幻念中神魔的世界中得以构建，《聊斋志异》中寻求知己、追求真爱的人生情感梦愿在狐媚花妖的陪伴中得以寄托，《故事新编》的理想建构则似乎不若前二者的切近具体而真实可感。区区八篇，薄薄一册，在生命最后时刻的文字里，“上穷碧落下黄泉，两处茫茫皆不见”，何处可寻美好所在？女娲在赞美、亢奋、欣喜中艰辛地创造了人类，然而就在她为此精疲力竭而休息一会儿的时候，人类却因为贪婪而引起了战争，因为战争而给人类自己带来了灾难，天裂，山崩，洪水泛滥，女娲不得不再次费尽艰辛炼五色石以补苍天，制止洪水，运走山峦，直至累死。而死去呢，不但“肚皮”成为小人扎寨的地方，而世界依然是“总没有人看见半座神仙山，至多也不外乎发现了若干野蛮岛”（《补天》）。射日英雄后羿则终日在妻子嫦娥的冷眼嘲讽中，辛苦奔波，早出晚归，为妻子寻找猎物，为了不让其终年只吃炸酱面，还要忍受世间的陌生人的敲讹，徒弟的诬陷中伤甚至暗箭，及至最后被嫦娥丢下，还要检讨：

“她竟忍心撇了我独自飞升？莫非看得我老起来了？但她上月还说：并不算老，若以老人自居，是思想的堕落。”

……

“不过乌老鸦的炸酱面确也不好吃，难怪她忍不住……”

“我实在饿极了，还是赶快去做一盘辣子鸡，烙五斤饼来，给我吃了好睡觉。明天再去找那道士要一服仙药，吃了追上去罢。”①

---

① 《鲁迅全集》第二卷，人民文学出版社2005年版，第381页。

无论怎样的无奈和不甘，生活还要继续，理想还要继续。大禹忍受着大家的不信任，忍受着妻子的咒骂和不理解，过家门而不入，带领“同事们”去治水，而阔人们，富翁们，和他们的太太们却终是锦衣玉食，山珍海味的生活。而禹们却累得又黑又瘦，像“一大批乞丐似的”治水成功回到京城，赢得舜爷称赞：

> “我的天下，真是全仗的你的功劳弄好的！”舜爷也称赞道。于是皋陶也和舜爷一同肃然起敬，低了头；退朝之后，他就赶紧下一道特别的命令，叫百姓都要学禹的行为，倘不然，立刻就算是犯了罪。这使商家首先起了大恐慌。但幸而禹爷自从回京以后，态度也改变一点了：吃喝不考究，但做起祭祀和法事来，是阔绰的；衣服很随便，但上朝和拜客时候的穿着，是要漂亮的。所以市面仍旧不很受影响，不多久，商人们就又说禹爷的行为真该学，皋爷的新法令也很不错；终于太平到连百兽都会跳舞，凤凰也飞来凑热闹了。[①]

这样一心为国为民的人，当舜下令让大家学禹的行为时，“商家首先起了大恐慌”，当看到“市面依旧不很受影响”时，才说禹“真该学”。英雄际遇若此，圣人呢？老子因为被孔子的“放心不下”而出关，被提议讲学却无一人听懂而讲到大家都瞌睡，辛辛苦苦写出讲义却被认为“没有人要看”而和盐、胡麻、布、大豆等放在一起。老子最终也只能“再三称谢”关尹喜的盐、胡麻、饽饽，“白发，黄袍，青牛，白口袋，接着就尘头逐步而起，罩着人和牛，一律变成灰色，再一会，已只有黄尘滚滚，什么也看不见了”（《出关》）。墨翟不辞辛

---

① 《鲁迅全集》第二卷，人民文学出版社2005年版，第400—401页。

苦，跋涉露宿，冒着生命危险终于说服楚王放弃攻宋，归途中乏力，脚痛、饥饿的折磨中，更是“晦气”的一进宋国界：

> 就被搜检了两回；走近都城，又遇到募捐救国队，募去了破包袱；到得南关外，又遭着大雨，到城门下想避避雨，被两个执戈的巡兵赶开了，淋得一身湿，从此鼻子塞了十多天。①

在自己拯救了一国生灵的国度，却被恩将仇报地搜抢，甚至在城门下避避雨也被巡兵驱赶而挨淋，结果“鼻子塞了十多天”。谐谑中，满是凄楚、无奈和悲凉。庄子可怜五百年前的汉子应该有父母妻子，好心让他起死回生，却被汉子无理的索要衣服、包裹和雨伞，由骂他“胡说”而“放你妈的屁”，甚至要被“揍死”，被骂作“你这贼骨头！你这强盗军师！我先剥你的道袍，拿你的马，赔我……”一直纠缠要扒他衣服，直到巡士来解围，才仓皇而逃开。圣人如此，先贤伯夷叔齐（《采薇》）更是无处安身，不但被“恭行天搜”，连只吃薇的谎言也被一个佣妇以“普天之下，莫非王土”揭穿，只好死去。或许最成功的是眉间尺和黑衣人（《铸剑》）吧，只是虽然仇恨得报，但是最终也只能是三王墓的结果，死后连自己的名字也失去了，会被忘记。如此，一部《故事新编》，其中是否可以找到类似于《西游记》或《聊斋志异》或功成名就或温馨幸福的理想的实现？似乎并不明显。而鲁迅的理想是什么呢？显然不同于《西游记》的个人的成圣成佛，也不同于《聊斋志异》的现实生活普通人的温暖幸福，或许可以说，《故事新编》所构建的理想，是一种英雄的不再孤独的情感期许，是一种一心为国为民鞠躬尽瘁，拯救苍生于苦难而至死不悔的忘我气度，还

---

① 《鲁迅全集》第二卷，人民文学出版社 2005 年版，第 479 页。

是一种圣贤一心推行自己的道德规范，知其不可为而为之的不舍不弃，一种为了自己的生命理想甘愿付出生命的无私无畏。或许可以说，这样的一种理想建构已经超越了《西游记》与《聊斋志异》的切近而实际，是一种关乎人类与世界的高自标置的生命价值理想，是一种超越了世俗的情爱世界的追求的情感期许。他将一颗深思的心灵所感受到的孤独情感与生命理想境遇追求以一种谐谑的游戏笔墨呈现出来，因其更加深刻而难以实现，也便显得更加低沉苍凉。尽管如此，却依然能感受到字里行间的执着、不弃。

综观三部作品，或许可以说《西游记》是以对个体人的完美人格历练成圣而作为生命最终意义的价值期许的，《聊斋志异》的更为独特之处则可以说是抒写了孤独失意的落魄书生所期待与憧憬的理想的有人关爱与相知相伴的现实人生的梦幻世界，而《故事新编》表达的则是鲁迅对于造成人类生存与发展的种种不幸的人性的本质弱点与劣根性的思索，以及在此思索中对于人类自身与未来社会理想状态的美好想象与人类美好情感期许的诗意表达，尽管其轮廓还十分模糊，但其旨归却可以通过作品描述而洞见。较之《西游记》《聊斋志异》，《故事新编》的视野可以说更为深远、宏阔，深刻关乎着人类与社会的美好未来，也正因如此，其重建方显得更为渺远而朦胧。

三　以幻写意中的理想生命栖居诗意叙说

在对《西游记》《聊斋志异》与《故事新编》的共有的批判意识却是不同批判视角，以及其同怀的理想建构却又不尽相同的价值期许加以审视之后，再来关注其共同作为以超越现实主义的手法为创作特点的审美选择。某种意义上，或许可以说三部作品都是一种诗意小说，即在一种以文学创作写意，在一种超越现实的诗意的理想表达中为孤独而志向不得实现的情感提供一种支撑，使生命得以继续存在，使期许不至于绝望，是一种带有诗意色彩的心灵栖居之地的追寻，也是一种具有思辨色彩及理性特点且怀有不同于常人的情感期许的知识分子的超越俗世的，使心灵可以归属与暂得栖居的灵魂家园。作为较一般世人对于生命存在有深沉思想情怀与对社会有着较为清醒认识的知识分子，这样的作品是为著者的孤独、失意、漂泊无所归属的心灵提供的一方心灵家园，一处美好的诗意的栖息之所，是一份勇敢向前的生命的勇气渊源。《西游记》的著者吴承恩“为有明一代淮郡诗人之冠，而贫老乏嗣”①。《聊斋志异》的作者蒲松龄“幼有轶才，老而不达，以诸生授徒于家，至康熙辛卯始成岁贡生”②。

其《聊斋自志》对其创作《聊斋志异》的意趣旨归进行了说明，“人非化外，事或奇于断发之乡；睫在目前，怪有过于飞头之国。遄飞逸兴，狂固难辞；永托旷怀，痴且不讳。……独是子夜荧荧，灯昏欲蕊；萧斋瑟瑟，案冷凝冰。集腋为裘，妄续幽冥之录；浮白载笔，竟成孤愤之书。寄托如此，亦足悲矣！嗟乎！惊霜寒雀，抱树无温；吊月秋虫，偎栏自热。知我者，其在青林黑塞间乎！”其不得志的幽幽情怀可见一斑。

对于《故事新编》的创作，鲁迅自称：“首先，是很认真的，虽然也不过取了弗罗特说来解释创造——人和文学的——缘起。”但中途停笔却恰逢有人批评汪静之《蕙的风》“请青年不要再写这样的文字”时，便因为“这可怜的阴险使我感到滑稽”，于是“当再写小说时，就无论如何，止不住有一个古衣冠的小丈夫，在女娲的两腿之间出现了。这就是从认真陷入了油滑的开端”。并自我批评：“油滑是创作的

① 《鲁迅全集》第九卷，人民文学出版社2005年版，第168页。
② 同上书，第215页。

大敌，我对于自己很不满。”而当《呐喊》被成仿吾加以“庸俗”的罪名，其却“只推《不周山》为佳作”时，鲁迅却感到“使我不但不能心服，而轻视了这位勇士的原因”。

我是不薄“庸俗”，也自甘“庸俗”的；对于历史小说，则以为博考文献，言必有据者，纵使有人讥为“教授小说”，其实是很难组织之作，至于只取一点因由，随意点染，铺成一篇，倒无需怎样的手腕；况且“如鱼饮水，冷暖自知”，用庸俗的话来说，就是“自家有病自家知”罢：《不周山》的后半是很草率的，决不能称为佳作。①

因而决意从《呐喊》中删除《不周山》，使《呐喊》“只剩着‘庸俗’在跋扈了。

直到一九二六年的秋天，一个人住在厦门的石屋里，对着大海，翻着古书，四近无生人气，心里空空洞洞。而北京的未名社，却不绝的来信，催促杂志的文章。……并且仍旧拾取古代的传说之类，预备足成八则《故事新编》。②

对于成书之后的《故事新编》，鲁迅自述其与传统小说叙事、手法、风格等的不同：

不足称为“文学概论”之所谓小说。叙事有时也有一点旧书上的根据，有时却不过信口开河。而且因为自己的对于古人，不及对于今人的诚敬，所以仍不免时有油滑之处。过了十三年，依

① 《鲁迅全集》第二卷，人民文学出版社2005年版，第354页。
② 同上。

然并无长进，看起来真也是“无非《不周山》之流”；不过并没有将古人写得更死，却也许暂时还有存在的余地的罢。[①]

以作者生平思想与创作旨趣为背景，来观照《西游记》《聊斋志异》与《故事新编》，可知不论是吴承恩还是蒲松龄抑或鲁迅，不论是时代累积小说还是文学独创，三者创作时的心态或许都可说被失意、孤独、无所归依的漂泊感深深笼罩着。对于封建士子而言，科举似乎是一个无法逃避的情结。然而吴承恩最终只考取贡生而做了县丞，最终在“贫老乏嗣”中凄凉的走完一生。而作为“性敏多慧，博极群书，复善谐剧，著杂记数种”且“又能诗，其‘词微而显，旨博而深’（陈文烛序语），为有明一代淮郡诗人之冠”如此才华横溢之人，伴随其一生的巨大的失意落寞与孤独感当十分强烈。而蒲松龄同样是少年聪慧有奇才，却是科举屡试不中，只好在官宦人家坐馆教书为生，直至终老也只是个岁贡生，且在四年后悲凉辞世。难怪其无限感慨，“少羸多病，长命不犹。门庭之凄寂，则冷淡如僧；笔墨之耕耘，则萧条似钵。每搔头自念：勿亦面壁人果是吾前身耶？盖有漏根因，未结人天之果；而随风荡堕，竟成藩溷之花。茫茫六道，何可谓无其理哉！”（《聊斋自志》）如此多病、凄寂、萧条，随风飘堕的一生潦倒落魄失意中，在暗夜的清冷孤灯下，其“孤愤之书”寄托在青林黑塞间，也就顺理成章了。与处在封建社会的吴承恩、蒲松龄富有才华却将希望寄托于科举，而志向抱负终不得施展的落魄失意不同，现代社会的鲁迅走了一条“走异路，逃异地，去寻求别样的人们”的道路。尽管作为弱国的国民，受尽歧视与冷落耻辱，但鲁迅接受了进化论、西方医学、科学等新思想与技术的教育，且其日常生活毕竟不是十分

① 同上。

窘迫，在这样的成长经历与生活环境中，鲁迅与吴承恩、蒲松龄所关注思考的问题不尽相同，但心境却十分相似，吴承恩与蒲松龄更多关注个人命运与价值，而鲁迅关注的则是人类与社会，但同样怀有理想不能实现的知识分子的孤独凄冷心境。如果说吴承恩与蒲松龄还可以在神魔或狐媚花妖的世界中寻得慰藉的话，作为接受了马克思主义思想的鲁迅，却难以在此间寻找自己的精神寄托。作为较为清醒的知识分子，无人可以对话的孤独感，志向不得实战的失意感，成就了心灵精神与期许无可归依的漂泊感。蒲松龄的“未结人天之果；而随风荡堕”，鲁迅的“一个人住在厦门的石屋里，对着大海，翻着古书，四近无生人气，心里空空洞洞”，是同样强烈的漂泊无依。

在如此孤独、失意的心境下，同时又作为社会中较为清醒的知识分子，三人的共同之处是不曾放弃对理想与梦愿的追求，即使“茫茫六道”，即使“心里空空洞洞”。如此深爱生命与人类的知识分子，不肯轻易堕落而放弃理想，既然现实世界中不能实现，或许到妖魔或狐鬼世界，或者神话传说及历史中寻找一份寄托，借以表达自己的思索或价值期许，不啻为一种较为理想的途径。因此，《西游记》《聊斋志异》和《故事新编》，某种程度上可以说是孤独、失意、心灵漂泊无依的知识分子为自己寻找的一方心灵栖息地。比起身边现实的污浊、黑暗，人性的堕落、丑陋，这方心灵憩息之所则更多了作者用心描绘的诗意特征，是一方带有诗意色彩的心灵栖息之地。

综上所述，与《西游记》《聊斋志异》相比，《故事新编》与之不同。《西游记》与《聊斋志异》是通过幻笔与曲笔，通过对理想世界的描摹与理想人物的塑造来抒情写意，表达作者的理想与期许，而《故事新编》则是在对古代英雄的现代消解中传情达意，一个是走向理想的诗遇与诗意，一个是走向现实的冷酷与悲凉。与《西游记》的终成正果和《聊斋志异》的狐鬼花妖与现实中人的相知相爱相助不同，《故事新编》中的英雄或圣人则在现实中处于一种讽刺性境地，一心为他人，却为他人曲解、误解、不解；拯救苍生，却为苍生疏离，对亲近的人充满爱意，却被其暗害中伤，凡此种种，无不是一种无爱的荒凉的悲剧、绝望的境遇抒写。然而尽管如此，英雄或圣人却还矢志不移，依然故我，在清醒的凄凉痛楚绝望中执着前行。这不正是著者深感绝望，却又反抗绝望的形象再现么？依此而言，明清小说在幻笔戏笔中走向理想，《故事新编》则在戏笔中描述绝望，在绝望中追寻希望。难以规避造化弄人，但生命情愫的初衷与深沉思考却在顽强地抗拒着。正因清醒，所以孤独。因其不弃，方显伟大！

第五节　小说艺术的现代品格形成：从古典走向现代

就艺术而言，明清小说与鲁迅小说分别代表了中国古典小说的顶峰与现代小说的成熟与典范，而从成熟的古典小说走向现代小说典范，明清小说到鲁迅小说的艺术特质发生了本质改变，完成从古典小说向现代小说的转换。这一转换表现在二者艺术的方方面面：在创作手法的转变，不同的结构变换以及讽刺的突破中，完成了中国小说从古典艺术向现代品格的转换。

一　创作手法的转变：从古典现实主义到启蒙现实主义

无论以明清小说为代表的古典小说，还是以鲁迅小说为代表的现代小说，现实主义创作手法始终十分重要，作为小说的基本创作方法之一，现实主义侧重如实反映现实生活，具有较强的客观性，提倡客观冷静地观察现实生活，并且按照生活的本来样式精确细腻地加以描写，力求真实再现典型环境中的典型人物。即此而言，现实主义小说对于时代社会历史现实的描述和展现是不遗余力的，也应该是较为典型客观的。

在明清小说中，从最早的“七分事实，三分虚构”的讲史小说《三国志演义》到“传奇性与现实性结合”的《水浒传》，从“极幻与极真”的《西游记》到“寄意于时俗”的《金瓶梅》，从“传奇而以志怪”的《聊斋志异》到“取材于现实士林”的《儒林外史》，无不在或真或幻的叙述中对于现实社会进行了惟妙惟肖的描摹，为后人从侧面了解中国明清社会的历史提供了不可多得的背景资料。《三国志演义》“依史而演义”，对于汉末社会群雄逐鹿、金戈铁马的恢宏历史时代画面的勾勒令人叹为观止；《水浒传》以玄言谶语开篇，而结于玄言谶语，却在传奇的故事中对时代社会的昏聩腐朽暴露得一览无遗；《西游记》以“极幻”描述“极真”，其天庭、魔界、幽冥、人间，无一不是现实社会的写照；被称为“一部哀书”的《金瓶梅》，由一家而天下国家，世间万象，尽得囊括其间，人性的贪婪堕落，社会的病入膏肓，无不栩栩如现；以志怪而起的《聊斋志异》虽然多写的是狐媚花妖鬼怪精灵的幻化为人，却无一不是现实社会的真实影像再现，如此狐媚花妖鬼怪精灵们，其爱，其情，其恨，其愁，无不扣人心弦，使读者不由得随之歌哭无端，因其写意之真，所以更显动人；当科举制度的幽魂已经深入封建士子意念骨髓深处的时候，一部《儒林外史》，描摹了被封建科举制度已经噬啮灵魂而尽，因而尽失士子心灵本真的群丑图谱，其面对美景熟视无睹的茫茫然，是面对美食饕餮而餐，还说什么因丁忧不用银筷的道貌岸然，其一边说不占人半分便宜却一边扣下邻人跑来的一头猪的心口不一，其为了封建伦理竟然支持骨肉殉夫的昏聩迂腐，如此等等，不一而足，这群因科举制度而失去心灵存在的封建社会士子们，连人之所以为人的本真都荡然无存，更毋庸说作为社会良知的知识分子的使命担当意识。明清小说中，及至被誉为明清小说甚至古代长篇小说现实主义创作高峰的《红楼梦》，更是深为鲁迅赞誉。鲁迅认为《红楼梦》一出来，“传统的思想和手法都被打破了”。而这部“正因写实，转成新鲜”的古代小说现实主义巅峰之作其深远的社会影响并不仅仅在于它高度的思想性，更在于它无与伦比的艺术价值。就其现实主义创作手法而言，《红楼梦》无论是太虚幻境的迷幻情园还是大观园的群钗争艳，无不弥散着浓郁的深情爱意与浓烈的生活气息，恍若一幅幅栩栩如生的生活画面呈现眼前，对于人间的深情挚爱与封建家庭中的奢华生活展示得淋漓尽致。同时，这部以描写封建社会的大家庭走向没落与宝黛悲剧爱情为主要内容的小说，其强烈的对于封建社会贵族奢华糜烂生活的暴露与对于封建家庭专制对青年人的生命与爱情的摧残和扼杀的批判性又时时隐现在字里行间，其描述的“愚顽不通世故”的贾宝玉，以及聪慧却又小性的林黛玉，大方却又略显虚伪的薛宝钗等金陵群钗，上至大家闺秀、豪门公子，下至位卑奴婢、仆役，无不千人千面，各个不同，其喜怒哀乐，爱恨情仇，无不描摹如生，历历可见，而每一个性格的形成又无不是其各自成长环境与经历的必然。而《红楼梦》最为震撼人心的是其“千红一窟（哭），万艳同杯（悲）”的“彻头彻尾的大悲剧”的悲剧意蕴，如此美轮美奂的存在却无一幸免地走向毁灭，其深沉的悲怆之情弥漫其间，“满纸荒唐言，一把辛酸泪，都云作者痴，谁解其中味?”的无奈悲凉，令人不由自沉其中而与其中人物与作者一同痛到窒息。即此而言，《红楼梦》对于现实生活反映的真实性，其对社会对人性的强烈的暴露性与批判性，其描述的典型环境中的典型的人物形象以及其悲恸苍凉的人道主义情怀，无不是现实主义小说所具有的鲜明特点，因此其被誉为古典小说现实主义的巅峰之作，当之无愧。明清小说的如此种种，均可见其小说创作中的现实主义手法的运用，其反映生活的真实性，强烈的暴露性和批判性，弥散其中的人道主义思想及对于典型环境中典型性格的塑造，都与现实主义有着千丝万缕的联系。而其作为“古典现实主义”，与鲁迅时代的“启蒙主义的现实主义”是否相同？若不同，其不同之处又在哪里？

对于小说创作的立意旨归，鲁迅自述：要唤醒沉睡的铁屋子里将死的人起来反抗的希望与“慰藉那在寂寞里奔驰的猛士，使他不惮于前驱”① 的主题意旨，而在《我怎么做起小说来?》，鲁迅则更多地谈到了自己小说创作的艺术选择与策略：

> 因为所求的作品是叫喊和反抗，势必至于倾向了东欧，因此所看的俄国，波兰以及巴尔干诸小国作家的东西就特别多。……日本的，是夏目漱石和森鸥外……但我的来做小说，也并非自以为有做小说的才能，只因为那时是住在北京的会馆里的，要做论文罢，没有参考书，要翻译罢，没有底本，就只好做一点小说模样的东西塞责，这就是《狂人日记》。大约所仰仗的全在先前看过的百来篇外国作品和一点医学上的知识，此外的准备，一点也没有。
>
> ……
>
> 所以我力避行文的唠叨，只要觉得够将意思传给别人了，就宁可什么陪衬拖带也没有。中国旧戏上，没有背景，新年卖给孩

① 《鲁迅全集》第一卷，人民文学出版社 2005 年版，第 441 页。

子看的花纸上，只有主要的几个人（但现在的花纸却多有背景了），我深信对于我的目的，这方法是适宜的，所以我不去描写风月，对话也决不说到一大篇。

我做完之后，总要看两遍，自己觉得拗口的，就增删几个字，一定要它读得顺口；没有相宜的白话，宁可引古语，希望总有人会懂，只有自己懂得或连自己也不懂的生造出来的字句，是不大用的。

……

所写的事迹，大抵有一点见过或听到过的缘由，但决不全用这事实，只是采取一端，加以改造，或生发开去，到足以几乎完全发表我的意思为止。人物的模特儿也一样，没有专用过一个人，往往嘴在浙江，脸在北京，衣服在山西，是一个拼凑起来的脚色。

……

忘记是谁说的了，总之是，要极省俭的画出一个人的特点，最好是画他的眼睛。我以为这话是极对的，倘若画了全副的头发，即使细得逼真，也毫无意思。我常在学学这一种方法，可惜学不好。①

由上可知，鲁迅的小说创作受当时外国文学，尤其是俄国、东欧及日本的文学影响很大，而这些国家的文学多受现实主义文学思潮影响。19 世纪的现实主义文学继承和发展了 18 世纪英国小说创作与法国启蒙运动文学和俄国讽刺文学的传统，善于通过环境和生活细节的具体描写来烘托、突出人物的性格特征人物来刻画，并且注重人物的心理描写，注重深入细致地揭示人物内心的矛盾变化。鲁迅小说中，

① 《鲁迅全集》第四卷，人民文学出版社 2005 年版，第 525—528 页。

我们可以看到既有如斯丹达尔的《红与黑》中细致的心理描写，以表现人物的内心冲突和思想感情瞬息间的变化，来突出人物的个性特征，又有如陀思妥耶夫斯基那样刻画被侮辱与被损害的形象的内心世界，深刻剖析了被封建专制制度与思想毒化、扭曲了的病态心理和双重性格。鲁迅小说的“启蒙”初衷，使其小说具有浓厚的启蒙现实主义特点，表现出与明清小说的古典现实主义的诸多不同。鲁迅的创作小说“首在立人”，且必须为人生，要改良这人生，在此基础上，鲁迅要表现的是心灵的“真”与“深”（《坟·论睁了眼看》），因而是一种画灵魂的写实主义。鲁迅的这种现实主义以“画魂灵”为其艺术表现的目的，而“画魂灵”同时也是其艺术表现的手段与方法。它以揭示国民病态的灵魂为中心，从内在的精神病态的深刻细致摹绘到外在的社会现实病态的真实生动刻画，深刻揭露出现实社会的种种病态，以求寻找造成人的灵魂病态的根源，来促进国人的觉醒，实现其“立人”的思想旨归。鲁迅的小说创作中，其“事迹”是用“大抵有一点见过或听到过的缘由”而“加以改造，或生发开去”，及至“足以几乎完全发表我的意思为止”。其人物形象塑造同样“没有专用过一个人，往往嘴在浙江，脸在北京，衣服在山西，是一个拼凑起来的脚色”。而“要极省俭地画出一个人的特点，最好是画他的眼睛”。鲁迅小说中的事件是现实生活中事件的改造生发，实现了故事的典型化，如《示众》场景的描述。人物是杂取种种人合成一个的典型化，如阿 Q 形象可以代表沉默的国民的灵魂。刻画描述则是极减省的以描画眼睛来刻画心灵，最为典型的是《祝福》。以白描手法揭示祥林嫂备受苦难磨损煎熬的灵魂，其中数次描写祥林嫂的眼神，传神地揭示了其精神状态。“只有那眼珠间或一轮，还可以表示她是一个活物”的祥林嫂的麻木、绝望，从庙里捐门槛回来，“神气很舒畅，眼光也分外有神”

的祥林嫂的希望和欣喜。同时，这种画灵魂的写实主义又并非完全以写实来实现，它以现实主义创作方法为主导，融入象征主义、心理刻画等现代主义技巧来表现和发掘人的内心世界也多为常见。如《狂人日记》中狂人的心理描写，《药》中的“药”与“华”家和“夏”家的隐喻象征等。鲁迅小说的如上特点是建立在现实主义的创作手法之上的，能够真实地反映生活的细节，可以以形象的现实性和具体性来感染人，具有强烈的暴露性和批判性，具有浓厚的尊重人类与个体的人道主义思想情怀以及注重描写典型环境中的典型性格的塑造特点。正如恩格斯所说，要“真实地再现典型环境中的典型人物”。鲁迅在小说创作中极少直接抒发自己的感情，并十分注重充分运用讽刺手法，加强批判揭露的力量。因此，可以说，鲁迅小说与明清小说虽然同样运用现实主义创作手法，但二者的现实主义手法运用又有诸多不同之处。首先是心理刻画的重视。明清小说多注重外貌描写与通过事件的叙述来刻画人物的性格特征，而鲁迅小说则有更多的心理刻画。即使有时候是极减省的笔墨，也能够起到震撼人心的作用。《狂人日记》中以日记体形式极为便宜地运用了狂人的心理描写，同样在《伤逝》中，小说以涓生的手记体的形式对于涓生的情感心理的表达也极为淋漓尽致。又如在《阿Q正传》中，愚昧麻木的阿Q，在被绑赴刑场的途中：

> 他突然觉到了：这岂不是去杀头么？他一急，两眼发黑，耳朵里嗡的一声，似乎发昏了。然而他又没有全发昏，有时虽然着急，有时却也泰然；他意思之间，似乎觉得人生天地间，大约本来有时也未免要杀头的。
>
> 他还认得路，于是有些诧异了：怎么不向着法场走呢？他不知道这是在游街，在示众。但即使知道也一样，他不过便以为人

生天地间，大约本来有时也未免要游街要示众罢了。

他省悟了，这是绕到法场去的路，这一定是“嚓”的去杀头。他惘惘的向左右看，全跟着马蚁似的人，而在无意中，却在路旁的人丛中发见了一个吴妈。很久违，伊原来在城里做工了。阿Q忽然很羞愧自己没志气：竟没有唱几句戏。他的思想仿佛旋风似的在脑里一回旋：《小孤孀上坟》欠堂皇，《龙虎斗》里的“悔不该……”也太乏，还是“手执钢鞭将你打”罢。他同时想手一扬，才记得这两手原来都捆着，于是“手执钢鞭”也不唱了。

“过了二十年又是一个……”阿Q在百忙中，“无师自通”的说出半句从来不说的话。

“好!!!”从人丛里，便发出豺狼的嗥叫一般的声音来。

……

这刹那中，他的思想又仿佛旋风似的在脑里一回旋了。四年之前，他曾在山脚下遇见一只饿狼，永是不近不远的跟定他，要吃他的肉。他那时吓得几乎要死，幸而手里有一柄斫柴刀，才得仗这壮了胆，支持到未庄；可是永远记得那狼眼睛，又凶又怯，闪闪的像两颗鬼火，似乎远远的来穿透了他的皮肉。而这回他又看见从来没有见过的更可怕的眼睛了，又钝又锋利，不但已经咀嚼了他的话，并且还要咀嚼他皮肉以外的东西，永是不近不远的跟他走。

这些眼睛们似乎连成一气，已经在那里咬他的灵魂。

“救命……”①

① 《鲁迅全集》第一卷，人民文学出版社2005年版，第550—553页。

说到阿Q，读者首先想起的是鲁迅“哀其不幸，怒其不争”的情感指向，想起阿Q的不自知，不自省，其麻木、愚昧以及十足的奴性，想起他“精神胜利法”作用下的总是自沉于“瞒”和“骗”的大泽。然而，小说最后阿Q被绑缚法场，当阿Q被示众，当其生命走到尽头时，阿Q终于感觉到了灵魂的被噬啮的恐惧，感到了那一声“好!!!”的豺狼的嗥叫一般的声音，感到了“从来没有见过的更可怕的眼睛了，又钝又锋利，不但已经咀嚼了他的话，并且还要咀嚼他皮肉以外的东西，永是不近不远的跟他走”。感到了“这些眼睛们似乎连成一气，已经在那里咬他的灵魂”。当灵魂被噬啮时，阿Q终于知道了自己生命存在的重要，然而为时已晚，阿Q想喊但还没来得及喊“救命……”。生命便像一粒尘埃，轰然而散。“‘过了二十年又是一个……’阿Q在百忙中，‘无师自通’的说出半句从来不说的话。”阿Q死了，可阿Q的“精神胜利法”呢，不知道多少年后才会“断子绝孙”？

鲁迅小说与明清小说现实主义的另一显著不同是对细节描写的注重。明清小说常常侧重在故事讲述中表现人物，而鲁迅则把人物的一举手一投足生动地以细节描摹出来，只让读者自己去品读揣摩，如《故乡》中“我”与成年闰土相见的描写：

> 虽然我一见便知道是闰土，但又不是我这记忆上的闰土了。他身材增加了一倍；先前的紫色的圆脸，已经变作灰黄，而且加上了很深的皱纹；眼睛也像他父亲一样，周围都肿得通红，这我知道，在海边种地的人，终日吹着海风，大抵是这样的。他头上是一顶破毡帽，身上只一件极薄的棉衣，浑身瑟索着；手里提着一个纸包和一支长烟管，那手也不是我所记得的红活圆实的手，却又粗又笨而且开裂，像是松树皮了。
>
> ……

他站住了，脸上现出欢喜和凄凉的神情；动着嘴唇，却没有作声。他的态度终于恭敬起来了，分明的叫道："老爷！……"①

成年闰土与少年闰土的巨大不同不仅是身材的长高，面容的沧桑，更主要的是思想的变化，与"我"全然没有了少年时的滔滔不绝的新鲜事与亲密无间，相见时，在欢喜与凄凉的神情下，不作声之后，却终于恭敬的、分明的叫道"老爷！……"在满怀兴奋的"我"听来，这是多么冰冷的惹人伤怀的称呼，它展示了两人之间一个巨大的可悲的"厚障壁"的相隔。只这简单的两个字，少年闰土与成年闰土的截然不同展示得淋漓尽致。同样在《孤独者》中，对于孤独者魏连殳的描述，不单单在于其世间无亲无故的孑然一身，更是其心灵上没有志同道合灵魂伴侣的孤单及郁郁不得志的情怀：

"愿意我活几天的，自己就活不下去。这人已被敌人诱杀了。谁杀的呢？谁也不知道。"

"人生的变化多么迅速呵！这半年来，我几乎求乞了，实际，也可以算得已经求乞。然而我还有所为，我愿意为此求乞，为此冻馁，为此寂寞，为此辛苦。但灭亡是不愿意的。你看，有一个愿意我活几天的，那力量就这么大。然而现在是没有了，连这一个也没有了。同时，我自己也觉得不配活下去；别人呢？也不配的。同时，我自己又觉得偏要为不愿意我活下去的人们而活下去；好在愿意我好好地活下去的已经没有了，再没有谁痛心。使这样的人痛心，我是不愿意的。然而现在是没有了，连这一个也没有了。快活极了，舒服极了；我已经躬行我先前所憎恶，所反对的

---

① 《鲁迅全集》第一卷，人民文学出版社 2005 年版，第 506—507 页。

一切，拒斥我先前所崇仰，所主张的一切了。我已经真的失败，——然而我胜利了。”

……

“你可知道魏大人自从交运之后，人就和先前两样了，脸也抬高起来，气昂昂的。对人也不再先前那么迂。你知道，他先前不是像一个哑子，见我是叫老太太的么？后来就叫‘老家伙’。唉唉，真是有趣。人送他仙居术，他自己是不吃的，就摔在院子里，——就是这地方，——叫道，‘老家伙，你吃去罢。’他交运之后，人来人往……”

“他先前怕孩子们比孩子们见老子还怕，总是低声下气的。近来可也两样了，能说能闹，我们的大良们也很喜欢和他玩，一有空，便都到他的屋里去。他也用种种方法逗着玩；要他买东西，他就要孩子装一声狗叫，或者磕一个响头。哈哈，真是过得热闹。前两月二良要他买鞋，还磕了三个响头哩，哪，现在还穿着，没有破呢。”①

魏连殳内心的悲哀、绝望与外在表现的玩世不恭形成鲜明的对比，其内心的悲凉绝望外化为玩世厌世的种种言语行径，而先前的尊重孩子相信孩子天真无邪的思想也荡然无存。小说借此形象自述与他人的描摹，展示了魏连殳的心理思想与外在表现的变化。

鲁迅小说的现实主义与明清小说的另一不同是其“启蒙”主题的不同。在试图唤醒沉睡的黑屋子里将死的人们，在为前驱的勇士们呐喊助威的同时，要“启蒙”“为人生”和“改良人生”，取材于病态社会，关注人的“精神病苦”，目的是要“疗救”。

---

① 《鲁迅全集》第二卷，人民文学出版社2005年版，第103—108页。

> 自然，做起小说来，总不免自己有些主见的。例如，说到“为什么”做小说罢，我仍抱着十多年前的“启蒙主义”，以为必须是“为人生”，而且要改良这人生。我深恶先前的称小说为“闲书”，而且将“为艺术的艺术”，看作不过是“消闲”的新式的别号。所以我的取材，多采自病态社会的不幸的人们中，意思是在揭出病苦，引起疗救的注意。①

与鲁迅小说相较，或许可以说明清小说的创作则旨在暴露与批判社会与人性的贪婪等，却没有进一步指出社会病因的实质，更较少走入人的内心。将人的存在本身作为创作的主要关注对象，画出其沉默的魂灵。从明清小说到鲁迅小说，从讲述故事、摹形绘貌走向了刻画与探寻人的心灵世界，探寻如阿Q般潜意识状态下最本真的心灵存在，探寻如吕纬甫们在不断地迷茫与反思中对自己心灵追求与生命意义的切切叩问，在细腻的心理刻画和细节描述中，画出人的“灵魂的深”与人性的“真”。成就一种更深层次的现实主义。一种旨在唤醒沉睡的“启蒙”为己任的现实主义。这是鲁迅的现实主义对明清小说现实主义的超越之处。

二　叙事结构的发展：从因果设定到独特的“看”与“走”

小说至明清，其叙事结构趋于成熟，但明清小说数量巨多，长短不一，文白不同，决定其结构也千变万化，丰富多样。如《三国志演义》以时间为序的线性流程，《水浒传》的连环勾锁、百川入海，《西游记》的以取经故事环环相串，《金瓶梅》的网状结构，“三言”“二

---

① 《鲁迅全集》第四卷，人民文学出版社2005年版，第526页。

拍”的复线结构、板块结构与视角变换，《红楼梦》混融一体的网状结构等，成就了明清小说叙事结构的典范性，而鲁迅小说被称为“创造新形式的先锋”，其结构也是多种多样的，因此若以具体结构模式与鲁迅小说相比，难以一一全部进行比较，然而，毕竟封建社会的士子们与五四时期的鲁迅所处的社会环境、个体的思想基础与视界及对文学的认知有所不同，其结构也会出现一些有共性的差异所在。

综观明清小说，可以看到一种为诸多小说共有的颇为典型的结构，即以神道因果来对小说做出预设，以一种“天定”的说法为故事定下结论的结构模式。这一神道因果预设结论的模式在明清小说中为数不少，对此加以关注，探讨其独特的结构模式所蕴含的深层意蕴，应是富有意义的。如即使是在历史演义小说《三国志演义》中，也是以一种历史循环论与灾异示警及神授天书、神道设教等因果设定来开篇，

建宁二年四月望日，帝御温德殿。方升座，殿角狂风骤起。只见一条大青蛇，从梁上飞将下来，蟠于椅上。……忽然大雷大雨，加以冰雹，落到半夜方止，坏却房屋无数。建宁四年二月，洛阳地震。又海水泛溢，沿海居民，尽被大浪卷入海中。光和元年，雌鸡化雄。六月朔，黑气十余丈，飞入温德殿中。秋七月，有虹见于玉堂。五原山岸，尽皆崩裂。种种不祥，非止一端。帝下诏问群臣以灾异之由。议郎蔡邕上疏，以为霓堕、鸡化，乃妇寺干政之所致，言颇切直。帝览奏叹息，因起更衣。曹节在后窃视，悉宣告左右；遂以他事陷邕于罪，放归田里。后张让、赵忠、封谞、段珪、曹节、侯览、蹇硕、程旷、夏恽、郭胜十人朋比为奸，号为“十常侍”。帝尊信张让，呼为“阿父”。朝政日非，以致天下人心思乱，盗贼蜂起。……时钜鹿郡有兄弟三人，一名张角，一名张宝，一名张梁。那张角本是个不第秀才，因入山采药，

遇一老人，碧眼童颜，手执藜杖，唤角至一洞中，以天书三卷授之，曰："此名《太平要术》，汝得之当代天宣化，普救世人；若萌异心，必获恶报。"……中平元年正月内，疫气流行，张角散施符水，为人治病，自称"大贤良师"。……讹言："苍天已死，黄天当立。"又云："岁在甲子，天下大吉。"①

以如上种种灾异及预言，展示故事的缘起等。因为统治者的昏聩而灾难不断，使得民不聊生，起而反抗，但反抗者又假借天机神授来取得民心所向和支持。《水浒传》同样以"张天师祈禳瘟疫洪太尉误走妖魔"开篇，并预示故事结局，使叙述顺理成章。

话说大宋仁宗天子在位……其年瘟疫转盛，仁宗天子闻知……钦差内外提点殿前太尉洪信为天使，前往江西信州龙虎山，宣请嗣汉天师张真人星夜来朝，祈禳瘟疫。……"伏魔之殿"……封锁魔王在此。……今经八九代祖师，誓不敢开……真人三回五次禀说："此殿开不得，恐惹利害，有伤于人。"太尉大怒，指着道众说道："你等不开与我看，回到朝廷，先奏你们众道士阻当宣诏，违别圣旨，不令我见天师的罪犯；后奏你等私设此殿，假称锁镇魔王，煽惑军民百姓。把你都追了度牒，刺配远恶军州受苦。"……只中央一个石碑……有四个真字大书，凿着"遇洪而开"。……洪太尉看了这四个字，大喜……分明是教我开看……真人慌忙谏道："太尉不可掘动，恐有利害，伤犯于人，不当稳便。"……真人又苦禀道："不可掘动。"太尉那里肯听，众人只得把石板一齐扛起……只见穴内刮喇喇一声响亮。那响非同小可，恰

① 《三国志演义》第一回，人民文学出版社1997年版，第1—3页。

似：天摧地塌……那一声响亮过处，只见一道黑气，从穴里滚将起来，掀塌了半个殿角。那道黑气，直冲到半天里空中，散作百十道金光，望四面八方去了……宛子城中藏猛虎，蓼儿洼内聚飞龙。①

《水浒传》如此开始不仅为全文做了铺垫预设，同时，以官宦放走“妖魔”似乎也是一个具有象征意味的情节，其“乱自上作，官逼民反”的题旨也隐含其中。洪太尉不听劝阻，认为“一来天罡星合当出世，二来宋朝必显忠良，三来凑巧遇着洪信，岂不是天数”，因而大喜，便一定要放走妖魔。洪太尉更有一种故意欲使天下陷于混乱的狼子野心，在再次受到劝阻时，更是骄横恃权，任性而为。与此相似，神魔小说《西游记》《封神传》的开始同样与《三国志演义》《水浒传》的此种结构相似，才学小说《镜花缘》以花仙降临人间而出现才女云集。即使将“传统的思想和手法”都打破了的《红楼梦》，同样是以“木石前盟”，顽石幻化入世为楔子，并以警幻仙姑的十二支曲示演金陵十二钗的命运遭际，让读者在开篇阅读之初，就已经知道了小说中主要人物的命运与故事的大致结局。如上的古代小说尽管以现实主义创作手法为主，但又以一种类似于因果或传说的结构为整个故事的发展做出预设，使整个故事在演进中不论如何变化，最后终究会归于故事开头的预设，尽管这种预设常常是脱离现实的，但却使得小说展示出如下特点：首先，使小说呈现一种浑融一体的结构形态，此种开篇结局因果设定的结构使小说叙述显得圆融一体，首尾呼应，同时也使故事结局能给人心理上已有所预备的适应性的期待；其次，为小说中诸多难以解释的情节故事提供一种解释说法，以解释当时难以探求出真实客观原因的事件或不愿意为人所接受的事件结局的理由所

① 《水浒传》第一回，人民文学出版社 1997 年版，第 5—15 页。

在，或者，为作者的创作主旨与故事发展提供合理的支撑或依据，而不至于显得荒谬，使故事叙述更加从容自信；另外，这种结构一定程度上也为小说故事笼罩了一层神秘色彩，增加了故事的可读性。

鲁迅小说作为中国现代小说开端与成熟的标志，其叙事结构的最为独特之处，是将其深沉的精神痛苦展示与深度的灵魂鞭打拷问，及其对于社会与自身“绝望反抗”的最终指向，在小说中演化为“看/被看”与“离去—归来—再离去”两大结构叙述模式。前者如《示众》中唯一的动作与情节——“看”，以一种具有象征意味的氛围、情节、动作，使文本具有了极大的包容性，并由此而生发展开叙述与表达。其中，一类是“好奇”的看客“看”（被欣赏）被看者，而与此同时，小说中常还有一位隐含作者①的“看”：着意反讽，悲悯、愤激地嘲讽着看客的麻木与残酷。如《孔乙己》中短衣帮们对孔乙己的“看”，小伙计对酒客们的“看”，以及作者对酒店中一群人的看等，构成多重层次的“看”的视点，将酒客眼中的孔乙己与小伙计眼中的众酒客的音容笑貌等展示给读者。另一类二元对立的先驱者与群众之间的“看/被看”，这一类则把质疑指向作者自身，渗透着作者的生命体验与思考。如《药》中的革命者夏瑜与以革命者的鲜血作为疗治身体疾病的药方的华家父子之间，夏瑜与牢头红鼻子阿义之间。革命者为了群众的解放与自由抛洒热血，鲜血却被群众买来做人血馒头治病，而夏瑜与阿义谁更“可怜”，更是一个意味颇深的疑问。在《故乡》《祝福》和《孤独者》中，叙述者讲述他人故事的同时也在讲述自己：

---

① 隐含作者（impliedauthor），是美国文学理论家韦恩·布斯（Wayne Booth）在《小说修辞学》（1961）中提出的概念，用来指称一种人格或意识，这种人格或意识在叙事文本的最终形态中体现出来。换句话说，某一个叙事文本之所以是其呈现出来的形态，正由于隐含作者有意地或无意地将自己的意识形态、价值观、审美趣味等注入其中。也有人用隐指作者翻译这个概念。

一个二十年间“不得不”“逃异地”而归乡的人，归来却依然没有归属之地，只是经历了一个由希望而绝望的再度远走的“离去—归来—再离去”的人生循环。无论是《故乡》中故乡的物是人非，还是《祝福》的“虽说故乡，然而已没有家，所以只得暂寓在鲁四老爷的宅子里。……无论如何，我明天决计要走了”。回到故乡，却没有家，刚回来，却决计“明天要走”了。《在酒楼上》中，以一只蝇子飞走又飞回的绕圈子，形象做比无家可归、无可依附的漂泊流浪感，与之相依的精神家园的无所归依感。这些描述都展示出中国知识分子与“乡土中国”“在”而“不属”的生存困境，隐藏着作者内心的绝望与苍凉。但鲁迅以“走”来抗衡世界与自我的双重绝望，再以结构上的“顶点”——绝望后的挑战戛然而止来展现其“反抗绝望”的哲学与生命体验。

鲁迅小说如此的叙述方式和结构特点，已不同于明清小说将人世变幻无常归之于轮回因果，而具有一种现代性的、内涵深刻且精致新颖的叙事特点。这也与鲁迅小说多以短篇形式反映人文社会内涵的文体选择有关，不以完整的故事叙述为主，而是以一种充满诗意色彩的抒情性结构来达到形式与所要表达的思想内容的浑然天成，而不似明清小说以刻意的明显的神秘因果的力量来结构布局小说篇章。这一定程度上也反映出著者不同的创作目的。明清小说是在故事叙述中表达一定的情感价值取向，而鲁迅则是在刻意创造的独特且富有深刻思想寓意的形式中，以明确的启蒙旨归来对小说进行结构布局。与明清小说的宗教因果模式蕴含一种神秘感或是某种程度上将一切归之于命运感不同，鲁迅小说的如此结构则体现了一种对社会对国民深沉而清醒的独特感知与识见，是一种建立在对社会与人的清醒认知与思考的基础上的细致展现，也是一种冷静客观且哲思深厚的现实主义的表现手法，因而显得更为客观与符合社会实际，其思想内容的发掘表现也更为深刻。这是鲁迅小说的叙事结构超越明清小说之处，是小说从古代小说向具有现代特性的现代小说转变过程中展示出来的特点之一。

三　讽刺艺术的突破：由客观讥讽士林转向深情哀怒苍生

明清小说中讽刺艺术成就最高的自然非《儒林外史》莫属，其“秉持公心，指摘时弊，机锋所向，尤在士林；其文又慼而能谐，婉而多讽：于是说部中乃始有足称讽刺之书”。以客观的、公正的、现实的视角来冷观世间世事，指出并揭发身边社会中的种种弊端，而其矛头主要针对的是“士林”中人，辅之以颇慼谐谑，温婉却又讽刺的行文，所以赢得“说部中乃始有足称讽刺之书”的嘉誉，也使得其讽刺效果“无一贬词，而情伪毕露”。鲁迅小说的讽刺艺术在现代文学史上同样堪称独步，较之《儒林外史》，其讽刺更为冷峻客观，而机锋所向却不仅限于士林，而是更为开阔，其讽刺的程度也更为忧愤、深广。二者相较，或许可以说吴敬梓是以智者的慧眼冷观世界，描摹如生，鲁迅则以智者、爱者、悲者的深情来体察抒写灵魂的深。从《儒林外史》至鲁迅小说，正是古代讽刺小说向现代讽刺小说发展的典型轨迹演变。

明代人情小说诸如《金瓶梅》中，小说中寓意讽刺则已初见端倪：

> 作者之于世情，盖诚极洞达，凡所形容，或条畅，或曲折，或刻露而尽相，或幽伏而含讥……缘西门庆故称世家，为搢绅，不惟交通权贵，即士类亦与周旋，著此一家，即骂尽诸色，盖非独描摹下流言行，加以笔伐而已……明小说之宣扬秽德者，人物

每有所指，盖借文字以报夙仇……然亦时涉隐曲，猥黩者多。①

由此可知《金瓶梅》已是对世情的讽刺意味与世家缙绅权贵等诸色的鞭挞，但作者的创作初衷则更在描写世情，而不似《儒林外史》的专意“指摘”、意含“机锋”：

> 迨吴敬梓《儒林外史》出，乃秉持公心，指摘时弊，机锋所向，尤在士林；其文又慼而能谐，婉而多讽：于是说部中乃始有足称讽刺之书。②

其“秉持公心”对于人情、世事以客观写实的态度来观照，其“指摘时弊”批判内容以时代社会弊端为主，而在对于世间百态的批判中，其“机锋所向，尤在士林”，是以士林中人——封建社会的知识分子为主要批判对象的。作为一部“十八世纪清代中叶的社会风俗画。它以知识分子的生活和精神状态为题材，对封建社会制度下知识分子的命运进行了深刻的思考和探索”③。并借王冕之口痛斥八股科举制度导致知识分子一味追逐功名富贵，而看轻文行出处的特点。辅之以“戚而能谐，婉而多讽”的行文风格，使其“足称讽刺”。以内容和艺术而言，《儒林外史》都是古代讽刺小说典范。在描写手法上，“能烛幽索隐，物无遁形，”对于所描写的士林或官员或儒者，以及名士，甚至细民等各色人，能够使其栩栩如生，声情并茂地展示出来。而其所描述的人物，常常是以实际生活中的实有人物为原型，通过白描等表现手法，能够做到“无一贬词而情伪毕露”，其“刻画伪妄”及“掊击习俗者”也较为多见。通过人物的言行不一，内外各异来展

---

① 《鲁迅全集》第九卷，人民文学出版社2005年版，第187—189页。
② 《鲁迅全集》第九卷，人民文学出版社2005年版，第228页。
③ 袁行霈主编：《中国文学史》第四卷，高等教育出版社2003年版，第339页。

示人物的思想，显得既形象又深刻，如范进因母亲去世不去参加会试，不用镶银筷子，却夹起大虾圆子放到嘴里的虚伪，王玉辉因其女殉夫而大喜，却在入祠建坊时不肯来的良心与礼教的冲突的深刻描写。使其成为“是后亦鲜有以公心讽世之书如《儒林外史》者”的后无来者的古代小说讽刺佳作。综观《儒林外史》，其以封建社会有良知的知识分子的思想观念为标准，其书写的内容以封建社会为基础，其讽刺对象以封建社会科举制度思想浸淫下的知识分子群体为主体，以现实主义为主要创作手法，辅之以理想的愿景与形象的塑造，以“感而能谐，婉而多讽”的行文方式，为讽刺文学史树立起一座里程碑。至鲁迅小说，又出现了讽刺文学发展高峰。作为现代讽刺小说典范，鲁迅小说较之明清小说讽刺典范的《儒林外史》，在继承其讽刺艺术的基础上，又有着进一步的突破与开拓。

鲁迅小说较之明清小说的讽刺突破首先表现为其讽刺对象更加广泛。鲁迅小说《呐喊》《彷徨》以“画出沉默的国民的灵魂来”为主旨，关注视角投向旧中国社会与芸芸众生。而其开拓的表现“知识分子”与“农民”的两大现代小说题材，开拓了与中国古代小说截然不同的思想内容特质。同时，这两大题材的另一独特之处是其所关注的群体均处在社会底层，但其精神特点却又截然不同。鲁迅笔下的旧中国知识分子，虽然身处社会底层，但其对社会有着深沉的关切，不论是《孤独者》中的魏连殳还是《在酒楼上》中的吕纬甫，或者《伤逝》中的涓生，无不对国家怀着深切的爱，为其未来出路深深地焦虑着，苦苦思索着，但其处境却如一只蝇子或一匹深夜在萧瑟的旷野中嚎叫的孤狼，没有地位，没有依靠，没有寄托，没有前路，在如此悲凉的境遇中，像一个在虚空的重担中孤独前行的过客，走向毁灭或走向渺茫的未来。对这类知识分子形象，作者满含自己的情感投射，以一种自嘲的口吻反思着自身的过去、现在和将来，为“真的知识阶级”的知识分子描述心路思索历程。一类知识分子如《孔乙己》中的孔乙己、《白光》中的陈士成等，作为科举制度的受害者，身心受到巨大的戕害却不自知，最终只能在看客们无聊的嘲弄声中走向无望的毁灭。鲁迅小说最具讽刺情感的知识分子是一群如高老夫子（《高老夫子》）一样虚伪的知识分子。鲁迅对于这样的知识分子是无情嘲弄与批判的，其讽刺的意味中又包含着痛惜，理智而深刻。对于其小说创作的另一题材——农民，鲁迅则是以“哀其不幸，怒其不争”的悲悯情怀，在现实主义手法的描述下，看似讽刺，却又满含着至爱，深深地同情着，悲悯着。这些如阿 Q 一样一无所有或如闰土一样辛苦恣睢的生活着的旧中国农民，辛苦、麻木、愚昧，伴着骨子里的奴性，伴着深陷在“瞒”和“骗”的大泽中的“精神胜利法”的精神支撑，无意识地走着自己的生命，正如阿 Q 被抓进监狱，“他以为人生天地之间，大约本来有时要抓进抓出，有时要在纸上画圆圈的，唯有圈而不圆，却是他‘行状’上的一个污点”。知道自己要被杀头了，“他意思之间，似乎觉得人生天地间，大约本来有时也未免要杀头的”。并且“忽然很羞愧自己没志气：竟没有唱几句戏”。如此种种，以现实主义的笔触，描摹旧中国社会底层的如蚁苍生，既有“哀其不幸”的满怀同情，又有“怒其不争”的讽刺揶揄，试图以此摹绘唤醒“沉默的国民的灵魂”，使其在不惮于前驱的勇士的振臂高呼下，勇往直前，解放自身，寻得为人的“立”，获得身体的自由与灵魂的自主和解放。即此而言，与明清小说相较，鲁迅小说的讽刺对象范围更加开阔，其更为深刻地展示出旧中国国人的“灵魂的深”。

鲁迅小说《呐喊》《彷徨》的讽刺特性还在于其讽刺艺术的运用。其现实主义的创作手法，其可笑可悲又可怜的人物形象塑造，其塑造人物形象的白描手法，其惟妙惟肖的细节描写，其凝练而富含深意的语言等，无不是出色的讽刺艺术的体现。而鲁迅小说中最具讽刺特点的应该是其《故事新编》。这部鲁迅生命最后时刻的创新之作，作为神话、传说及史实的演义，整体风格却展示出鲁迅小说前所未有的从容、充裕、幽默和洒脱风格，尽管骨子里依然闪现着鲁迅固有的悲凉，却以诙谐的“游戏笔墨”，在或隐或显，或浓或淡的“庄严”与“荒诞”两种色调的互相补充、渗透和消解中，以反讽展示出鲁迅对于时代社会与国人精神的深刻体察与反思，体现出一种对于国家民族与人民的深沉关切与忧虑焦灼。其讽刺特点同样表现在其内容与艺术上。《故事新编》的人物形象主要有神话英雄与前世圣哲两类。前者如创世神话中的女娲（《补天》），射下九日的后羿（《奔月》），治理洪水拯救苍生的禹（《理水》），后者如主张兼爱、非攻的墨家代表人物墨翟（《非攻》），道家代表人物老子（《出关》）、庄子（《起死》），以及不食周粟的伯夷、叔齐（《采薇》），唯有一篇以表达复仇思想为主题的《铸剑》有些不同。这些英雄、圣哲故事的重新演绎，英雄人物为天下苍生鞠躬尽瘁死而后已的英雄品格仍在，但这些英雄却无不被置身于一个不被理解和尊重的境地，英雄们似乎成了小人借以享乐的可资利用的工具，女娲、大禹、后羿无不如此，而那些圣哲则一心倡导自己的思想学说，同样既不能被统治者接纳，也不能被其为之生存而奔走呼告的黎民苍生理解和感念，英雄与圣哲的如此境遇，与其英雄或圣哲的身份与思想和行为在鲜明的对照中形成一种反讽，既是对圣哲的一种嘲讽，也是对于圣哲所处国家社会与国民的嘲讽，而嘲讽中又透露出作者深深的悲凉与慨叹，挤出读者含泪的笑，启人深思，使人在反观他人的同时也反省自己。如此讽刺使鲁迅小说较之明清小说以一种从容谐谑的叙述更显示出一种悲凉的理性沉思，使其讽刺意味较之于明清小说的讽刺显得更为深刻和厚重，也更为客观与真实。

以上对于鲁迅小说与明清小说艺术的比较，选取其鲁迅小说现实主义的开拓，结构的独特之处体现出来的创作主旨及出发点的不同以及鲁迅小说对于明清小说讽刺艺术的继承与开拓三方面，管窥一斑。而鲁迅小说在表达的含蓄有度、语言的凝练简约、人物的传神写照及景物的描绘点缀的艺术特点较之明清小说，具有突破传统的格致与风范，体现了鲁迅小说思想与艺术的某种超前性及其浓厚的“试验性”色彩，也因此在中国小说史上具有了不同于明清小说的地位与意义。

第三章　鲁迅杂文的明清小说资源及其思想精神承继

作为学者，鲁迅对于小说史学研究的开拓性意义巨大，而鲁迅小说创作所实现的从中国古代小说向现代小说转换的开启，及其成熟的现代小说典范意义同样空前绝响，而鲁迅对于国家、民族与国民甚至人类更为重要的意义，或许应该说是其思想的意义。作为一个以进行“社会批评”与“文明批评”为创作旨归的杂文作者，一个以“立国”“立人”为生命期许与终极关怀的知识分子，一个具有“民族魂”品格的现代中国思想界巨人，思想家与知识分子的鲁迅更值得一个渴望进步与发展的国家与社会，一个期待获得思想文化提升与个体自由解放的民族与国民予以关注、思考和学习。

思想家，尤其是作为具有社会良知的知识分子，是伴随人类文明社会进程的一个特殊群体，在古今中外的历史上，一直充当着重要的角色。这一独特的群体，以“知”的广博或为社会所认可，以“识”的独到或为人类所尊重，而其作为“分子”的渺小却又思想较为活跃的特点，或许是成就其独特的社会地位的原因之一。关于知识分子在文明社会发展进程中的地位或作用，中西方学者都有所论述。中国传统的知识分子，多以儒家理想中的“士”自诩，信奉并践行曾子所说：“士不可以不弘毅，任重而道远。弘，宽广也。毅，强忍也。非弘不能胜其重，非毅无以致其远。仁以为己任，不亦重乎？死而后已，不亦远乎？”（《论语·泰伯章》）如此传统知识分子，也如著名历史学者余英时先生曾指出的：中国传统的知识分子，在社会文化转型时期，表现出两种最突出的特点，一为对社会、政治进行批判的人文精神，一为以重建社会道德文化秩序为己任的人文和责任意识。[①] 而爱德华·萨义德对此同样有所论述：

> 我认为，对我来说主要的事实是，知识分子是具有能力“向(to)”公众以及“为(for)”公众来代表、具现、表明讯息、观点、态度、哲学或意见的个人。而且这个角色也有尖锐的一面，在扮演这个角色时必须意识到其处境就是公开提出令人尴尬的问题，对抗（而不是制造）正统与教条，不能轻易被政府或集团收编，其存在的理由就是代表所有被惯常被遗忘或弃之不顾的人们和议题。知识分子这么做时根据的是普遍的原则：在涉及自由和正义时，全人类都有权期望从世间权势或国家中获得正当的行为标准；必须勇敢地指证、对抗任何有意无意违犯这些标准的行为。[②]

其观点也正如此书的中文译者单德兴所介绍与论述的：

> （《知识分子论》）讨论（主要是）西方知识分子的传统，发抒对于知识分子应有的认知、态度与作为体认与见解，认为知识

① 余英时：《士与中国文化》，上海人民出版社1987年版，第113—128页。

② ［美］爱德华·W.萨义德：《知识分子论》，单德兴译，陆建德校，生活·读书·新知三联书店2002年版，第17页。

分子应特立独行，甘于寂寞，秉持独立判断及道德良知，不攀附权势，不热衷名利，勇于表达一己之见，充当弱势者的喉舌，保持批判意识，反对双重标准及偶像崇拜等。①

可见知识分子在社会中的真正作用和意义或许可用两个词语来概括，即批判与重建。批判腐朽落后的，重建科学进步的，应该是一个社会中有良知的知识分子身份的应有之义，即此而言，或许可以说鲁迅正是这样一位铁肩担道义而至死不悔的知识分子。在此以鲁迅的杂文创作为关注对象，并与明清小说文本所展示的思想文化资源进行联系，意欲对鲁迅杂文与明清小说所体现的中国知识分子传统做一简单梳理，或许可以为当下的知识分子提供一种思想与行为的参考借鉴，或者至少可以引起一些思考。

在对明清小说进行了较为透彻的阅读梳理，以《中国小说史略》28 篇之 15 篇的篇幅来讨论明清小说思想、艺术的史学流变的鲁迅，其对明清小说的创作应是极为熟稔的。而在鲁迅小说创作中，通过与明清小说比较观照，也可发见鲁迅与明清小说著者对于社会或社会中的人，常常具有相似或相通的关注视角。同样，在鲁迅杂文中，隐约可见明清小说思想文化甚至文本的影子，这也说明鲁迅杂文与明清小说的思想文化有着一定的渊源或纽系。是批判，是承继，还是扬弃？值得进行探讨梳理。在这一探讨中，论者欲以对知识分子使命意识，即批判与重建的思想为切入点，观照作为封建社会传统知识分子的明清小说著者与作为现代知识分子代表鲁迅的相似想通之处，及其相异与开拓，探讨关注鲁迅杂文“社会批评”与“文明批评”中对明清小

① ［美］爱德华·W. 萨义德：《知识分子论》，单德兴译，陆建德校，生活·读书·新知三联书店 2002 年版，第 146 页。

说资源的直接运用，鲁迅与明清小说著者作为知识分子的批判意识比较，以及鲁迅与明清小说著者对于转型期的社会重建策略及其指向的比较三个方面。

鲁迅杂文写作伊始，就指向了广泛的社会痼弊，因而在鲁迅杂文中，出现了前所未有的“社会批评”和“文明批评”。鲁迅自己如此称谓这类文章，同时认为当时社会最缺少的也是“社会批评”和“文明批评”。如其所说：“我早就很希望中国的青年站出来，对于中国的社会、文明都毫无忌惮地加以批评，因此曾编印《莽原周刊》，作为发言之地。”① 可知，鲁迅写杂文，办刊物，都在于对社会、对文明进行批评，其目的都是“将旧社会的病根暴露出来，催人留心，设法加以治疗”②。而鲁迅在对病态社会（主要是“黑色染缸”和“国民劣根性”）进行深刻揭露的同时，也对“社会批评”和“文明批评”进行大力倡导。鲁迅的社会批评，立足其所处的时代社会，横向展开对种种社会时弊的攻击，锋芒分别指向了当时半殖民地中国社会的政治、经济、文化、思想、伦理、心理、风俗等各个层面，而其文明批评则是纵观历史，纵向深入地对从过去存传至今的剥削阶级思想和制度文明的批判，矛头对准历代剥削阶级的思想文化（包括其文化系统中的教育、文言、迷信、文艺等，思想系统中的世界观、理想、信念、道德、情操等，审美系统中的审美意识及活动等）和制度文明（包括其社会的政治、经济、法律、文化、教育等方面的制度）。涉及旧社会的各个层面与角落，以及剥削阶级思想、制度文明的诸种因素，进行了广泛、深入的揭露与批判。尽管鲁迅当时自称这些文字是应时的浅薄文字，应与时弊同时灭亡的文字，但时至今日，这些文字却仍是时代

① 《鲁迅全集》第三卷，人民文学出版社 2005 年版，第 4 页。
② 《鲁迅全集》第四卷，人民文学出版社 2005 年版，第 468 页。

的一面镜子，我们仍可以从中看到时代的影子。“社会批评”和“文明批评”在鲁迅的文学创作尤其是杂文创作中，几乎贯穿始终。而不论是“社会批评”还是“文明批评”，明清小说的影子隐约可见。其中或巧借明清小说故事生发开来，进行透彻分析，或发掘明清小说文本内涵，以小见大引起思考与警示，或假借明清小说中的人物形象，进行生动有效的以身说法，或是联系明清小说的某种艺术特点，以深入浅出的语言，对于社会或文明的腐朽糟粕加以批判，既使批评显得更为形象，也使其批评显得更为深刻。这是鲁迅杂文社会批评与文明批评中的明清小说资源的直接运用。一方面展示了明清小说丰富的思想内涵；另一方面也显示出鲁迅学识的广博、思考的睿智，以及对于问题思考的深刻和发掘的深入。

鲁迅在进行“社会批评”和“文明批评”的杂文中，在直接运用明清小说资源的同时，作为有社会良知的知识分子，其杂文意蕴与明清小说的文本内涵也有相似相通之处，即其中体现出的知识分子的批判精神与重建意识。鲁迅杂文与明清小说对社会的批判是广泛的，涉及政治、社会道德、思想文化以及对于人的批判等各个层面，体现出著者强烈的责任意识与担当意识，一种人文精神。而鲁迅杂文与明清小说中同样也有对理想社会的思考与建构，尽管可能只是一种理想的构设，但也应是一种建立在深刻思考基础上的想象，这一想象既关乎国家与社会，也关乎民族与人类的未来和理想，体现出鲁迅与明清小说著者以重建社会以至道德、文化的等各种秩序为己任的人文和责任意识与提升民族、国民甚至人类个体生命精神文化层次的美好初衷。尽管其批判的视角与重建的策略有不尽相同之处，但其作为知识分子的责任意识则是共有的，其人文情怀是相通的，展示出一种知识分子传统的一脉相承与发展演进。

第一节　借古讽今：鲁迅杂文批评的明清小说资源

鲁迅对病态社会（主要是“黑色染缸”和“国民劣根性”）的揭露和批评极其深刻，并将文明批评和社会批评紧密结合，无情“撕去旧社会的假面目”。其批评矛头既对准现实社会种种弊端，又能深入揭示其思想和历史根源，并无情剖开人的灵魂，以表达其“哀其不幸，怒其不争”的深沉情感。在此多重指向的批评中，不乏对明清小说文本资源的借鉴，体现了其广博的学识、睿智开阔的思维及深刻剖析与幽默笔触。

一　分析明清小说形象，批评深刻

鲁迅的社会批评与文明批评对明清小说资源的借鉴和利用，表现在各个方面。其中借助人物形象的分析，就是他经常采用的一种方式。换言之，他对明清小说中人物形象的分析，不是就人物论人物，而是以此为缘由，扩而大之，从传统文化的角度立论，刨根究底，做深度批判。如下列的论述就颇具代表性：

> “侠”字渐消，强盗起了，但也是侠之流，他们的旗帜是“替天行道”。他们所反对的是奸臣，不是天子，他们所打劫的是平民，不是将相。李逵劫法场时，抡起板斧来排头砍去，而所砍的是看客。一部《水浒》，说得很分明：因为不反对天子，所以大军一到，便是招安，替国家打别的强盗——不“替天行道”的强盗去了。终于是奴才。

满洲入关，中国渐被压服了，连有“侠气”的人，也不敢再起盗心，不敢指斥奸臣，不敢直接为天子效力，于是跟一个好官员或钦差大臣，给他保镖，替他捕盗，一部《施公案》，也说得很分明，还有《彭公案》，《七侠五义》之流，至今没有穷尽。他们出身清白，连先前也并无坏处，虽在钦差之下，究居平民之上，对一方面固然必须听命，对别方面还是大可逞雄，安心之度增多了，奴性也跟着加足。

然而为盗要被官兵所打，捕盗也要被强盗所打，要十分安全的侠客，是觉得都不妥当的，于是有流氓。和尚喝酒他来打，男女通奸他来捉，私娼私贩他来凌辱，为的是维持风化；乡下人不懂租界章程他来欺侮，为的是看不起无知；剪发女人他来嘲骂，社会改革者他来憎恶，为的是宝爱秩序。但后面是传统的靠山，对手又都非浩荡的强敌，他就在其间横行过去。现在的小说，还没有写出这一种典型的书，惟《九尾龟》中的章秋谷，以为他给妓女吃苦，是因为她要敲人们竹杠，所以给以惩罚之类的叙述，约略近之。①

其中以明代《水浒传》小说中的李逵和清代侠义小说及公案诸如《七侠五义》等中的侠客，及晚清狭邪小说《九尾龟》中的章秋谷为例，不但简明勾勒出这些人物由“侠”而“盗”终至为“流氓”的历史变迁，且极为深刻地批判了他们身上具有的“奴性”。虽然《水浒传》中“替天行道”的纲领自有它的价值所在，一再受到高度关注和正面肯定。但鲁迅却独具慧眼，能窥察出其中隐含的“招安”因素和“自残”指向（打别的强盗），并将笔触深入到对国民性观照上，可谓精彩独到，鞭辟入里。就李逵而言，从金圣叹到今天，一直是被高度

① 《鲁迅全集》第四卷，人民文学出版社 2005 年版，第 159—160 页。

赞扬的英雄形象，天性烂漫，敢作敢为。但鲁迅却发现，在他的行为中实际隐含着一种非理性的冲动，乃至不分皂白，滥杀无辜。更重要的是鲁迅能将之置于“侠”的流变中加以观照，指出这是侠气的堕落，可谓一针见血。他所举的《三侠五义》之类的侠义小说及公案，其实受《水浒传》影响很深，其中有“侠气”的人，也不敢指斥奸臣而是直接效忠天子，对天子与钦差之类的当权者言听计从，而对于平民，则是居于其上而大可逞雄，直到变为流氓，以传统为靠山，找种种理由来欺负弱者。将这三段论述对照起来读，更能了解“侠”为“盗”而为“流氓”的变迁及其深含的奴性十足的本质劣根性，将现实社会的恶劣形象以明清小说中的人物形象特点为基础，加以分析解剖，使批评尤为深刻。

又如对于“西崽相”的批判，将其往来主奴之界的形象与清代小说《野叟曝言》中一人之下万人之上的文素臣形象相比较，指出其与传统的渊源，指出“满崽”与“西崽”的相同本质，使这种狐假虎威的市侩无赖相跃然纸上，其讽刺对象直指这一奴才形象实质的历史源头所在，指出国民奴性劣根性的本质根源，深刻而极具说服力。同时又借助明清小说形象，使分析论述深入浅出，形象生动，在古今对照中，相得益彰。

> 倚徙华洋之间，往来主奴之界，这就是现在洋场上的“西崽相”。但又并不是骑墙，因为他是流动的，较为“圆通自在”，所以也自得其乐，除非你扫了他的兴头。
>
> 由前所说，“西崽相”就该和他的职业有关了，但又不全和职业相关，一部分却来自未有西崽以前的传统。所以这一种相，有时是连清高的士大夫也不能免的。“事大”，历史上有过的，“自大”，事实上也常有的；“事大”和“自大”，虽然不相容，但

> 因“事大”而“自大”，却又为实际上所常见——他足以傲视一切连“事大”也不配的人们。有人佩服得五体投地的《野叟曝言》中，那“居一人之下，在众人之上”的文素臣，就是这标本。他是崇华，抑夷，其实却是“满崽”；古之“满崽”，正犹今之“西崽”也。①

借助《野叟曝言》中的文素臣形象，其一人之下万人之上的身份特征与“西崽”们在洋主子面前奴颜婢膝，在其他人面前颐指气使的洋奴形象，描摹得栩栩如生，并指出其并非在当时的洋场中产生的，而是历史上就有的一种“相”，时代虽有变迁，其本质却是由古到今都是一致的。这也正是国民奴性本质的深刻批判与揭露。

二　巧借明清小说故事，批评生动

由于对古代小说尤其是明清小说有着精深的研究，因而在鲁迅的一系列杂文中，往往借助明清小说的各种故事生发批评，顺手拈来，涉笔成趣，见解深刻，意味盎然。

如在对热血青年以笔为武器进行斗争的安危观照中，鲁迅曾言：

> 我们和朋友在一起，可以脱掉衣服，但上阵要穿甲。您记得《三国志演义》上的许褚赤膊上阵么？中了好几箭。金圣叹批到：谁叫你赤膊？所谓文坛，其实也如此（因为文人也是中国人，不见得就和商人之类两样），鬼魅多得很，不过这些人，你还没有遇见，如果遇见，是要提防，不能赤膊的。②

---

① 《鲁迅全集》第六卷，人民文学出版社2005年版，第367页。

② 《鲁迅全集》第十三卷，人民文学出版社2005年版，第408页。

又如在《为了忘却的记念》中，他特别举到：

> 《说岳全传》里讲过一个高僧，当追捕的差役刚到寺门之前，他就“坐化”了。这是你努力所幻想的脱离苦海的唯一好办法，“剑侠”盼不到，最自在的惟此而已。我不是高僧，没有涅槃的自由，却还有生之留恋，我于是就逃走。①

这两段文字，一论文坛，二针对社会现实。二者均是险恶之境，一个“鬼魅多得很”，一个“禁锢得比罐头还严密”。于是，鲁迅劝说一腔热血的后辈青年不要作战毫无掩护或不讲策略，要提防“鬼魅”，并以自我调侃的方式，用“逃走”的方式来保全自己，以表达自己的无奈和社会的险恶多端。此处借用“赤膊”与“坐化”两个明清小说故事，将问题说得明白显豁，以看似不动声色的轻松笔墨，却造成一种强烈的反讽效果，在借古喻今，以古讽今中、表达深深的愤慨和痛惜之情。说到底，鲁迅是无论如何也难以忘却“左联”五烈士惨烈的遭际：“许多青年的血，层层淤积起来，将我埋得不能呼吸。”他不得不发出这样的呐喊：“这是怎样的世界呢?”其深沉悲愤之情，其忧国忧民，爱惜满怀爱国之情却惨遭杀害的热血青年的真挚情感由此可见一斑。

又如关于读什么书与关于《选本》的权威性的批评，鲁迅借与《选本》有关的《儒林外史》中，热衷于科举选本的马二先生游西湖的故事引发批评。马二先生作为科举考试选本的痴迷者，其对于生活中即使最常见的事物，却也毫无自己的独到见解与把握，而其在这一思想特点支配下的选本，其价值和意义不言自明，鲁迅借此形象指出：

---

① 《鲁迅全集》第四卷，人民文学出版社 2005 年版，第 499 页。

读者的读选本，自以为是由此得了古人文笔的精华的，殊不知却被选者缩小了眼界。……选本既经选者所滤过，就总只能吃他所给与的糟或醨。况且有时还加以批评，提醒了他之以为然，而默杀了他之以为不然处。纵使选者非常胡涂，如《儒林外史》所写的马二先生，游西湖漫无准备，须问路人，吃点心又不知选择，要每样都买一点，由此可见其衡文之毫无把握罢，然而他是处州人，一定要吃“处片”，又可见虽是马二先生，也自有其“处片”式的标准了。

评选的本子，影响于后来的文章的力量是不小的，恐怕还远在名家的专集之上，我想，这许是研究中国文学史的人们也该留意的罢。①

如此对生活中的美好所在全无会心，茫茫然只知大嚼的马二先生，即使再热衷功名科举，再热衷选本制艺，终究是全无品位与审鉴的能力，读其选本不但不能获取最大价值的提高，反而会深受其害。鲁迅在此借以批评被低劣选本制作者所选的“选本”遮蔽和丢失了原作真正的价值和意义的弊端，同时也以此故事提请广大读者和研究者不能盲目轻信所谓的“名家”，而应该对所读文章有自己独到的识见与判断。

三　汲取明清小说艺术，升华理论

鲁迅杂文犀利尖锐却又诙谐幽默，让你笑中含泪。这种讽刺技巧和幽默风格，显然也有来自明清小说同类艺术的充分汲取和借鉴的成分，并在理论上做了高度升华。

---

① 《鲁迅全集》第七卷，人民文学出版社2005年版，第139页。

如其对幽默、讽刺的论述，便是借助明清小说点评家金圣叹的遭遇与明清小说《金瓶梅》中蔡御史的口是心非与《儒林外史》中范进的虚伪做作为例来进行说明：

> 最有名的金圣叹，“杀头，至痛也，而圣叹以无意得之，大奇！”虽然不知道这是真话，是笑话；是事实，还是谣言。但总之，一来，是声明圣叹并非反抗的叛徒；二来，是将屠户的凶残，使大家化为一笑，收场大吉。我们只有这样的东西，和“幽默”是并无什么瓜葛的①。
>
> 例如在中国，则《金瓶梅》写蔡御史的自谦和恭维西门庆道：“恐我不如安石之才，而君有王右军之高致矣！”还有《儒林外史》写范举人因为守孝，连象牙筷也不肯用，但吃饭时，他却“在燕窝碗里拣了一个大虾圆子送在嘴里”，和这相似的情形是现在还可以遇见的……这分明是事实，而且是很广泛的事实，但我们皆谓之讽刺。②

作为两种重要的文学表现手法，鲁迅认为幽默的特征是“借着笑的幌子③”传达着某一种思想感情，其语言或有趣或可笑，而意味却深长。正如上文鲁迅杂文中所引用的数则故事，通过明清小说相关的人物的言行举止，将环境的险恶与人心的所思所想展示得淋漓尽致，同时也形象生动地说明了文学幽默的最大特点，关于讽刺，鲁迅则指出：

> 讽刺的生命是真实；不必是曾有的实事，但必须是会有的实

① 《鲁迅全集》第四卷，人民文学出版社 2005 年版，第 582 页。

② 《鲁迅全集》第六卷，人民文学出版社 2005 年版，第 286—287 页。

③ 《鲁迅全集》第五卷，人民文学出版社 2005 年版，第 47 页。

情。所以它既不是“捏造”，也不是“污蔑”；既不是“揭发隐私”又不是专记骇人听闻的所谓“奇闻”或“怪现状”。讽刺作者……常常是善意的，他的讽刺，是希望他们改善。①

明清小说《二十年目睹之怪现状》，以“怪现状”命名，鲁迅借对明清小说中此类作品的论述，指出讽刺的本质所在。鲁迅对幽默与讽刺的论述，既对明清小说艺术资源充分借鉴，又对之进行理论总结和升华，并且在自己的写作实践中有所提升与创新。借此也可充分窥见鲁迅文学创作、思想意识以及杂文批评中与明清小说的深厚关系。

又如关于小说对话的描写与文学普遍性的探讨，鲁迅借明清小说《红楼梦》和《水浒传》中的对话描写以及林黛玉的形象塑造手法来说明问题：

中国还没有那样好手段的小说家（能使读者看了对话，便好像目睹了说话的那些人）。但《水浒》和《红楼梦》有些地方，是能使读者由说话看出人来的。

……

文学虽然有普遍性，但因读者体验的不同而有变化，读者倘没有类似的体验，它也就失去了效力。譬如我们看《红楼梦》，从文字上推见了林黛玉这一个人，但须排除了梅博士的“黛玉葬花”照相的先入之见，另外想一个，那么，恐怕会想到剪头发，穿印度绸衫，清瘦，寂寞的摩登女郎；或者别的什么模样，我不能断定。但试去和三四十年前出版的《红楼梦图咏》之类里面的画像比一比罢，一定是截然两样的，那上面所画的，是那时的读

① 《鲁迅全集》第六卷，人民文学出版社2005年版，第340—341页。

> 者的心目中的林黛玉。
>
> 文学有普遍性，但有界限；也有较为永久的，但因读者社会体验而生变化。北极的遏斯吉摩人和菲洲腹地的黑人，我以为是不会懂“林黛玉型”的；健全而合理的好社会中人，也将不能懂得，他们大约要比我们听讲始皇焚书，黄巢杀人更其隔膜。一有变化，即非永久，说文学独有仙骨，是做梦的人们的梦话。[1]

鲁迅对于由对话看出人物性格的小说，列出了明清小说为代表作，同时以上海弄堂里听隔壁人的对话可以感受出其人来加以讨论，引出关于文学的普遍性的论述。指出文学的普遍性也要因读者不同，时代不同，地域不同，思想不同，而结果不同。借文学对话的描写来论述文学的普遍性，形象深刻地对文学普遍性问题进行了透彻分析。

四　发掘明清小说内涵，见微知著

明清小说丰富的文化内涵，也是鲁迅在社会与文明批评中经常借鉴的重要资源，从而使其批评更见说服力和穿透力，也能够更通俗易懂地为读者接受。如：

> 《红楼梦》中的小悲剧，是社会上常有的事，作者又是比较的敢于写实的，而那结果也并不坏。无论贾氏家业再振，兰桂齐芳，即宝玉自已，也成了个披大红猩猩毡斗篷的和尚。和尚多矣，但披这样阔斗篷的能有几个，已经是“超凡入圣”无疑了。至于别的人们，则早在册子里一一注定，末路不过是一个归结：是问题的结束，不是问题的开头。读者即小有不安，也终于奈何不得。

① 《鲁迅全集》第五卷，人民文学出版社 2005 年版，第 559—560 页。

然而后来或续或改，非借尸还魂，即冥中另配，必令“生旦当场团圆”，才肯放手者，乃是自欺欺人的瘾太大，所以看了小小骗局，还不甘心，定须闭眼胡说一通而后快。赫克尔（海克尔）说过：人和人之差，有时比类人猿和原人之差还远。我们将《红楼梦》的续作者和原作者一比较，就会承认这话大概是确实的。

……

一女愿侍痼疾之夫，《醒世恒言》中还说终于一同自杀的；后来改作的却道是有蛇坠入药罐里，丈夫服后便全愈了。凡有缺陷，一经作者粉饰，后半便大抵改观，使读者落诬妄中，以为世间委实尽够光明，谁有不幸，便是自作，自受。

……

中国人的不敢正视各方面，用瞒和骗，造出奇妙的逃路来，而自以为正路。在这路上，就证明著国民性的怯弱，懒惰，而又巧滑。一天一天的满足着，即一天一天的堕落着，但却又觉得日见其光荣。在事实上，亡国一次，即添加几个殉难的忠臣，后来每不想光复旧物，而只去赞美那几个忠臣；遭劫一次，即造成一群不辱的烈女，事过之后，也每每不思惩凶，自卫，却只顾歌咏那一群烈女。仿佛亡国遭劫的事，反而给中国人发挥“两间正气”的机会，增高价值，即在此一举，应该一任其至，不足忧悲似的。自然，此上也无可为，因为我们已经借死人获得最上的光荣了。沪汉烈士的追悼会中，活的人们在一块很可景仰的高大的木主下互相打骂，也就是和我们的先辈走着同一的路。①

以《红楼梦》的结局和《醒世恒言》中关于“缺陷”的粉饰等明

① 《鲁迅全集》第一卷，人民文学出版社2005年版，第253—254页。

清小说故事情节生发开来，批判中国人不敢正视现实，用瞒和骗而造出逃路，怯弱、懒惰、巧滑地生活着，满足着，堕落着，却还以为很光荣。又由忠臣、烈女的光荣最后点到“沪汉烈士的追悼会中，活的人们在一块很可景仰的高大的木主下互相打骂”，由明清小说情节说到瞒和骗的国民劣根性的实质，并以眼前的实例为证，讽刺批判深刻而切切近。又如：

看《红楼梦》，觉得贾府上是言论颇不自由的地方。焦大以奴才的身份，仗着醉酒，从主子骂起，直到别的一切奴才，说只有两个石狮子干净。结果怎样呢？结果是主子深恶，奴才痛嫉，给他塞了一嘴马粪。

其实是，焦大的骂，并非要打倒贾府，倒是要贾府好，不过说主奴如此，贾府就要弄不下去罢了。然而得到的报酬是马粪。所以这焦大，实在是贾府的屈原，假使他能做文章，我想，恐怕也会有一篇《离骚》之类。

三年前的新月社诸君子，不幸和焦大有了相类的境遇。①

以《红楼梦》中焦大的遭遇来谈论所谓的“言论自由”，指出焦大实为贾府中的屈原，又由焦大的遭遇想到了三年前新月社诸君子的遭遇，“不幸”说明了遭遇的不公平，而“焦大”暗指了其身份由主子而指责奴才，终于是会被塞“一嘴马粪”，这样的报酬对于一个自诩“言论自由”的社会而言，其中的讽刺意味十足。再如：

那时候的读书人，大概可以分他为两种，就是君子和才子。君子是只读四书五经，做八股，非常规矩的。而才子却此外还要

① 《鲁迅全集》第五卷，人民文学出版社2005年版，第122页。

看小说，例如《红楼梦》，还要做考试上用不着的古今体诗之类。这是说，才子是公开看《红楼梦》的，但君子是否在背地里也看《红楼梦》，则我无从知道。

……

才子原是多愁多病，要闻鸡生气，见月伤心的。一到上海，又遇见了婊子。去嫖的时候，可以叫十个二十个的年青姑娘聚集在一处，样子很有些像《红楼梦》，于是他就觉得自己好像贾宝玉；自己是才子，那么婊子当然是佳人，于是才子佳人的书就产生了。内容多半是，惟才子能怜这些风尘沦落的佳人，惟佳人能识坎轲不遇的才子，受尽千辛万苦之后，终于成了佳偶，或者是都成了神仙。

他们又帮申报馆印行些明清的小品书出售，自己也立文社，出灯谜，有入选的，就用这些书做赠品，所以那流通很广远。也有大部书，如《儒林外史》，《三宝太监西洋记通俗演义》，《快心编》等。现在我们在旧书摊上，有时还看见第一页印有“上海申报馆仿聚珍板印”字样的小本子，那就都是的。

佳人才子的书盛行的好几年，后一辈的才子的心思就渐渐改变了。他们发见了佳人并非因为“爱才若渴”而做婊子的，佳人只为的是钱。然而佳人要才子的钱，是不应该的，才子于是想了种种制伏婊子的妙法，不但不上当，还占了她们的便宜，叙述这各种手段的小说就出现了，社会上也很风行，因为可以做嫖学教科书去读。这些书里面的主人公，不再是才子+（加）呆子，而是在婊子那里得了胜利的英雄豪杰，是才子+流氓。①

① 《鲁迅全集》第四卷，人民文学出版社2005年版，第298—299页。

《红楼梦》是中国许多人所知道，至少，是知道这名目的书。谁是作者和续者姑且勿论，单是命意，就因读者的眼光而有种种：经学家看见《易》，道学家看见淫，才子看见缠绵，革命家看见排满，流言家看见宫闱秘事……

在我的眼下的宝玉，却看见他看见许多死亡；证成多所爱者，当大苦恼，因为世上，不幸人多。惟憎人者，幸灾乐祸，于一生中，得小欢喜，少有偏碍。然而憎人却不过是爱人者的败亡的逃路，与宝玉之终于出家，同一小器。但在作《红楼梦》时的思想，大约也止能如此；即使出于续作，想来未必与作者本意大相悬殊。惟被了大红猩猩毡斗篷来拜他的父亲，却令人觉得诧异。[①]

首段文字以《红楼梦》结局以及《醒世恒言》中一女愿侍丈夫痼疾而一同自杀直到后来被改为遇蛇坠入药罐而痊愈为论述对象，指出《红楼梦》续改者“生旦当场团圆”，是“自欺欺人的瘾太大”的缘故，而对于《醒世恒言》故事的改写也是因为凡有缺陷，作者便要粉饰，使其改观，而使读者落诬妄中，以为世间委实尽够光明，即使谁有不幸，便是自己的原因，是自作自受。对于中国文人这种“闭了眼睛的补救”和不敢正视现实的“瞒”“骗”行为，进行了无情的抨击，并指出在这条“逃路”上印证着国民性的怯弱、懒惰，而又巧滑。正如对于奴性的深恶痛绝一样，对于自欺欺人，鲁迅同样绝不姑息，并指出没有冲破一切传统思想和手法的闯将，中国是不会有真的新文艺的。第二段鲁迅以《红楼梦》中焦大的遭遇讨论言论自由的界限。鲁迅从主奴关系，国民关系来切入，指出奴才实际是没有言论自由的，并把焦大与屈原类比，并借三年前新月社诸君子显示被塞了一嘴马粪，

① 《鲁迅全集》第八卷，人民文学出版社2005年版，第179页。

直到满是“为文艺而文艺”后，又被“塞了甜头”的遭遇，影射当时扼杀言论、不存在言论自由的社会现状。第三段文字是对上海文艺现状讨论中的一段，鲁迅在此把读书人分成“才子”和“君子”两类，并通过他们阅读《红楼梦》时的不同表现，揭穿了“君子”的伪装。尽管鲁迅说，“我无从知道”这些谦谦君子是否也看《红楼梦》，但答案却不言而喻。而“才子”们却遇到了婊子，还是被一群围着，便觉得自己像是贾宝玉，于是婊子们便变成了佳人，于是有了才子佳人小说，而后来当才子们发现婊子们爱的不是才子，而是才子的钱时，才子们便想法不但钱不被婊子们要去，还要想法占婊子们的便宜，才子终于也变成了才子+流氓。由此可见，不论是君子的虚伪，还是才子的低俗、无赖等，种种劣根性，都在鲁迅由古及今的批判中，体现得惟妙惟肖，引人深思，而其讽刺意味也在嬉笑怒骂之中淋漓尽致。第四段指出不同的人阅读《红楼梦》后体会到不同题旨立意，而鲁迅体会到的却是宝玉看见了许多死亡，说明多所爱的人会有大苦恼，因为世上不幸的事情多，只有憎人的幸灾乐祸，而其却是爱人者的败亡的逃路就像宝玉出家一样。嗟叹世事的悲凉苦痛，指出面对悲凉苦痛的无奈。

如上述种种，鲁迅杂文的“社会批评”及“文明批评”，均借助明清小说资源引发探讨，或由其中一人，一事，或由其思想内容和艺术特点的某一处、某一点生发开去，形象生动，富于趣味，嬉笑怒骂，皆成文章，并在不动声色的高超艺术中，对当时社会的种种弊端，进行了犀利的批判与抨击，表达了作者深切的爱与痛切的恨。

第二节 担当意识：知识分子批判精神的承继开拓

综观明清小说与鲁迅杂文，二者虽然具有诸多不同之处，但从其作为知识分子抒发情志的文本存在，观照其体现的思想精神，却可以发现二者都闪现着一种作为社会良心的知识分子的批判精神，共同体现着知识分子富有担当意识的批判性人文品格。明清小说不论是以时代累积为基础的小说，还是文人独创的小说，其中的批判意识应该说是无处不在的。而即使是以世代累积型作品为基础的《三国志演义》《水浒传》以及《西游记》等作品，也无一不是经过文人知识分子的重新演绎书写，因此在立意旨归上与流传已久的民间故事已经有了很大的不同，甚至情节也有所改写，应该说这些小说实际上是作者的一种再创造。而他们在演绎编写中融注的自身的思想观点与情感倾向，这些作品应该说已经成为作者抒发自我心声的承载所在。与此相似，鲁迅杂文作为鲁迅创作中极为重要的一部分，被鲁迅作为“社会批评”与“文明批评”的重要承载者，被称为刺向对方的“匕首”与“投枪”，其批判性也是显而易见的。但另一方面，尽管二者批评的立意旨归是相同的，二者批评的出发点与初衷是否相同呢？若不相同，则差异之处又在哪里？

一 明清小说的批判指向管窥

明清小说中的批判可以说无处不在，反映其著者的社会责任感。如《三国志演义》：

> 《三国志演义》用“依史以演义”（李渔《三国志演义序》）的独特的文学样式，描写了起自黄巾起义、终于西晋统一的近百年历史。“依史”，就是“事纪其实，亦庶几乎史”，对历史的事实有所认同，也有所选择，有所加工；“演义”，则渗透着作者主观的价值判断，用一种自认为理想的“义”，泾渭分明地去褒贬人物，重塑历史，评价是非。综观全书，作者显然是以儒家的政治道德观念为核心，同时也糅合着千百年来广大人民群众的心理，表现了对于导致天下大乱的昏君贼臣的痛恨，对于创造清平世界的明君良臣的渴慕。这也就是一部《三国志演义》的主旨。①

由此可见《三国志演义》是一部渗透着作者的价值判断来重塑历史，褒贬人物，评判是非，是在对历史有所选择的基础上的创作。其所贬人物，所抨击的是非，必然体现出一种批判意识。审视《三国志演义》中最主要的批判，或许可以说集中在两个方面，一是对于统治者暴政的批判，二是对于篡权夺位的奸臣的批判。前者如对汉末权臣董卓的批判。对于其残忍嗜杀，倒行逆施的描述。董卓指使部下弑帝夺权后，“自此每夜入宫，奸淫宫女，夜宿龙床。尝引军出城，行到洛阳地方，时当二月，村民社赛，男女皆集。卓命军士围住，尽皆杀之，掠妇女财物，装载车上，悬头千余颗于车下，连轸还都，扬言杀贼大胜而回；于城外焚烧人头，以妇女财物分散众军”（第四回）。董卓欲迁都长安，缺少钱粮，“卓即差铁骑五千，遍行捉拿洛阳富户，共数千家，插旗头上，大书‘反臣逆党’，尽斩于城外，取其金赀，李傕、郭汜尽驱洛阳之民数百万口，前赴长安。……死于沟壑者不可胜数。又纵军士淫人妻女，夺人粮食；啼哭之声，震动天地。如有行得迟者，

① 袁行霈主编：《中国文学史》第四卷，高等教育出版社 1999 年版，第 27 页。

背后三千军催督，军手执白刃，于路杀人。卓临行，教诸门放火，焚烧居民房屋，并放火烧宗庙宫府。南北两宫，火焰相接，长乐宫廷，尽为焦土。又差吕布发掘先皇及后妃陵寝，取其金宝”（第五回）。其独断专行，残暴凶狠，滥杀无辜，无恶不作可见一斑。《三国志演义》中的奸臣则以曹操为代表，其“宁使我负天下人，休教天下人负我”，小说借刘备之口描述曹操“曹以急，吾以宽；曹以暴，吾以仁；曹以谲，吾以忠；每与曹相反”。小说中对于曹操与董卓如出一辙的工于权谋，奸诈，残忍，毫无惜民爱民之心的描述，其褒贬之意，溢于言表。

如果说《三国志演义》对曹操、董卓的批判体现了作者对谋朝篡位的权臣与残暴的统治者的批判。《水浒传》则更多的是对奸臣残害忠良，祸国殃民的批判。其中以手握朝纲的高俅、蔡京、童贯到称霸一方的蔡九、梁世杰、高廉，及至横行乡里的西门庆、蒋门神，甚至爪牙陆谦、富安等，自上而下，相互勾结，狼狈为奸，使得整个社会暗无天日、民不聊生，以至于“官逼民反”，使得梁山好汉一个个“撞破天罗归水浒，掀开地网上梁山”。而最终，“全忠仗义”的英雄们还是归顺朝廷，终究被“自古权奸害忠良，不容忠义立家邦”的社会所吞噬。

如果说《三国志演义》与《水浒传》的批判矛头是指向居庙堂的当权者与政治的话，《金瓶梅》的批判则指向作为个体的人的贪欲。这部由一家而写及天下国家的明代世情小说，由暴露社会矛盾走向剖视扭曲的人性。在西门庆的家庭内部，批判暴露的是人对色欲的追求，西门庆的妻妾们为了获得西门庆的宠幸，不惜一切手段和代价，而走出西门宅院，小说批判的则是社会中人对私欲的贪求，为了钱财与权势，这些丑恶的灵魂狼狈为奸、沆瀣一气、官商勾结、坑蒙拐骗、草菅人命，整个社会中的人呈现出一种灵魂被扭曲的状态。社会政治的腐败，人心的险恶，人性的堕落，道德的沦丧，世态炎凉，淋漓尽致。正如鲁迅所说“著此一家，即骂尽诸色”（《中国小说史略》）。以此而言，《金瓶梅》既是对社会的批判，又是对人性丑陋卑劣之处的批判。

除此以外，在清代分别代表讽刺小说与谴责小说的《儒林外史》与《官场现形记》《二十年目睹之怪现状》以及《老残游记》几部小说，更是以批判、讽刺、谴责为立意旨归。《儒林外史》“机锋所向尤在士林”，对封建社会在科举制度浸淫下的士子百态进行了淋漓尽致的描述和深刻的批判，是一部“足称讽刺”的书。而《官场现形记》的批判指向更是一目了然。这部“专门暴露官场的力作，对中国封建社会崩溃前夕的官僚政治进行了总体解剖，上自军机大臣，下至佐杂胥吏，全方位的摄入笔底”。“书中人物多以真人真事为蓝本”，“皆使人感到似曾相识，默契会心”。“《官场现形记》所写的不是个别的贪官污吏，而是整个政治体制的腐朽，无官不贪，无吏不污，卖官鬻爵，贪赃纳贿已成为官场的运行机制。”“官场腐败，自然道德沦丧。居上位者，只知珠玉妖姬，升官发财，所谓政绩，无非是祸国殃民。”“在下者则巧于逢迎，吮痈舐痔，奴颜媚骨成为做官第一要诀。”作家直斥为“畜生的世界”。其批判的范围及深度由此可见一斑。而《二十年目睹之怪现状》“卷首九死一生自白他出来应世的 20 年间所遇见的只有‘蛇虫鼠蚁’‘豺狼虎豹’‘魑魅魍魉’，小说就是展示这种怪现状，笔锋触及相当广阔的社会生活面，上自部堂督府，下至三教九流。举凡贪官污吏、讼棍劣绅、奸商钱虏、洋奴买办、江湖术士、洋场才子、娼妓娈童、流氓片子、狼奔豕突，显示了日益殖民地化的中国封建社会肌体的溃烂不堪”。“小说最富有特色的是对封建家庭的罪恶与道德沦丧的暴露。”“旧式家庭中骨肉乖违，人伦惨变。”《二十年目睹之怪现状》的这一特点与《金瓶梅》暴露家庭中人的色欲不同，可以说二者互为补充，使明清小说对封建社会家庭的批判与暴露更加全面。明代的拟宋市人小说“三言”“二拍”对于贪官酷吏的批判抨击，清代的拟晋唐小说《阅微草堂笔记》中对社会现实的针砭等，同样批判社会政治的黑暗及人性丑恶的一面的暴露在文中隐约可见。《红楼梦》则以对封建势力对大观园少女们的直接摧残，以及封建家庭对青年男女的禁锢与戕害为主要批判内容。明清小说中的两部非现实主义作品写神魔的《西游记》与写狐鬼的《聊斋志异》，则借对幻境中的人与社会的描摹批判来揭露现实中的污浊与腐朽（第二章第四节已有所论述）。点数明清小说较有代表性的作品，其批判的锋芒可以说或多或少地弥散在其中，体现了著者作为富有良知的知识分子对于社会的一种强烈的责任意识与担当意识。

二　鲁迅杂文的批判意识梳理

作为投向敌人的“匕首”和“投枪”，鲁迅杂文的批判力度是非常犀利尖锐的，而批判的范围对象也极为广泛，对于社会与人类的各个方面的问题进行批判和揭露、讽刺，如社会、历史、思想、文化、人生与人性等，鲁迅曾把杂文分为“社会批评”和“文明批评”两种，鲁迅以其数量巨大的杂文创作，表现出对于“社会批评”与“文明批评”的重视，也展示了其批判的犀利深刻与深远影响。正如现代学人所评述的：

> 鲁迅的杂文任何时候都是中国现实社会中活生生的“存在”，对正在进行（发展）的中国思想、文化（包括文学）发生作用，对现实的中国人心产生影响。他可以不断地重复发表，仍然给读

者以仿佛针对当前的现实而写的感觉。①

这说明了鲁迅杂文批评作用的长效性。尽管鲁迅说这些文字是应该“与时弊同时灭亡”的，但是事实却大相径庭，折射出了值得我们反思的问题所在，现实社会中的专制思想、压迫弱小、剥削贫困、残害无辜等不平等现象依然存在，我们人性中的丑陋、邪恶、卑劣、软弱、奴性、自欺等恶劣本性依然时时出现，人与人之间的麻木、冷漠、欺诈、伪善还没有完全消融，社会的思想、文化、文学等诸多方面的需要进步仍在继续，这一意义上说，鲁迅依然应该活在我们的生活中，鲁迅并没有过时，鲁迅所批判的依然应该时时引起我们的警醒和思考，为了社会的进步和人性的完善，为了人与人之间的和谐相处，进行反思并加以改正。

> 我们在一定的意义上，可以说鲁迅的杂文不仅是现代中国社会、政治、历史、法律、宗教、哲学、道德、文学、艺术，乃至经济、军事……的“百科全书”，而且以其对中国现代国民的文化心理、行为准则、价值取向，以及民性、民情、民俗、民魂的真实、生动而深刻的描绘，成为一部活的现代中国人的“人史”……无拘地表现自己的大愤怒、大憎恶、大轻蔑与大的喜欢。②

鲁迅的杂文不但没有过时，还会时时引起我们的警醒。而以“百科全书”与“人史”相比拟，可见其对于反映社会时代的全面性与深刻性的无与伦比。一方面是对社会政治、经济、思想、文化的物质与

---

① 钱理群、温儒敏、吴福辉：《中国现代文学三十年》，北京大学出版社 1998 年版，第 289 页。

② 同上书，第 290 页。

精神的种种领域范畴的广泛思考与透彻体悟，另一方面是对于社会中必不可少的人的存在细描细绘，生动展现的基础上，进行的深刻的反思、解剖与自省，对于国民性的种种劣根性，对于人情风俗中经过数千年封建社会思想的浸淫积淀下来的种种不合理思想予以展示和无情剖析。对于国民的只知忍受不知反抗的，虽受尽压迫与欺凌却连控诉都不知道的，甚至都没有意识到的，更毋庸说起来反抗的潜意识中的十足的奴性，予以刻画，与鲁迅小说一道，“画出沉默的国民的灵魂来”，予以满含沉痛的揭开伤疤的展示，目的是以引起“疗救的注意”。鲁迅的“哀其不幸”，表达对深爱的却又身处在巨大不幸的民族同胞们的深切同情，且又“怒其不争”，万难毁坏的铁屋子里的沉睡的人尚需要用“呐喊”以促使其醒来，不能觉醒，便不能抗争，便不能挣脱受压迫受奴役的地位与处境。鲁迅描述的这样一种国民的现状，构成一部中国社会的“人史”，既是当时社会时代的缩影与画像，又是积习难改的延续至今仍须警醒的一种警示，鲁迅的杂文常常借日常生活或身边的一人或一事，以小见大，生发开来，如其所说，其论战杂文中“没有死敌，只有公仇”，因而表达的是一种并非一己的大愤怒、大憎恶、大蔑视，也便是一种关乎整个时代、社会、民族，甚至人类的情感，其批判的广度与深度由此可见一斑。尽管范围如此广博，内容如此丰富，鲁迅杂文的批判向度却又有着清晰可辨的脉络可循：

> 鲁迅说，杂文作者的任务，“是在对于有害的事物，立刻给以反响或抗争”……顺次翻开鲁迅14本杂文集，就可以看到一部不停息地批判，论战，反击……的思想文化斗争的编年史：“五四”时期对封建旧礼教、旧传统的批判，与复古派的论争（《热风》）；“五四”后对中国历史、国民性的解剖（《坟》）；“五卅”运动与“三一八”惨案中对残杀中国人民与青年学生的帝国主义、封建

军阀的揭露与抗争，与现代评论派的论战（《华盖集》《华盖集续编》）；大革命失败后对于国民党对革命青年的杀戮的抗击（《而已集》）；20年代末与创造社、太阳社关于“革命文学”的论争（《三闲集》）；30年代初对国民党政府支持的民族主义文学的斗争，与新月派的论辩（《二心集》）；与“第三种人”、论语派等的诘难（《南腔北调集》《伪自由书》）；对以上海为中心的年代中国半殖民地的商业社会的透视与批判（《花边文学》《伪自由书》《准风月谈》）；对明清思想、文化、学术，以及儒、道各家的重新审视与清理（《且介亭杂文》《且介亭杂文二集》）；对国民党政府的法西斯专政的抗议，对中国共产党内的“左”倾路线的反击（《且介亭杂文末编》及《附集》）。鲁迅杂文所显示的这种“不克厥敌，战则不止”的不屈不挠的批判精神，从根本上有违于中国文化与中国士大夫知识分子的“恕道”“中庸”传统，集中地体现了鲁迅其人其文的反叛性、异质性。因此，几乎从诞生那一天起，鲁迅的杂文（连同它的作者）就遭到否定，抗拒，以致辱骂，从当年的“刀笔吏”（“现代评论派的君子”语），“睚眦必报”（“创造社的才子”语），“不满于现状的批评家”（“新月派的绅士”语），直到今日明里暗里、口诛腹诽的“鲁迅好骂人”之类：这也是从未停息的。①

杂文创作伊始，鲁迅便紧紧追随时代的思想与主题，五四运动以彻底的反帝反封建的姿态走上中国社会的历史舞台，开始了中国现代社会的新时代。鲁迅这一时期的杂文紧跟时代脉搏，创作了《热风》

---

① 钱理群、温儒敏、吴福辉：《中国现代文学三十年》，北京大学出版社1998年版，第291页。

杂文集，书写了诸如《随感录五十八·人心很古》《五十九·“圣武”》《六十五·暴君的臣民》《事实胜于雄辩》《所谓“国学”》《儿歌的“反动”》等杂文。在这些有感于“周围的空气太寒冽了，我自说我的话，所以反而称之曰《热风》”① 的文字中，鲁迅对于所谓“国粹”的进行批判，指出“保存我们，的确是第一义。只要问他有无保存我们的力量，不管他是否国粹”②。对于传统的包办婚姻进行批判，“爱情是什么东西？我也不知道。中国的男女大抵一对或一群——一男多女——的住着，不知道有谁知道”。“我们还要叫出没有爱的悲哀，叫出无所可爱的悲哀。……我们要叫到旧账购消的时候。”③ 批评中国的社会“吃人，劫掠，残杀，人身卖买，生殖器崇拜，灵学，一夫多妻，凡有所谓国粹，没一件不与蛮人的文化恰合”。“世上有如此不知肉体上的苦痛的女人（指缠足），以及如此以残酷为乐，丑恶为美的男子，真是奇事怪事。”④ 以女性缠足为例，对于封建思想对女性的摧残进行深刻的批判，对于人的“纯粹兽性方面的欲望的满足”与统治阶级的欲求仙得道，追求长生不老，甚至死后也要用自己的尸体占一块地面的思想进行批判（《“圣武”》）。尤其是其中许多为保护“幼者”（如《“与幼者”》），对于社会现实中的种种扼杀幼者的批判，与其小说一起，发前人之所未发，意义深远。

在杂文集《坟》中，诸如《人之历史》《科学史教篇》《文化偏至论》《魔罗诗力说》《我之节烈观》《我们现在怎样做父亲》《娜拉走后怎样》《论睁了眼看》《寡妇主义》等，对于中国历史与国民性进行了无情解剖，既指向对科学的愚昧无知，又指向对文化、艺术、思想、

---

① 《鲁迅全集》第一卷，人民文学出版社2005年版，第308页。
② 同上书，第322页。
③ 同上书，第338—339页。
④ 同上书，第343页。

意识等的愚昧腐朽。如批判“女子死了丈夫，便守着，或者死掉；遇了强暴，便死掉；将这类人物，称赞一通，世道人心便好，中国便得救了”。[①] 节烈观的荒谬，“但世间又有一类长者，不但不肯解放子女，并且不准子女解放他们自己的子女；就是并要孙子曾孙都做无谓的牺牲”。[②] 丧失长者责任的批判，旧中国的积重难返，墨守成规，不思反抗与积习难改的批判。

可惜中国太难改变了，即使搬动一张桌子，改装一个火炉，几乎也要血；而且即使有了血，也未必一定能搬动，能改装。不是很大的鞭子打在背上，中国自己是不肯动弹的。[③]

《灯下漫笔》中，鲁迅更是直接批判了“想做奴隶而不得的时代”与“暂时坐稳了奴隶的时代”的愚昧思想。指出其反抗与否，只是围绕能否做和做稳奴隶。鲁迅还指出：

暴君的臣民，只愿暴政暴在他人的头上，他却看着高兴，拿“残酷”做娱乐，拿“他人的苦”做赏玩，做慰安。自己的本领只是“幸免”。从“幸免”里又选出牺牲，供给暴君治下的臣民的渴血的欲望，但谁也不明白。死的说“阿呀”，活的高兴着。[④]

关于自欺欺人，鲁迅也有痛切的批判剖析，对于国人的善于自欺而不思反抗予以批判。

中国人的不敢正视各方面，用瞒和骗，造出奇妙的逃路来，

---

① 《鲁迅全集》第一卷，人民文学出版社 2005 年版，第 122 页。
② 同上书，第 145 页。
③ 同上书，第 171 页。
④ 同上书，第 265 页。

而自以为正路。在这路上，就证明著国民性的怯弱，懒惰，而又巧滑。一天一天的满足着，即一天一天的堕落着，但却又觉得日见其光荣。①

中国人向来因为不敢正视人生，只好瞒和骗，由此也生出瞒和骗的文艺来，由这文艺，更令中国人更深地陷入瞒和骗的大泽中，甚而至于已经自己不觉得。②

这一杂文批判与小说《阿Q正传》“精神胜利法”批判互为补充，形象揭示了国民性中卑劣、孱弱、不自省的一面，启人深思。鲁迅杂文对种种国民劣根性进行了批判，诸如想做奴隶而不得与暂时做稳了奴隶而不争，“对于羊显凶兽相，而对于凶兽则显羊相”目光短浅，卑怯贪婪、趋炎附势的奴性；永远得意、极易忘却，既不能正视外在世界，又缺乏自我意识，常以自欺之法求得解脱的精神胜利法；具有“无物之阵”“无主名无意识的杀人团”，“永远是戏剧的看客”的麻木性和愚昧性，再到只忙于眼前实利的“活身乏术”，缺乏热情、不愿冒险、贪图安逸的保守性，世故、圆滑，令对手在不得要领中上当等，这些劣根性不但使得国民个体不能成为严格意义上的人，同时其麻木自欺状态下苟延残喘的不争品性，也严重阻碍了民族的自立自强。

在《华盖集》《华盖集续编》中，鲁迅批判了残杀人民与青年学生的帝国主义和封建军阀，并与为美帝国主义及买办资产阶级张目，支持北洋军阀，诬蔑革命运动，初依附北洋政府转而投靠国民党政权的“现代评论派”进行论战。如：

他们是羊，同时也是凶兽；但遇见比他更凶的凶兽时便现羊

① 《鲁迅全集》第一卷，人民文学出版社2005年版，第254页。

② 同上书，第254—255页。

> 样，遇见比他更弱的羊时便现凶兽样，因此，武者君误认为两样东西了。
>
> 我还记得第一次五四以后，军警们很客气地只用枪托，乱打那手无寸铁的教员和学生，威武到很像一队铁骑在苗田上驰骋；学生们则惊叫奔避，正如遇见虎狼的羊群。但是，当学生们成了大群，袭击他们的敌人时，不是遇见孩子也要推他摔几个觔斗么？在学校里，不是还唾骂敌人的儿子，使他非逃回家去不可么？这和古代暴君的灭族的意见，有什么区分！
>
> 我还记得中国的女人是怎样被压制，有时简直并羊而不如。现在托了洋鬼子学说的福，似乎有些解放了。但她一得到可以逞威的地位如校长之类，不就雇用了“掠袖擦掌”的打手似的男人，来威吓毫无武力的同性的学生们么？不是利用了外面正有别的学潮的时候，和一些狐群狗党趁势来开除她私意所不喜的学生们么？而几个在“男尊女卑”的社会生长的男人们，此时却在异性的饭碗化身的面前摇尾，简直并羊而不如。羊，诚然是弱的，但还不至于如此，我敢给我所敬爱的羊们保证！①

对于残害无辜学生的军阀，以凶兽和羊做比，批判其欺软怕硬的反动本质。指出必须以牙还牙以眼还眼的对待，才可以拯救自己免遭厄运，才可以求得自我解放。同时也对于国民性中兼有的凶兽和羊的本性加以批判，受到凶兽般军阀袭击的学生们也会凶兽般去对待比他弱小的人，而向来备受欺凌的女人也会同样去欺凌自己的同性。透彻深刻，一语中的。任意除名学生；引警察、打手入校；非法解散学校；雇用流氓女丐殴曳学生，禁之空屋；趁火打劫，欺罔世人，学生无辜

① 《鲁迅全集》第三卷，人民文学出版社2005年版，第63—64页。

受戮，无端失学等，凡此种种，军阀走狗、御用文人的种种丑行暴露无遗，鲁迅历数罪状，愤慨之极的予以痛斥。其为纪念刘和珍等被害青年学生的文字，更是字字血泪：

> 可是我实在无话可说。我只觉得所住的并非人间。四十多个青年的血，洋溢在我的周围，使我艰于呼吸视听，那里还能有什么言语？长歌当哭，是必须在痛定之后的。而此后几个所谓学者文人的阴险的论调，尤使我觉得悲哀。我已经出离愤怒了。我将深味这非人间的浓黑的悲凉；以我的最大哀痛显示于非人间，使它们快意于我的苦痛，就将这作为后死者的菲薄的祭品，奉献于逝者的灵前。
>
> 真的猛士，敢于直面惨淡的人生，敢于正视淋漓的鲜血。
>
> 这是怎样的哀痛者和幸福者？然而造化又常常为庸人设计，以时间的流驶，来洗涤旧迹，仅使留下淡红的血色和微漠的悲哀。在这淡红的血色和微漠的悲哀中，又给人暂得偷生，维持着这似人非人的世界。我不知道这样的世界何时是一个尽头！①

爱之深，恨之切。长歌当哭，是因为出离愤怒而无话可说，而浓黑的悲凉与最大的哀痛也只能在时间的流逝洗涤中仅留下淡红的血色和微漠的悲哀，而这非人的世界却不知何时是尽头！痛定思痛，作者在一腔愤慨的悲哀与沉痛中，批判锋芒，直指军阀。

其他如《而已集》是在大革命失败后对国民党对革命青年杀戮的抗击；《三闲集》《二心集》《南腔北调集》《伪自由书》是20年代末至30年代初分别与创造社、太阳社关于“革命文学”的论争，对国民

① 《鲁迅全集》第三卷，人民文学出版社2005年版，第289—290页。

党政府支持的民族主义文学的斗争，与新月派的论辩；对“第三种人”、论语派等诘难的批驳等；而对于以上海为中心的中国半殖民地商业社会的透视与批判则集中在《花边文学》《伪自由书》《准风月谈》三本杂文集中；《且介亭杂文》《且介亭杂文二集》是对明清思想、文化、学术，以及儒、道各家的审视与清理，在《且介亭杂文末编》及《附集》中，抗议国民党政府的法西斯专政，反击中国共产党内的“左”倾路线。由此可见，鲁迅杂文虽然内容丰富，但却是深刻透彻的批评，由一句话、一件小事进行深入阐发，由一个而及一类，由一时而及数千年的思想文化积淀，所以其批判可以抓住本质，问题的关键所在。

三　鲁迅杂文对明清小说批判的承继开拓

当我们在对明清小说与鲁迅杂文中的批判意识加以简单梳理之后，在此基础上，尝试探讨鲁迅杂文与明清小说批判意识的相同与不同之处，以及鲁迅杂文对明清小说批判意识的继承与开拓之处。综观明清小说与鲁迅杂文的批判，其内容主要有关于社会的批评与关于人的批评两类。而关于社会的批评既有对于社会统治者的批评，又有对于社会思想意识形态的批评。对于人的批评，其中既有人作为社会中人，与他人相处时的思想与行为不足之处的批判，同时也有作为个体的人，对其思想意识观念的卑劣丑陋之处的批判。而这些批判的侧重点与深度，对社会的作用在明清小说与鲁迅杂文中是不同的。这些不同也正反映出鲁迅杂文较之于明清小说，其批判意识既有继承明清小说的一面，同时又有作为一个接受了新思想，走出中国，放眼看世界的人，在其开阔视野中，对于半殖民地的国家与社会，对于封建积习依然很深的旧中国的子民们的劣根性的深刻透视与思考，对于国家与民族，以及人民骨子里的痼疾的深恶痛绝，并试图揭开伤疤，引起疗救注意的良苦用心，在其杂文的字里行间，历历可见。

首先关于社会及统治阶级的批判。关于统治阶层的昏聩、腐朽、穷奢极欲、专制等种种劣迹的批判，在明清小说与在鲁迅杂文中都有所体现。在明清小说中，如《三国志演义》中对于董卓的残暴，对于曹操的奸诈，对于封建统治者为了争夺政权进行穷兵黩武的战争，致使人民流离失所，生存维艰，民生凋敝的批判清晰可辨；在《水浒传》中，对于统治者的荒淫无道，当权者的为虎作伥、残害忠良、祸国殃民、欺上罔下，对于贪官污吏、恶霸地痞的草菅人命、相互勾结、狼狈为奸，使得“官逼民反”的统治者的批判仍然不遗余力，而“全忠仗义”的梁山好汉即使归顺朝廷，也难以逃脱被残害的悲剧命运，更是对于祸国殃民的罪恶统治者的有力批判。《金瓶梅》中同样对于统治者的荒淫腐朽、官商勾结的社会统治进行了细致的摹绘，批判意旨清晰可辨。《官场现形记》则对中国封建社会崩溃前夕的官僚政治进行了总体解剖，批判了整个政治体制的腐朽。《阅微草堂笔记》同样批判了社会政治的黑暗。而在社会制度、社会思想等的批判，《儒林外史》洋洋数十万言，对于封建社会中抹杀人的思想自由与灵性，以八股取士的科举制度的批判，更是深刻透彻，其中关于王玉辉的女儿殉夫一节的描写，借以批判封建思想中从一而终等思想对于女性的戕害。《红楼梦》则对于封建家庭中对青年男女的种种禁锢扼杀尤其是对于真挚爱情的摧残进行批判。《西游记》《聊斋志异》借神魔、狐鬼世界的腐朽批判人世间，字里行间同样依稀可辨。鲁迅杂文对于社会的批判则与明清小说不尽相同。同样旨在揭露统治者的昏聩腐朽，鲁迅杂文则揭露和批判封建礼教乃至整个封建文化和制度的罪恶，并从身边生活中的具体事例中阐发或引发开来，如对于军阀残酷镇压人民群众所采取的卑劣手段的批判等，而在当时社会中，军阀统治与明清小说中的统治者不同的是，还面对帝国主义的侵略与统治，于是，面对列强，诸军阀的色厉内荏、欺软怕硬、外强中干的本质便一览无余。与明清小说相比，其批判显得更加深刻，也更加全面。除对于统治者的批判之外，鲁迅还对数千年来积淀下来的种种封建丑恶积习或思想进行批判，这一点较之明清小说，显得更加理性而深入。如对于封建的“寡妇教育”：

> 寡妇主义教育的声势，也就要逐渐浩大，许多女子，都要在那冷酷险狠的陶冶之下，失其活泼的青春，无法复活了。全国受过教育的女子，无论已嫁未嫁，有夫无夫，个个心如古井，脸若严霜，自然倒也怪好看罢，但究竟也太不像真要人模样地生活下去了；为他贴身的使女，亲生女儿着想，倒还在其次的事。①

对于“寡妇主义”的批判一语中的。几千年封建社会的毒害，让人失去了作为独立的人，作为独立思想的生命的权利和机会，如其批判封建愚孝的《二十四孝图》，对于妇女缠足，对于节烈思想，对于娜拉们出走之后无路可走的批判等，以及对于当时依然存在的，封建社会历代统治者宣扬的“以孝治天下”“以忠诏天下”“以贞节励天下”的“皇帝要臣子尽忠，男人便愈要妇女守节”，“死事小，失节事大”，“有了节烈，国便得救”等虚伪、反动封建伦理道德观念进行无情批判。在内忧外患的社会中，对于帝国主义对中国的侵略奴役，国民党反动政府的投降卖国也进行了深刻批判。如杂文《战略关系》《以夷制夷》中，尖锐指出英法帝国主义操纵“国联”，与日本帝国主

---

① 《鲁迅全集》第一卷，人民文学出版社 2005 年版，第 282—283 页。

义的狼狈为奸，狼子野心。批判国民党“以夷制夷”的反动，“战略关系”的虚伪。在《“友邦惊诧”论》中，批判国民党“友邦”人士的“莫名惊诧”实为帝国主义支持蒋介石反动派屠杀爱国学生的罪恶。在《中国人的生命圈》《文章与题目》和《天上地下》中，深刻批判“攘外必先安内”“外就是内，本无可攘”的投降实质。指出“中国现在有两种炸，一种是炸进去，一种是炸进来”，“虽然一面是别人炸，一面是自己炸，炸手不同，而被炸则一”。“一前一后，同炸‘匪区’”。中国人的“‘生命圈’便完结而为‘生命0’”了。深刻指出国民党反动派与帝国主义侵略者一样残害无辜，其侵略与卖国求荣的反动本质。在对帝国主义、军阀当局的反动罪恶批判的同时，对于反动派的文化“围剿”、复古逆流也进行了批判。他们查禁进步书刊，捣毁进步书店，设立图书审查机构，取缔进步社团，颁布反动出版法，甚至大量逮捕和屠杀革命文化人士等，对于进步思想进行压制和摧残。正如鲁迅所说：

> 现在，在中国，无产阶级的革命的文艺运动，其实就是唯一的文艺运动。因为这乃是荒野中的萌芽，除此以外，中国已经毫无其他文艺。属于统治阶级的所谓“文艺家”，早已腐烂到连所谓“为艺术的文艺”以至“颓废”的作品不能生产，现在来抵制左翼文艺的，只有诬蔑、压迫、囚禁和杀戮；来和左翼作家对立的，也只有流氓、侦探、走狗、刽子手了。①

鲁迅形容反动派为“是在灭亡之中的黑暗的动物”。又如对于国民党反动派利用各种反动文学派别和帮闲文人向革命文艺展开进攻的

① 《鲁迅全集》第四卷，人民文学出版社2005年版，第292页。

反击与批判，与“新月派”“民族主义文学”“自由人”“第三种人”“论语派”等进行论战，揭穿其所谓“人性论”“民族论”“自由论”“艺术至上论”（《“丧家的”“资本家的乏走狗”》《新月社批评家的任务》《“民族主义文学”的任务和命运》《论“第三种人”》《又论“第三种人”》《“连环图画”的辩护》《“论语一年”》）等谬论的反动本质，粉碎了他们诬蔑中伤革命文学的阴谋。而对于当时泛起的尊孔复古主义逆流，同样一针见血指出其为统治阶级服务的本质。孔夫子受历代统治者吹捧，只是因他曾替统治阶级在“治民众”方面“计划过出色的治国方法”，而孔子也只是“敲门砖”而已，门敲开了，砖就抛掉了（《礼》《不知肉和不知水味》《儒术》《现代中国的孔夫子》）。鲁迅的如此批判，囊括了旧中国社会的各个方面，描述出了一个群魔乱舞的丑陋社会统治阶级，其批判的范围与深度较之明清小说更为全面与深刻。

对于人的批判，明清小说主要侧重的是人与人之间关系的批判，或者说是依据传统的道德伦理，如忠、孝、仁、义、悌等，对于封建社会的君臣、父子、夫妻、兄弟、朋友之间的违背传统伦理道德的行为的批判。明清小说在进行正面树型的塑造中，同样以具有相对特点的人物做比，在对比中更显得好者皆好而坏者更坏。如《三国志演义》中对于奸相佞臣、不忠不孝的批判，《水浒传》中对人的不忠不义、对女性的不恪守妇道的批判，《西游记》《金瓶梅》中对人的贪财好色的批判，“三言”“二拍”中，对人的背信弃义、薄情寡义的批判，《儒林外史》《镜花缘》中对人的见利忘义、一味追名逐利的批判以及对人性的虚伪的批判，《红楼梦》中对父为子纲的封建社会父子关系的批判，《官场现形记》中对官吏之间狼狈为奸、权钱交易、阿谀逢迎、恩将仇报等丑陋人际关系的批判，《二十年目睹之怪现状》

中对为子不孝、为兄不悌等的批判。如上批判，将对人的批判视角主要聚焦于人与人之间关系的批判，并以传统的忠、孝、仁、节、义、悌等种种伦理道德为标准对其进行批判，显示了一种正统的儒家伦理道德标准视野下的批判意识。

相较于明清小说对于人的批判，鲁迅杂文的批判则既有所继承，又有所发展与开拓，主要表现在批判视角不同。相对于明清小说以关注人与人之间关系为主，鲁迅杂文对于人与人之间的批判同样不乏其例，但不同的是，鲁迅将批判矛头在指向人与人之间的关系时，同时也指向了人类自身和人的心灵。对于人与人之间的冷漠、自私等进行批判的同时，也对人的自身进行了思想与意识形态的批判。这些批判既包括对于国人“哀其不幸”的受压迫而不自知不自觉，只求做稳奴隶的奴性意识的批判，也包括“怒其不争”，对于受压迫受剥削，不但不自知更不知反抗、抗争的暂时做稳了奴隶的封建奴性批判。对于中国人的奴隶地位境遇及奴性特点进行了深刻的分析批判：

> 中国人向来就没有争到过“人”的价格，至多不过是奴隶，到现在还如此，然而下于奴隶的时候，却是数见不鲜的。中国的百姓是中立的，战时连自己也不知道属于那一面，但又属于无论那一面。强盗来了，就属于官，当然该被杀掠；官兵既到，该是自家人了罢，但仍然要被杀掠，仿佛又属于强盗似的。
>
> ……
>
> 一，想做奴隶而不得的时代；
>
> 二，暂时做稳了奴隶的时代。
>
> ……总而言之，复古的，避难的，无智愚贤不肖，似乎都已神往于三百年前的太平盛世，就是“暂时做稳了奴隶的时代”了。

……

但我们自己是早已布置妥帖了，有贵贱，有大小，有上下。自己被人凌虐，但也可以凌虐别人；自己被人吃，但也可以吃别人。一级一级的制驭着，不能动弹，也不想动弹了。因为倘一动弹，虽或有利，然而也有弊。

……

于是大小无数的人肉的筵宴，即从有文明以来一直排到现在，人们就在这会场中吃人，被吃，以凶人的愚妄的欢呼，将悲惨的弱者的呼号遮掩，更不消说女人和小儿。

这人肉的筵宴现在还排着，有许多人还想一直排下去。扫荡这些食人者，掀掉这筵席，毁坏这厨房，则是现在的青年的使命！①

是这奴性本质使得旧中国的国人从来没有争到过做人的资格，只是在能不能活着，能不能做奴隶，能不能做稳奴隶的境遇中苟延残喘着，做着吃人社会中的一级，吃人，同时也被吃，在这人肉的筵宴中从古排到今，吃人者欢呼，被吃者呼号，尤其是女人和小儿。而这人肉的筵宴还一直排着。人就是在这样的吃与被吃中，在奴隶的境遇中，悲惨地生活着，却不思反抗。而面对如此悲惨的境遇，国人寻到的生路，却是沉溺于自欺欺人的“瞒”和“骗”的大泽，从中求得逃脱。鲁迅对此也进行了深刻的批判。

诚然，必须敢于正视，这才可望敢想，敢说，敢作，敢当。倘使并正视而不敢，此外还能成什么气候。然而，不幸这一种勇气，是我们中国人最所缺乏的。

① 《鲁迅全集》第一卷，人民文学出版社2005年版，第224—225页。

……

中国的文人也一样，万事闭眼睛，聊以自欺，而且欺人，那方法是：瞒和骗。

……

凡有缺陷，一经作者粉饰，后半便大抵改观，使读者落诬妄中，以为世间委实尽够光明，谁有不幸，便是自作，自受。

……

中国人的不敢正视各方面，用瞒和骗，造出奇妙的逃路来，而自以为正路。在这路上，就证明著国民性的怯弱，懒惰，而又巧滑。一天一天的满足着，即一天一天的堕落着，但却又觉得日见其光荣。

……

中国人向来因为不敢正视人生，只好瞒和骗，由此也生出瞒和骗的文艺来，由这文艺，更令中国人更深地陷入瞒和骗大泽中，甚而至于已经自己不觉得。①

中国人缺乏敢于正视现实的勇气，可以说与其奴性相通，以“瞒”和“骗”来自欺，寻到生路，而根是因为如此自欺，才不自省。这样的结果一是至死都不肯承认自己要死，二是被侵略欺凌而熟视无睹，更不可能起来反抗了。所以对于中国的内忧外患，没有反抗的意识、解放的可能。而这“瞒”和“骗”的劣根性产生出“瞒”和“骗”的文艺，进一步说明这样的“瞒”和“骗”无处不在，且不自知，其危害便更深远。

① 《鲁迅全集》第一卷，人民文学出版社2005年版，第251—255页。

> 其实，中国人是并非“没有自知”之明的，缺点只在有些人安于“自欺”，由此并想“欺人”。譬如病人，患着浮肿，而讳疾忌医，但愿别人胡涂，误认他为肥胖。妄想既久，时而自己也觉得好像肥胖，并非浮肿；即使还是浮肿，也是一种特别的好浮肿，与众不同。如果有人，当面指明：这非肥胖，而是浮肿，且并不“好”，病而已矣。那么，他就失望，含羞，于是成怒，骂指明者，以为昏妄。然而还想吓他，骗他，又希望他畏惧主人的愤怒和骂詈，惴惴的再看一遍，细寻佳处，改口说这的确是肥胖。于是他得到安慰，高高兴兴，放心的浮肿着了。
>
> 不看“辱华影片”，于自己是并无益处的，不过自己不看见，闭了眼睛浮肿着而已。但看了而不反省，却也并无益处。我至今还在希望有人翻出斯密斯的《支那人气质》来。看了这些，而自省，分析，明白那几点说的对，变革，挣扎，自做工夫，却不求别人的原谅和称赞，来证明究竟怎样的是中国人。①

又如对于中国人的死要面子，鲁迅从市井的小瘪三到总理衙门的大官员，从穷车夫到富家的姑爷，针对“面子”问题，以“露脸”与“丢脸”，“有面子”与“不要脸”之间的荒唐愚昧，批判了愚昧落后而不自觉的国民劣根性。②

综上所述，鲁迅杂文的批判广泛而深刻，既触及了国家社会制度的诸多方面，也对国民性与人性进行了深刻反思。其杂文批判与小说批判意蕴相呼应，以“社会批评”与“文明批评”为主旨，对于中国几千年根深蒂固的封建思想意识的虚伪的“仁义道德”与“吃人”本

---

① 《鲁迅全集》第六卷，人民文学出版社2005年版，第648—649页。

② 同上书，第130—132页。

质进行揭露与批判，对于国民的诸多劣根性，诸如“精神胜利”的“瞒”和“骗”，其潜意识中的奴性、“羊性”与“兽性”并存、自私、麻木等进行深刻的剖析与批判。因为缺乏爱，使得“吃人”与“被吃”延续数千年而亘古难变，甚至于至今仍排着“人肉的筵宴”，且有人还想一直排下去。因为缺乏诚，使得自身陷于“瞒”和“骗”的大泽而不自知，不自省，同时，其批判不但指向普通民众，也有对于作为知识分子的自身的反省与思考。与明清小说批判相较，具有由表象转向实质，显得更为深刻与全面，更有一种深怀情感的悲悯情怀融注在字里行间，最终指向“立国”与“立人”。

第三节　使命情怀：知识分子秩序重建的回应超越

作为人类社会中思想最为深刻与活跃的知识分子，其对社会与人类的批判与重建意识是相辅相成的，其批判的最终目的还是重建，批判指向国家社会的时候，是希望能够有一个合理的国家制度与良性运行的社会环境，批判指向人群的时候，其目的是有一个人与人之间和谐共处，充满友爱与诚信的世界，其批判指向个体的时候，则是为了能够实现自我的人格独立，生存自尊与生命意识的张扬，以及个人价值的实现。明清小说作家与鲁迅在其文学作品中都为了实现此种目的而对国家、社会与社会中的人进行了独特的审视与思考，各自做出了自己一方面或者多方面的理想状态的预设，尽管其预设或许某种程度上看来是较为渺茫或难以实现的，但知识分子对国家与社会弊端和人性的弱点所做出的独特思考，其知其不可为而为之的使命情怀与希冀，或许某种程度上可以为在艰难的现实世界中需要继续生存下去的生命提供一丝生存的希望或争取的目标所在。为生命提供一种终极关怀。明清小说与鲁迅杂文中同样蕴含着如此知识分子的担当意识与使命情怀，在对自己所关注的领域中进行审视，进而在批判的基础上，做出认真的思考，提出一种使国家秩序和社会秩序得到重建的方式或思想策略，即使只是一种意愿表达，也是一种期冀的构想，为苦难的现实社会提供一种生存下去的希望或精神支撑。而对于人的个体价值的期许，明清小说作者与鲁迅相比，具有所处的社会时代政治经济环境不同，所感受的时代思潮不同，所接受的教育不同，以及成长经历不同等种种相异之处，其所关注的社会问题与个体思考也会有所不同，批判视角不同，提出的重建策略必定存在差异。但二者的初衷与立意是相同的。尤其是作为一个以进行“社会批评”与“文明批评”为创作旨归的杂文写作者，作为一个以向往“立国”“立人”为生命期许与终极追求的知识分子，一个具有“民族魂”品格的现代中国的思想界巨人，知识分子的鲁迅及其思想，或许更值得一个渴望进步、腾飞的国家与社会，一个期待获得复兴的民族与灵魂提升的时代中人予以思考和关注。

一　明清小说的修齐治平理想与温暖人生期待

明清小说的批判意识弥散其中的同时，其重建的旨归也历历可见。在中国传统的知识分子思想意识中，出将入相、修齐治平的儒家情怀可以说是一个人安身立命最核心、最具影响力的思想观念，因此，以儒家的修身、平天下为行动指向，当是传统知识分子为身逢的乱世开出的一剂必然良方，这一良方的代表性著作便是明代的历史小说《三国志演义》与《水浒传》。这两部小说都是以历史事件为缘起及线索来结构故事的。所叙述的是关乎国家统一与个人建功立业的宏大叙事，其中立国安邦的思想旨归十分明显。《三国志演义》以天下纷争、诸侯割据到天下归一为叙述线索，身逢乱世的英雄将帅以儒家的仁、义相聚，辅之以个体的智、勇，铲除奸雄，以仁义换得天下归心，以智、勇赢得战争的胜利，借以实现个体建功立业的雄心壮志，实现国家一统、天下归一的宏伟大业。虽然故事的叙述不能违背史实，让著者心仪的蜀汉取得政权，获得最终的胜利，但褒扬之情，隐约在字里行间，斑斑可见。对于蜀汉每一个英雄的逝去，小说中都表现出一种深深的叹惋之情，而把最终蜀汉的失败原因归咎于天意的不可违拗，尽管如此，著者以儒家的修身为智、为勇、为仁、为义、为信来为国为君鞠躬尽瘁死而后已，以实现国家的一统大业，建立起一个百姓安居和乐的国度，为其最高期许。与《三国志演义》的仁义立国不同，《水浒传》则是以"忠义"为准则来建构一个君明臣忠的理想世界，以"全忠仗义"的规范来实现立国安邦的个体与国家的理想佳境。尽管著者深明封建社会中，"忠义"于昏君佞臣只能是飞蛾扑火的运命，但仍不惮于杀身成仁，舍生取义，以生命换取国家的理想存在，可谓殚精竭虑、用心良苦。而在《三国志演义》《水浒传》以儒家精神要义来实现修身以治国平天下的家国理想之外，《西游记》的以费尽千辛万苦，以"取经"为目的，以"真经"的获取来实现国家君王的"皇图永固"的理想预设，或许可以说是一种在儒家之外，向佛家寻求依恃的走向理想之路。对于这一依恃的结果如何，著者似乎并未过多渲染，但在这一取经过程中，经过无数交战，涤荡常人心中心魔的种种羁绊，而使取经人成全自己的成圣成佛的个体人生理想境遇。由国而走向个体价值的期许与体认，或许是社会张扬个性的时代思潮中，个体生命的价值和意义的逐渐为仁所认识到并以其人格与价值的最大实现为人生第一要义的一种理想人生轨迹的转变。尽管这一转变或许并无十分明显的轨迹可循，但其最终指向与理想期许，则较为清晰地展示在读者面前。在国家与个体的期许以仁义、忠义高自标置而获得一定程度的实现，以除去心魔而获得一定的体认之外，明清小说的另一种人生期许或理想建构则在《聊斋志异》中展示出来，这就是知识分子求得“色授魂与”的知己之爱的情感期许以及在社会中成家立业的现实安稳的梦愿。即使这一梦愿只是由非现实的狐媚花妖来承载，却也是一种人生理想境遇的表达与期许。比起《三国志演义》与《水浒传》的保家卫国，除暴安良，立国安邦的宏伟事业，比起《西游记》中个体的成圣成佛的个人价值的完美实现，尽管是虚幻的，与荒野的孤魂野鬼，与狐媚花妖相关联，然而与心灵却显得切近而温暖，恍若数千年的凄凉的封建社会中一抹洒满斑斓暖阳的梦境，缥缈而瑰丽，在狐媚花妖与鬼话连篇中，建构起一种非现实的，却又看起来并非遥不可及的温馨世界。明清小说中，对于爱的抒写达到极致的是《红楼梦》“大观园”中女儿们的世界。这一世界以“爱博而心劳”的“神瑛侍者”，对“水做的骨肉”的“大观园”中的女儿们呵护与爱恋为题旨，将这些女儿们的美好抒发到极致，是一种幻境与实境相结合的抒情写意，尽管这些女儿们以“千红一窟，万艳同悲”的悲剧命运而谢幕，但其曾经的美丽却已如璀璨的彗星划过长空，令人回味无尽。明清小说中另一类较为典型的理想世界与人生的建构则是在《儒林外史》中。这部“足称讽刺”之书的士林群像图谱，在对科举浸淫下以举业为第一等要务的士林群像进行酣畅淋漓的讽刺同时，又以身兼儒家美德与名士风度，追求道德与才华互补的真儒名贤杜少卿及四位市井奇人为典范，构建起了儒林中的理想形象。杜少卿的淡泊名利、傲视权贵、扶困济贫、豪放狂傲等性格特点，其追求恣意任情、不受拘束的生活态度，其尊重女性，反对歧视与摧残女性的平等意识，其尊重个性，追求生活适意与不羁，其忧国忧民的切切之情，均是不可多得的真儒的美好品质。而篇末的市井“四大奇人”，以写字自娱且为生的季遐年，围棋高手小贩王太，一手好画的茶馆主人盖宽，弹一手好琴的裁缝荆元，其自食其力、不媚权贵、雅俗共兼的文人化的市井奇人形象，正是著者心目中所构建的极具典型性的理想形象。又如在与“三言”“二拍”体裁类似的晚明拟话本小说《型世言》中，作者开篇点意，意欲“树型于世”，为腐朽颓败、日渐浇薄的封建末世世风、世情与世人树型，通过一个个或忠或孝或节或义的极致的人物形象的塑造与故事的讲述，以其“以为世型”，企图重建封建社会的道德秩序。

如上种种，明清小说或以儒家思想为规范，或以佛家道义为意旨，或在现实中绘人叙事，或在幻境中抒情写意，均以自己的情志为原点，为国家、社会或个人提出了重建国家与社会秩序以及个人生命价值与意义得以实现的途径。或许其构建的理想仍存在种种缺憾，或许其所构建的知识一隅非现实的理想世界，渺远而难以实现，但作为传统知识分子的代表，其为社会的进步发展与个体生命存在价值与意义的实现，无疑做出了积极的探索与构设，值得后人借鉴与思考。

二　鲁迅杂文的“立国”与“立人”构想

“立国”与“立人”，是人们熟知的鲁迅对理想的中国社会及人的描述与期待。鲁迅“立人”的精神实质实为摒弃国民劣根性，重塑新型的民族性格，意在建立起国人一种沉着、勇猛、清醒、不自私、开放等具有百折不回、独立自强的人格精神，一种为自身的生存、解放而奋斗的民族精神。有感于半封建半殖民地旧国家的内外交困，积贫积弱，有感于社会中呈示着“沉默的国民的灵魂”的愚昧、麻木与冷漠，鲁迅以揭开伤疤，“引起疗救的注意”的深沉使命感，以“哀其不幸，怒其不争”的深切悲悯同情，试图唤醒沉睡的黑屋子里的民族苍生，促其挣脱沉重的枷锁与羁绊，开启幸福光明的生活，放他们到“幸福光明的地方去”。如其所说：

> 然既以改革而胎，反抗为本，则偏于一极，固理势所必然。洎夫末流，弊乃自显。于是新宗蹶起，特反其初，复以热烈之情，勇猛之行，起大波而加之涤荡。……新生一作，虚伪道消，内部之生活，其将愈深且强欤？精神生活之光耀，将愈兴起而发扬欤？成然以觉，出客观梦幻之世界，而主观与自觉之生活，将由是而益张欤？内部之生活强，则人生之意义亦愈邃，个人尊严之旨趣亦愈明，二十世纪之新精神，殆将立狂风怒浪之间，恃意力以辟生路者也。中国在今，内密既发，四邻竞集而迫拶，情状自不能无所变迁。夫安弱守雌，笃于旧习，固无以争存于天下。第所以匡救之者，缪而失正，则虽日易故常，哭泣叫号之不已，于忧患又何补矣？此所为明哲之士，必洞达世界之大势，权衡校量，去其偏颇，得其神明，施之国中，翕合无间。外之既不后于世界之思潮，内之仍弗失固有之血脉，取今复古，别立新宗，人生意义，致之深邃，则国人之自觉至，个性张，沙聚之邦，由是转为人国。人国既建，乃始雄厉无前，屹然独见于天下，更何有于肤浅凡庸之事物哉？顾今者翻然思变，历岁已多，青年之所思惟，大都归罪恶于古之文物，甚或斥言文为蛮野，鄙思想为简陋，风发浡起，皇皇焉欲进欧西之物而代之，而于适所言十九世纪末之思潮，乃漠然不一措意。凡所张主，惟质为多，取其质犹可也，更按其实，则又质之至伪而偏，无所可用。虽不为将来立计，仅图救今日之

阽危，而其术其心，违戾亦已甚矣。……然欧美之强，莫不以是炫天下者，则根柢在人，而此特现象之末，本原深而难见，荣华昭而易识也。是故将生存两间，角逐列国是务，其首在立人，人立而后凡事举；若其道术，乃必尊个性而张精神。假不如是，槁丧且不俟夫一世。夫中国在昔，本尚物质而疾天才矣，先王之泽，日以殄绝，逮蒙外力，乃退然不可自存。而辁才小慧之徒，则又号召张皇，重杀之以物质而囿之以多数，个人之性，剥夺无余。往者为本体自发之偏枯，今则获以交通传来之新疫，二患交伐，而中国之沉沦遂以益速矣。①

鲁迅始以“立人”为思想核心，强调人的个体的精神自由，并通过“立人”而“立国”，进而以“立国”的集体精神、阶级斗争和武装革命为自己挣得自由与解放，但鲁迅又始终对“革命”和“民众”保持着一份清醒，其最关注的，依然是“人”的建设与发展。如上所说，鲁迅认为西方的“物质”和“众治”只是表象，而其本质在于人，因此维新派的“竟言武事”和“君主立宪”并不能改变中国的本质，中国欲屹立于世界强国之林，首要的还是必先“立人”。中国虽然一度曾“屹然出中央而无校雠”的屹立于世界之林，然而几千年的故。步自封，妄自尊大，独闭一隅，使得“厥种之所创成，无一足为中国法”，西方一直进步着的文学艺术、思想文化却未能进入中国。于是，面对列强的坚船利炮，群狼的虎视眈眈，中国统治者只能束手无策。而向西方寻求的种种出路，只能是华而不实的皮毛，并不能挽救旧中国备受凌辱，濒临败亡的命运。而盲目的崇洋媚外，结果却是遗失了民族与自我固有的精粹，而只是“重其外，放其内，取其质，遗

① 《鲁迅全集》第一卷，人民文学出版社2005年版，第56—57页。

其神”。国家是如此贫弱落后，而旧中国的人民，更是在两千年的封建统治下，在虚伪的“仁义道德”的欺瞒与愚弄下，安于现状而做“不争之民”，在苦难恣睢的生命中，以瞒和骗为逃路，自沉于这样的大泽而不自知自醒，变得懦弱、冷漠、麻木、恃强凌弱，只知道做茫然的“看客”，甚至试图用革命者的“人血馒头”来医治身体的病痛。因此，鲁迅提出了“立人”的主张。并指出“其首在立人，人立而后凡事举”。而其“立人”，先要觉醒，要懂得个体生命存在的权利和意义，要实现思想自由。如鲁迅所强调的，“思想自由，凡百学术之事，勃焉兴起”，只有思想自由，才能推动科技发展，创造物质财富才能使得人们“仓廪实而知礼节”。鲁迅弃医从文，是因为认识到了弱国的国民只有强健的身体是不够的，“第一要著，是在改变他们的精神”，要使唯怕做奴隶而不得，和唯求暂时做稳了奴隶的人，找回灵魂，成就真正的自我，实现“立人”，由跪着听从他人使唤与摆布的奴隶到站立起来而为独立自由的个体。由“立人”而“立国”，最终又归结于“立人”，从而实现国家的独立自主和人的自强自立，摆脱奴性而为国家与自己的主人。而“立人”的最根本之处则是要“尊个性而扬精神”，尊重个性，张扬自我，只有建立起独立的个性，才会改变安于现状而奋起反抗，才能实现精神的自由。“人各有己”的个人进而组成的“人国”。“立国”与“立人”不再是矛盾对立的，而是立国服务于“立人”，服务于人的解放和人权的保障。鲁迅以如此“立国”与“立人”的目标为旧中国及其子民预设了重建的构想。这一构想与狂人揭示“吃人”的封建社会的政治制度、社会制度一脉相承，为国家、民族及人的独立思考、自信、自强、自尊指出一条生路。只有如此才可以唤醒沉睡的国人，改变地位与愚钝、麻木、缺乏自我意识劣根性，在“立人”的思想纲领下，走一条“先觉者的个性解放→国人的个性解放→立人→立国”的道路。因此，对现代中国来说，“反封建”始终是我们最迫切的任务，因为任何国家要走出中世纪都必须经历这一场思想革命，在这场革命中——人的解放如果不彻底，轻则让本国人民在炼狱中爬行，中国是其中典型；重则给整个世界带来莫大的灾难，这就是德国法西斯。鲁迅的以“立国”与“立人”为未来新中国的社会与政治以及个体提出重建新中国的构想。而其精神与内涵与封建社会中传统的知识分子，诸如明清小说作者们所做出的构建设想是有很大不同的。

围绕“立国”“立人”的构设初衷，鲁迅杂文对于国家制度，对于社会的思想文化，对于人与人之间的关系等，在深刻透彻的批判之后，常常能够提出具体的实施措施与应该予以改正的地方。如在《门外文谈》《“题未定”（六至九）》《中国人失掉自信力了吗》等杂文中，对于中国劳动人民的聪明智慧和创造精神进行了高度赞扬，并指出中国人中，并不乏“脊梁”式的人存在。他们或“埋头苦干”，或“拼命硬干”，或“为民请命”，或“舍身求法”，都是值得学习与效仿的。这是中国借以“立国”的中坚与脊梁，他们的存在也正是未来新中国的希望所在。而广大的老百姓虽然终日只为了生计奔波，他们“不读诗书，不明史法，不解在瑜中求瑕，屎中觅遒，但能从大概上看，明黑白，辨是非，往往有决非清高通达的士大夫所可几及之处的”。因此，对于某些人指出的“中国人好像一盘散沙”的批评，鲁迅认为，这实在是“冤枉了大部分中国人的”，因为其散沙并不是本身的意愿，而是数千年的统治者，以“吃人”的封建思想观念统治的结果。杂文中，鲁迅对于马列主义，对于日本帝国主义侵略下的中国共产党实行的抗日统一战线进行了肯定，同时，对于共产党人为了国家独立，个体解放所付出的鲜血与生命也予以高度赞扬，并且认为，从苏联的存在和成功中，人们可以确切相信无产阶级社会一定会出现。不但为未来的中国指出了出路，同时也提出了能够建立未来中国的人，也就是新兴的无产者。

三　鲁迅杂文对明清小说理想构建的超越

明清小说与鲁迅杂文均为其所批判的国家、社会或个人提出了重建的理想与构设，但二者有很大不同。概括而言，鲁迅杂文展示出的思考与构建，其范围的广度与深度在本质上对明清小说有所超越，对明清小说重建构设的开拓与深入是显而易见的。正如前所述，鲁迅对于国家、社会与国民的理想状态的建构，由“立人”而“立国”，再终至于“立人”，为国人描绘了一个以民主、自由、平等为主要特征的崭新世界。这与封建社会中知识分子对于国家与社会和国民的理想建构有着本质的区别。

首先，明清小说由于对国家与社会的批判集中于统治者的昏聩与腐朽上，而非指向封建统治制度本身，所以其提出的重建指向对于国家而言是期待出现开明的君王，能够知人善任、任贤用能，能够公平合理、赏罚分明，能够爱民如子、体恤民意。殊不知，以统治与剥削他人为本质的统治阶级，无论换哪一个执政，也会是相同的本质而不会有根本改变的，所以，明清小说对于国家的构建将理想与希望置于出现少数的明君贤主，英雄将士身上，显然是一种受时代局限的理想建构，是难以实现或不能从根本上解决问题的。而与此相联系的，对于封建社会中，统治者及其统治阶层之间的互相勾结、贪官酷吏的飞扬跋扈，明清小说的希求出现诸如像包拯一样刚正清廉的官吏的期盼，同样是不能同根本上解决问题的，总而言之，亦即封建社会的自上而下的，根深蒂固的专制统治思想是难以通过自身的修正或内部的更迭而彻底改变的，因此其专制统治也不可能产生根本的动摇，因此人民的受压迫与剥削是必然的，是不可能有根本性的改变的。这是生活于封建社会的知识分子们不能超越的思想意识局限。所以其对于国家与社会的重新建构，从某种程度上来说，是一种难以改变本质的表面现象，难以产生根本性改变。相较而言，鲁迅则认识到了不平等社会的根源是封建社会专制制度的本质而产生的问题，所以提出的构想是建立在彻底推翻封建专制的统治者为根本目的的，其“立国”正是建立在对于腐朽的封建社会制度的无情鞭挞，在此基础上予以推翻，从而建立自由、平等的新的国家制度的构建，这与明清小说构建的国家的理想状态的出发点是有着本质不同的。鲁迅号召人们除去世上害己害人的昏君和强暴，特别是要把封建制度下受迫害最深的妇女和儿童真正解放出来，“放他们到最宽阔光明的地方去。此后幸福的度日，合理的做人”。而要真正做到这一点，根本方法是要救治这“几至国亡种灭”的中国，要建立起民主的、自由的国家，建立起没有专制和压迫的国家，只有如此，才可能真正求得人的解放。这正是鲁迅杂文中理想国家与社会的重新建构对于明清小说的超越之处。

其次，对于社会中以及家庭中人与人之间的关系的处理，以封建专制思想观念中单向度的“忠”“孝”“节”“烈”“义”等伦理思想，来规范人与人之间的关系，同样是苍白无力而不可能从根本上解决问题的。这一理想的构建并不能使得社会中人与人之间的欺诈、冷漠、麻木、卑微等种种劣根性彻底消失，不能改变人与人之间的现状。因其所依托的标准并不是建立在对于人的生命个体的尊重之上的，不是将生命个体放置在一个享有充分自由的基础之上的，便很难实现真正的自由与平等，也便很难建立起平等和谐的人与人之间的关系。相较而言，鲁迅则是以“诚”“爱”等的现代伦理观念的倡导来试图建立起人与人之间的新的社会关系。从而建立起人与人之间能够和谐共处的现代社会规范。不论是社会，还是在家庭中，都应该以诚信与友爱为基础，以尊重个体的独立与自由为基础，才能建立起良好的社会与家庭秩序，才能有人与人之间和谐相处的人际关系。这样的理想社会人际关系不只是为旧中国人们所期待，也可说是任何社会和谐的人际关系特点。鲁迅对于理想的人际关系的建构，超越了一家、一国而指向人类社会永恒存在的世界与未来。因此也可以说某种程度上其具有了对于人类永恒的意义。这是封建社会的知识分子不可能具有的思想认识。鲁迅放眼看世界的开阔与对人类生存状态思索的深刻性，同样充盈在其杂文中。

鲁迅杂文重新构建的人的个体的理想状态与明清小说的不同，而其不同，也正是鲁迅杂文较之于明清小说在此方面的超越之处。即鲁迅提出了“立人”思想。作为鲁迅精神价值的实质所在，作为其终身事业的出发点和归宿点，鲁迅的“立人”思想具有强烈的现实性特点和明显的超越性。在对中国国民的精神进行了深刻反思的基础上，鲁迅指出，“首在立人，人立然后凡事举”。当鲁迅意在描述“病态社会”人的“精神病变态”，并要“引起疗救的注意”时，他刻画了中国民族和国民可怜而又可耻的心灵的历史，并以最尖锐的形式再现了国民的心理特征，向我们展示了一个毫无意义的示众材料和看客的可怜灵魂。当鲁迅惊讶地发现国人身上的种种劣根性时，便痛下决心要使其改造自己的灵魂。而鲁迅在提出“立人”的主张时，还有一个很重要的前提，就是要以“幼者、弱者、下者的本位主义”为基础。鲁迅批判了国民的种种劣根性，诸如缺乏“诚”与“爱”，骨子里的奴性与自我欺骗性等。针对国民在性格上表现为麻木、不思进取、世故等种种劣根性，鲁迅提出了“尊个性而张精神”的“立人”主张，提出了要建立起一种人的独立个性与自由思想精神。若其具有独立的个性，便会使其摆脱十足的奴性，能够勇敢地面对其受奴役的生活和心理状态，走出“瞒”和“骗”的大泽，摆脱其“不幸”而又“不争”的状态，能够成为现实生活的主人，摆脱精神病苦，而在此基础上，进一步建立起其自由的思想与精神，使其可以摆脱麻木、愚昧等种种精神病态，实现真正的人的意义的生存。

由此可见，在从半殖民地半封建社会到现代社会的转型期，鲁迅作为一个有社会良知的“真的知识阶级”的知识分子，其为国家、社会与民族、人民提出的“立国”与“立人”的主张，与封建社会中的知识分子提出的对于国家与个体存在的重建构想是有着本质的区别的，其理想建构建立在推翻封建社会及其思想的社会学及人类学基础上，虽然当时的社会还没有提供成熟的社会与思想条件，但至少这一构想具有科学性，今日看来，也是当时中国必须走的道路，是国人能够摆脱受奴役地位，走出贫困，能够屹立于世界民族之林的最终和唯一出路，是鲁迅为现代中国发展做出的深刻思考。

结　　语

现代文学史上，无论是小说史学研究还是小说创作，鲁迅的成就都是极为卓著的，而鲁迅对于中国现代社会的最具意义之处，或许却是其杂文创作。清代诗人龚自珍在“文字狱”盛行的文化高压时代，无奈曾言：“著书都为稻粱谋”，而在鲁迅所处的时代，虽然文字狱表面上不存在了，但社会的统治阶级对于知识分子加以迫害的文化高压却丝毫不曾减弱。在内忧外患几使旧中国濒临灭亡的时刻，鲁迅愤怒地喊出“长此以往，国将不国”，并以奋力的《呐喊》之声，希冀唤醒万难毁坏的“铁屋子”和即将死灭的民众，助阵寻求国家、民族解放的猛士，使其“不惮于前驱”。他既是一位“俯首甘为孺子牛”的人间至爱者，又是一位“横眉冷对千夫指”的孤独的战斗者。在这一双重面相中，既有佛陀般的“慈悲”之心，又有战斗者的勇猛刚毅。

《大智度论》云："大慈与一切众生乐，大悲拔一切众生苦。"[①] 他既是一位伟大的思想启蒙者，又是一位践行者。面对"灵台无计逃神矢，风雨如磐暗故园，寄意寒星荃不察"旧中国社会的黑暗与国民的麻木，更是以"我以我血荐轩辕"的一腔热血，毫不畏惧"路漫漫其修远兮"的希望的渺茫，做听从心灵召唤而绝不肯停下追寻脚步的"过客"，绝望着，反抗着，像一面"孤绝的旗帜"（朱寿桐语），作为"民族魂"，为旧中国社会的进步与国民的解放努力着，甘愿"自己背着因袭的重担，肩住了黑暗的闸门，放他们到宽阔光明的地方，此后幸福的度日，合理的做人"[②]，怀着如此沉重的苍凉，却以决绝的付出姿态迎立着，"做能做事的做事，能发声的发声。有一分热，发一分光，就令萤火一般；也可以在黑暗里发一点光，不必等候炬火"[③]。这是旧中国有良心的知识分子"知其不可而为之"使命情怀的勇敢担当，这是中国知识分子与中国脊梁的旗帜，是华夏民族的悠悠魂魄，是世世代代值得尊重和理解的民族伟大思想和优秀人物的代表。国难当头，鲁迅以力透纸背的文字鞭挞着旧中国的社会与国民的劣根性，"哀其不幸，怒其不争"，却是赞扬着、践履着"中国的脊梁"的使命。"中国自古以来，就有埋头苦干的人，就有拼命硬干的人，就有为民请命的人，就有舍身求法的人……虽是等于为帝王将相作家谱的所谓'正史'，也往往掩不住他们的光耀，这就是中国的脊梁。"[④] 鞠躬

① 台湾陈弱水先生指出："慈"与"悲"在中国佛教中，并不深加区分，"而是用以通指对一切众生——包括人以外的生命——的慈爱、怜悯与同情。简单地说，'慈悲'是一种纯粹化了的爱"。见陈氏著《公共意识与中国文化·爱、善恶与公民伦理》，新星出版社 2006 年版，第 39 页。通观鲁迅的《中国小说史略》及杂文，可充分见出他对儒、释、道三教的精深理解，所以在他的大爱深处，其实渗透着儒与佛的因子。

② 《鲁迅全集》第一卷，人民文学出版社 2005 年版，第 145 页。

③ 同上书，第 224—225。

④ 《鲁迅全集》第六卷，人民文学出版社 2005 年版，第 122 页。

尽瘁，至死不悔。

鲁迅小说史学研究成就主要集中在古籍的钩沉整理与中国古代小说史的梳理两个方面。其中以辑校《搜神记》《嵇康集》与编纂《魏晋风度及其他》《汉文学史纲要》《中国小说史略》为代表。本书的探讨以鲁迅对明清小说的研究为切入点，探求鲁迅小说史学研究的特点及其成就和价值。综观鲁迅的明清小说史学研究，可以体会到在其研究梳理中，鲁迅始终将明清小说放置于当时的社会与现实生活中加以观照，以一种密切联系社会与现实的思想，探求明清小说的思想内容生成流变及艺术表达策略的选择，诸如其明清小说研究中体现的社会学意识，现实主义精神等。因此，鲁迅对明清小说进行观照时，以社会学视角进行分类与考证，如其分明清小说为历史演义、英雄传奇、世情小说等。对明清小说所展示的社会时代思想与文化思潮也十分关注。在此基础上，对明清小说的发展流变进行依据社会学的探源溯流的梳理，发掘深刻，解释合情合理。同时，鲁迅还注重对明清小说进行现实主义的观照及其对社会时代现实的反映，注意明清小说在创作手法上的现实主义创作手法的运用，诸如典型的追求，细节的展示等，并以一种发展的眼光来体悟明清小说所展示的社会现实的发展流变。在此社会学意识与现实主义视角的基础上，辅之以细致、恰当的科学分类，翔实资料占有后的谨严辨析与考证，平行或影响比较的科学应用等丰富多样的方法的运用，最终使其明清小说史学研究取得了卓越成就，不但以社会学视角对于明清小说思想内容进行了多方位观照，又以文学性视角对明清小说结构、形象塑造及语言等诸方面的艺术特点进行了全面审视，且对明清小说著者的文采及思想等诸方面也多有观照，使得其明清小说探讨具有全面性的特点。而其意在建立清晰框架、注重线索梳理并且点面兼顾的史学思维使得其明清小说的史学梳理富于学理性。体现了其史才、史学与史识的文学史家才能，其以明清小说为代表的小说史学研究不但为后人提供了科学的方法参照，同时还提供了翔实的资料文献，以及精当的论断等。如上特点，决定了鲁迅以明清小说为例的小说史学并非一种单纯对于文学进行观照的研究梳理，而是有着广泛的社会与现实意义，体现出一种文学史学研究中关注文学对于现实社会的作用与意义的特点，其学术探求取得卓越成就，却又并非单纯为学术而学术，而是一种具有社会现实意义的学术研究。

鲁迅小说创作承继了明清小说种种优点，但也在思想内容与艺术手法的开拓中完成了中国古典小说向现代小说的转换。思想内容上，首先，对于社会与人生的展示由描绘外貌、表相走向摹写本质与灵魂。明清小说到鲁迅小说，其描述的社会风情以生动鲜活为主走向了以死寂荒凉为主，对于世俗人情的展示也从对于利、欲的描摹演绎为对于人类的孤独心境与“看客”状态的摹写，更值得一提的是关注对象由帝王将相转换为“新的智识者”，即此而言，鲁迅的小说实现了其“画出沉默的国民的灵魂”的创作期许。其次，关于人类生存与意义的摹写，以鲁迅小说与明清小说对于知识分子、女性存在与幼者生存关注的不同为切入点进行比较，探求其叩问社会的心灵、人类的存在状态与未来的关注的思想意蕴。在此视角下，可以看到其描述的知识分子形象从扭曲的“儒林”转变成了绕圈的“蝇子”，对于代表社会解放程度的女性生存境遇，明清小说的关注程度则弱于鲁迅小说，并且某种程度可以说经历一个由男性本位向尊重女性转变的过程，而鲁迅的探寻则更加深刻与切近现实。对于幼者的关注，从明清小说到鲁迅小说，则展示了一种由忽略漠视到关爱、珍视的发展过程。再次，明清小说与鲁迅小说在儒家情怀、追寻真爱和悲悯苍生的情感意蕴中展示出一种豪情大爱，但二者又有所不同，明清小说常常以修齐治平来对个体人生价值做出期许，鲁迅小说则寻求一种立国、立人的人间大爱；对于人与人之间的关系，明清小说多摹写一种理想的充满忠信仁义的道德规范，鲁迅小说则以现实主义的笔触写出了旧中国人与人之间缺乏“诚”和“爱”的麻木冷漠现状；对于个体生命存在意识而言，明清小说以一种悲怆的苍凉意蕴为主，鲁迅小说在创作之初便是以一种“哀其不幸，怒其不争”悲悯情怀为基调，且将这种悲悯情怀的范围开拓向自然界一切有生命的存在，显得博大而深沉。艺术上，从明清小说到鲁迅小说：首先，在以幻写真的批判意识与理想建构中，表达人类对于心灵诗意栖居地的精神向往，但鲁迅小说另表现出一种深层诗意；其次，明清小说到鲁迅小说，艺术手法完成了古典现实主义向启蒙现实主义的转换。结构上，鲁迅小说则表现出一种不同于明清小说因果框架设定的独特“看/被看”与“离去—归来—再离去”的结构变迁。小说讽刺艺术也在明清小说冷静客观的讥讽到鲁迅小说满含深情地悲悯转变中，实现了突破。因此可以说从明清小说到鲁迅小说，完成了中国古代小说的现代转换。

作为知识分子，鲁迅杂文的批判意识与重建情怀与明清小说有着跨越时空的相通。鲁迅杂文在“社会批评”与“文明批评”中，不但对明清小说的诸如形象、故事、意蕴及艺术等有着直接借鉴，且鲁迅杂文与明清小说展现的知识分子的对社会与人性批判的担当意识，对社会与人性的理想状态建构的使命情怀等精神均有着承继与开拓，鲁迅杂文批评中的明清小说思想及艺术等资源的借鉴，体现出明清小说丰富思想内容和艺术成就，而二者的精神呼应，显示出鲁迅与明清小说作者对社会时代现状和人的思想精神的深深关切。鲁迅与明清小说作者作为有社会良知的知识分子，鲁迅对明清小说等的熟稔与透彻理解，一定程度上展现了以鲁迅与明清小说作家为代表的古代及现代知识分子同以批判社会弊端，重建社会秩序的社会担当与使命情怀，希望提升个体人性的自觉生命存在意识的人文关切，其所做的对于社会与人生的思考探索。二者在承继与回应中，作为“历史中间物”的一环，走向更为广阔、深远的精神时空。同时也可以体味到鲁迅所有著述的初衷，只为立国，只为立民。这一共同对社会、文化、人生、人性的思考与关切，值得当下知识分子深入阅读、学习、思考与借鉴。

综上所述，鲁迅的明清小说史学研究凸显出其史识、史见、史才及研究中的社会学视角与现实主义精神，通过这一研究不但为明清小说建构起了清晰的史学框架，也提供了研究方法与研究典范。鲁迅以小说为代表的文学创作，与明清小说相比较，在思想内容及艺术成就上，实现了从古典小说向现代小说的品格转换。而作为富有良知的知识分子，其所具有的批判意识，担当意识与使命情怀，使其与明清小说作者一道，对于人类社会与人生生命意义与价值进行思考，至今仍有启迪意义。而通观鲁迅的小说史学研究、小说及杂文，可充分见出他对儒、释、道三教的精深理解，并展示出一种渗透着儒、道与佛的因子的大爱情怀。

参考文献

1. 基本书献（作家文集、评传及研究资料）

［1］李长之：《鲁迅批判》，北京出版社 2009 年版。

［2］周海婴：《鲁迅与我七十年》，文艺出版社 2006 年版。

［3］许寿裳：《亡友鲁迅印象记》，上海文化出版社 2006 年版。

［4］夏志清：《中国现代小说史》，复旦大学出版社 2005 年版。

［5］鲁迅：《鲁迅全集》，人民文学出版社 2005 年版。

［6］林贤治：《鲁迅的最后 10 年》，中国社会科学出版社 2003 年版。

［7］王晓明：《无法直面的人生——鲁迅传》，上海文艺出版社 1993 年版。

［8］中国社会科学院鲁迅研究室编：《鲁迅研究学术资料汇编（1913—1983）全 5 卷及索引分册》，中国文联出版公司 1985 年版。

［9］袁行霈主编：《中国文学史》第四卷，高等教育出版社 2003 年版。

［10］钱理群、温儒敏、吴福辉：《中国现代文学三十年》，北京

大学出版社 1998 年版。

[11] 罗贯中：《三国志演义》，人民文学出版社 1997 年版。

[12] 施耐庵：《水浒传》，人民文学出版社 1997 年版。

[13] 吴承恩：《西游记》，人民文学出版社 1997 年版。

[14] 兰陵笑笑生：《金瓶梅词话》，山西人民出版社 1993 年版。

[15] 兰陵笑笑生：《金瓶梅》，香港太平书局 1993 年版。

[16] 冯梦龙：《喻世明言》《警世通言》《醒世恒言》，齐鲁书社 1993 年版。

[17] 凌濛初：《初刻拍案惊奇》《二刻拍案惊奇》，齐鲁书社 1993 年版。

[18] 蒲松龄：《聊斋志异》会校会注会评本，上海古籍出版社 1986 年版。

[19] 吴敬梓：《儒林外史》，上海古籍出版社 1991 年版。

[20] 曹雪芹：《红楼梦》，人民文学出版社 1996 年版。

[21] 李汝珍：《镜花缘》，中国青年出版社 1998 年版。

[22] 文康：《儿女英雄传》，齐鲁书社 1990 年版。

[23] 刘鹗：《老残游记》，齐鲁书社 1981 年版。

[24] 吴趼人：《二十年目睹之怪现状》，人民文学出版社 1986 年版。

[25] 石玉昆编：《三侠五义》，齐鲁书社 1993 年版。

[26] 胡适：《白话文学史》，新月书店 1929 年版。

2. **学术论著：**

[27] 陈平原：《小说史：理论与实践》，北京大学出版社 2010 年版。

［28］王富仁：《中国反封建思想的一面镜子——〈呐喊〉〈彷徨〉综论》，中国人民大学出版社 2010 年版。

［29］钱伟：《思想与文学传统间的鲁迅》，法律出版社 2009 年版。

［30］杨义：《中国叙事学》，人民出版社 2009 年版。

［31］汪晖：《反抗绝望——鲁迅及其文学世界》，生活·读书·新知三联书店 2008 年版。

［32］鲍国华：《鲁迅小说史学研究》，天津社会科学院出版社 2008 年版。

［33］王瑶：《中国文学：古代与现代》，北京大学出版社 2008 年版。

［34］［法］托多罗夫：《巴赫金、对话理论及其他》，蒋子华译，百花文艺出版社 2008 年版。

［35］彭小燕：《存在主义视野下的鲁迅》，北京大学出版社 2007 年版。

［36］陈文新：《传统小说与小说传统》，武汉大学出版社 2007 年版。

［37］戴锦华：《涉渡之舟：新时期中国女性写作与女性文化》，北京大学出版社 2007 年版。

［38］郝庆军：《诗学与政治：鲁迅晚期杂文研究（1933—1936）》，文化艺术出版社 2007 年版。

［39］沈金耀：《鲁迅杂文诗学研究》，福建教育出版社 2006 年版。

［40］王吉鹏、申勇主编：《鲁迅与中国文学关系研究》，吉林人民出版社 2006 年版。

[41] 罗宗强:《明代后期使人心态研究》,南开大学出版社 2006 年版。

[42] 王吉鹏、李丹主编:《鲁迅与中国作家关系研究》,吉林人民出版社 2006 年版。

[43] 黄霖主编:《20 世纪中国古代文学研究史·小说卷》,中国出版集团东方出版中心 2006 年版。

[44] 陈平原:《中国现代小说的起点——清末民初小说研究》,北京大学出版社 2005 年版。

[45] [美] 王德威:《被压抑的现代性——晚清小说新论》,宋伟杰译,北京大学出版社 2005 年版。

[46] 朱寿桐:《孤绝的旗帜——鲁迅传统及其资源意义》,文化艺术出版社 2005 年版。

[47] 田刚:《鲁迅与中国士人传统》,中国社会科学出版社 2005 年版。

[48] 陈平原:《中国散文小说史》,上海人民出版社 2004 年版。

[49] 孟悦、戴锦华:《浮出历史地表——现代妇女文学研究》,中国人民大学出版社 2004 年版。

[50] 王吉鹏:《鲁迅作品比较人本解读文体研究》,吉林人民出版社 2004 年版。

[51] 董国炎:《明清小说思潮》,陕西人民出版社 2004 年版。

[52] 杨义:《中国古典小说史论》,中国社会科学出版社 2004 年版。

[53] 王国维等:《王国维蔡元培鲁迅评点红楼梦》,团结出版社 2004 年版。

[54] 钱理群:《鲁迅作品十五讲》,北京大学出版社 2003 年版。

[55] 冯文楼：《四大奇书的文本文化学阐释》，中国社会科学出版社 2003 年版。
[56] 周先慎：《明清小说》，北京大学出版社 2003 年版。
[57] 钱理群：《与鲁迅相遇》，生活·读书·新知三联书店 2003 年版。
[58] 陈平原：《中国小说叙事模式的转变》，北京大学出版社 2003 年版。
[59] 张鲁高：《先驱者的痛苦——鲁迅精神论析》，安徽教育出版社 2003 年版。
[60] 余英时：《士与中国文化》，上海人民出版社 2003 年版。
[61] 王吉鹏等：《鲁迅与中国文学比较研究》，吉林人民出版社 2002 年版。
[62] 张梦阳：《中国鲁迅学通史》，广东教育出版社 2002 年版。
[63] 钱理群：《心灵的探寻》，河北教育出版社 2002 年版。
[64] [美] 爱德华·W. 萨义德：《知识分子论》，单德兴译，陆建德校，生活·读书·新知三联书店 2002 年版。
[65] 王平：《中国古代小说叙事研究》，河北人民出版社 2001 年版。
[66] 彭定安：《鲁迅学导论》，中国社会科学出版社 2001 年版。
[67] 王吉鹏、于九涛、荆亚平编著：《鲁迅民族性的定位——鲁迅与中国文化比较研究史》，吉林人民出版社 2000 年版。
[68] 周群：《儒释道与晚明文学思潮》，上海书店出版社 2000 年版。
[69] 郜元宝：《鲁迅六讲》，上海三联书店 2000 年版。
[70] 吴中杰：《吴中杰评点鲁迅杂文》，复旦大学出版社 2000 年版。
[71] 林非：《鲁迅和中国文化》，学苑出版社 2000 年版。

［72］李欧梵：《铁屋中的呐喊》，岳麓书社 1999 年版。
［73］陶东风：《社会转型与当代知识分子》，上海三联书店 1999 年版。
［74］何满子：《中国爱情小说中的两性关系》，上海书店出版社 1999 年版。
［75］王乾坤：《鲁迅的生命哲学》，人民文学出版社 1999 年版。
［76］姚春树、袁勇麟：《二十世纪中国杂文史》，福建教育出版社 1997 年版。
［77］王嘉良：《诗情传达与审美创造——鲁迅杂文的诗学意义阐释》，天津人民出版社 1997 年版。
［78］王晓明：《二十世纪中国文学史论》，东方出版中心 1997 年版。
［79］杨义：《杨义文存》第 5 卷《鲁迅作品综论》，人民出版社 1997 年版。
［80］王平：《中国古代小说文化研究》，山东教育出版社 1996 年版。
［81］［美］蒲安迪：《中国叙事学》，北京大学出版社 1996 年版。
［82］姜振昌：《中国现代杂文史论》，人民文学出版社 1995 年版。
［83］余英时：《中国思想传统的现代诠释》，江苏人民出版社 1995 年版。
［84］李德尧：《新文化先驱的文体选择：论鲁迅杂文的文体精神》，武汉大学出版社 1994 年版。
［85］温儒敏：《中国现代文学批评史》，北京大学出版社 1993 年版。

[86] 王蒙:《红楼启示录》,生活·读书·新知三联书店1991年版。
[87] 孙昌熙:《鲁迅小说史学初探》,山东教育出版社1989年版。
[88] 彭定安:《鲁迅杂文学概论》,辽宁教育出版社1988年版。
[89] 吴中杰:《论鲁迅的杂文创作》,江苏文艺出版社1988年版。
[90] 杨义:《中国现代小说史》第一卷,人民文学出版社1989年版。
[91] 唐弢:《鲁迅的美学思想》,人民文学出版社1984年版。
[92] 阎庆生:《鲁迅杂文的艺术特质》,陕西人民出版社1983年版。
[93] 陈鸣树:《鲁迅杂文札记》,江苏人民出版社1982年版。
[94] 许怀中:《鲁迅与中国古典小说》,陕西人民出版社1982年版。
[95] 刘再复:《鲁迅美学思想论稿》,中国社会科学出版社1981年版。
[96] 何干之:《鲁迅思想研究》,张家口新华书店1946年版。
[97] 赵景深:《〈中国小说史略〉勘误》,上海永祥印书馆1946年版。
[98] 谭正璧:《节录中国文学进化史》,上海光明书局1929年版。

3. **学术论文:**

[99] 张旭东:《杂文的"自觉"——鲁迅"过渡期"写作的现代性与语言政治》(上、下),《文艺理论与批评》2009年第1、2期。

[100] 钱理群:《关于“现在中国人的生存和发展”的思考——1918—1925 年间的鲁迅杂文》(上、下),《贵州师范大学学报》2003 年第 2、3 期。

[101] 刘泰隆:《鲁迅杂文的文体特点》,《首都师范大学学报》2001 年第 5 期。

[102] 查树楼:《鲁迅对杂文文体真谛的认识和追求》,《鲁迅研究月刊》1999 年第 2 期。

[103] 姜振昌:《鲁迅与二十世纪杂文》,《鲁迅研究月刊》1999 年第 8 期。

[104] 袁良骏:《鲁迅、周作人杂文比较论》,《北京社会科学》1993 年第 4 期。

[105] 李德尧:《鲁迅杂文艺术本质漫议》,《鲁迅研究月刊》1993 年第 1 期。

[106] 姜振昌、孙思信:《鲁迅杂文文体的根本艺术特征》,《东岳论丛》1993 年第 1 期。

[107] 朱晓进:《鲁迅对杂文的偏爱及其主要原因》,《南京师范大学学报》1993 年第 4 期。

[108] 袁良骏:《杂文的概念与鲁迅的杂文观》,《齐鲁学刊》1992 年第 5 期。

[109] 吕启祥:《绍兴会馆里的学术拓荒人——鲁迅与“小说史略”及〈红楼梦〉》,《红楼梦学刊》2002 年第 4 期。

[110] 吴长华:《鲁迅对〈西游记〉研究的开拓》,《上海鲁迅研究》2007 年冬。

[111]《一九二三年〈小说年鉴〉》,小说研究出版社 1923 年版。

[112] 李长之:《〈阿Q正传〉之新评价》,《再生》(月刊) 1932年10月第1卷第6期。

[113] 天用(朱湘):《〈呐喊〉——桌话之六》,《文学周报》1924年10月第145期

[114] 张定璜:《鲁迅先生(下)》,《现代评论》1925年1月第1卷第8期。

[115] 西谛(郑振铎):《呐喊》,《文学周刊》1926年11月第251期。

[116]《北新》(周刊) 1927年10月第49、50期合刊。

[117] 张若谷:《鲁迅的〈华盖集〉》,《新时代》(月刊) 1931年9月第1卷第2期。

[118] 张若英:《作为小说学者的鲁迅先生》,《光明》(半月刊) 1936年11月第1卷第12期。

[119] 孔嘉(台静农):《鲁迅先生整理中国古文学之成绩·叙言》,《理论与现实》(季刊) 1939年11月第1卷第3期。

[120] 周木斋:《鲁迅先生和中国文学》,《文艺阵地》1940年第5卷第2期。

[121] 光未然(张光年):《鲁迅与中国文学遗产》,《文学月报》1940年10月第2卷第3期。

[122] 赵燕如:《讽刺性十足的〈野草〉〈这样的战士〉》,《中国新月书报》1932年6月第2卷第6号。

[123] 王瑶:《论鲁迅作品与中国古典文学的历史联系》,《文艺报》(半月刊) 1956年10月第19、20期。

[124] 谈凤梁:《"秉持公心,指(擿)时弊"的讽刺小说——学习鲁迅对〈儒林外史〉的论述》,《南京师范大学学报》

（社会科学版）1977 年第 3 期。
[125] 俞元桂：《〈中国小说史略〉的战斗意义——兼论鲁迅 1920 至 1925 年的思想》，《福建师范大学学报》（哲学社会科学版）1978 年第 3 期。
[126] 郭豫衡：《关于鲁迅治学方法的探讨》，《北京师范大学学报》1979 年第 1 期。
[127] 孙昌熙：《鲁迅与〈儒林外史〉》，《吉林师范大学学报》（双月刊）1980 年第 2 期。
[128] 章罗生：《〈儒林外史〉与鲁迅小说的讽刺艺术》，《许昌师专学报》（社会科学版）1986 年第 1 期。
[129] 兰光：《鲁迅小说与〈儒林外史〉》，《开封教育学院学报》1988 年第 2 期。
[130] 丁尔纲：《青蓝更替风骚各领——鲁迅小说和吴敬梓〈儒林外史〉》，《绍兴文理学院学报》（社会科学版）1986 年第 3 期。
[131] 刘再复：《论性格真实——〈鲁迅美学思想论稿〉》，《鲁迅研究》1980 年第 1 辑。
[132] ［苏］谢曼诺夫：《创新的古典作品——鲁迅的〈呐喊〉与清末谴责小说》，李明滨译，《中国现代文学研究丛刊》1981 年第 3 期。
[133] 许怀中：《鲁迅论“团圆主义”和“教训小说》，《福建论坛》（社科教育版）1981 年第 3 期。
[134] 杨义：《鲁迅小说的现实主义的本质特征》，《中国社会科学》1982 年第 4 期。
[135] 王敬文：《鲁迅的小说与我国古典小说》，《湖北大学学报》

（哲学社会科学版）1985 年第 1 期。
[136] 刘正强：《博采众长自成一家——论鲁迅小说的借鉴、继承与创新》，《云南社会科学》1985 年第 4 期。
[137] 顾农：《鲁迅与古典小说四题》，《贵州文史丛刊》1986 年第 2 期。
[138] 盛夏：《鲁迅论明末清初才子佳人小说》，《丽水师专学报》1987 年第 1 期。
[139] 滕爱萍：《从〈故乡〉看〈红楼梦〉对鲁迅小说创作的影响》，《中国现当代文学研究》2006 年第 7 期。
[140] 郭豫适、荀因：《鲁迅怎样评价暴露性的文学——〈中国小说史略〉学习札记》，《文艺理论研究》1982 年第 2 期。
[141] 薛彦文：《〈中国小说史略〉管窥》，《江淮论坛》1984 年第 1 期。
[142] 周维培：《鲁迅在古代小说文献学上的贡献》，《学术界》1990 年第 4 期。
[143] 孙兰廷：《鲁迅对明清小说研究的贡献》，《语文学刊》1999 年第 6 期。
[144] 王喜绒：《鲁迅与近代小说》，《兰州铁道学院学报》（社会科学版）2001 年第 2 期。
[145] 王瑶：《学习鲁迅论〈水浒〉》，《人民日报》1975 年 10 月 24 日第 2 版。

后　记

又是人间四月天，一个弥漫着萌动与生机的花开时节，伴着自己的木讷和倔强，还有爱做梦的痴想。米兰·昆德拉的叩问，生命，选择沉重还是轻灵？也许该是身负沉重，心怀轻灵，微笑向暖，脚步轻盈！“想要问问你敢不敢，像我这样为爱痴狂？”在这样一个安静的夜里，伴着这切切叩问忍不住轻轻低喃。海德格尔曾言，“人，诗意的栖居”，能么？而无论怎样，都应试一试，给自己一个生命期许；梦自己一个诗意栖居；不管生命之河流淌到了何方，它都一定应是轻灵、澄明的，伴着这样一个轻灵的人间四月天！正如这些淡淡走过日日的心灵思索。白天工作，晚上就这样敲击着自己钟爱的文字，沉静，安宁。也承载起一个梦，一个愿，在每个星的眨眼，每个乍暖还寒的晨曦。

恍若十数年前，爱上了鲁迅先生的文字与思想，那些沉沉的文字，深刻的思想，总是把心带得沉到冰冷凄凉的渊底，先生的夜夜凝眸，夜夜奋笔，夜夜悲凉，夜夜那颗恸到窒息的心灵，悲，悯，苍生，绝望与抗拒，就这样，孤绝地孤独着，做那个听从心灵召唤的过客，不论前方是坟墓还是花草茵绿？为国家，为民族，为苍生，为人性，为心灵，当哭，更长歌！恍若十数年前，走进了明清小说，依然有悲凉，依然有慷慨，依然有执着，依然有苍茫的无奈，也依然有狐媚花妖的幻梦世界！深深体悟，每一个文字，是血泪生命的凝聚，是无奈苍凉的灵魂抒写，是执着于知其不可却不能弃的梦愿载起，生命期许。当感受到二者跨越时空的某种以文学为载体的精神呼应时，当感受到富有良知的知识分子对于社会问题与人生路途的切切思考与叩问时，当那些饱含深情的文字时时叩击心弦，激起思绪缕缕时，对于《鲁迅与明清小说关系研究》这一命题的探讨，便成为一个从中国古代文学跨至现当代文学的求学者极感兴趣的问题。在无数个通宵的静静深夜，每每读着这些熟悉的文字，白话，文言，长篇，短篇，喜怒哀乐，爱恨情仇，一页页地翻着，书页窸窣，键盘清脆，思绪飘飞，这是怎样的一种心灵飨宴！就这样日思夜想着，百转思量着，重回读书日子，重回追梦岁月。幽幽情愫，惟待愿愿长圆！容颜可以老去，心灵却须年轻地轻扬着，飘逸着，旖旎，悠扬，逐梦，婉转……

想起 2005 年秋，还未出生的宝宝乖乖地、静静地陪着，妈妈做着简单可口的饭菜，下班后的每晚也是这样轻敲键盘，30 万字，只因一句被信任的承诺“可以”！三年后，恩师说：为你这个已经的“可以”，我相信你！于是因着“相信”再一次启程！虽然多了不曾料想的苦涩！可是，不迈步，怎会邂逅前方的那片艳阳天！所有的抉择，从不曾悔过，爱梦的人，总会义无反顾地怀揣着梦，奋力向前！

在一个风清云轻、暮色渐浓的四月天读到何浩君的《价值的中间物——论鲁迅生存叙事的政治修辞》。在凝注心血的文字结束，是一页小字疏疏的后记，“世事变迁，我唯一做的，只是读书”。好骄傲的宣言，“关于读书的事情，有些已经记不清，有的仍历历在目。遗忘或许标刻着某种欲望的转移，而记住的部分却未必能全然地刻画出我这些时日的行走方向，但我只感谢”。是呵，人生岁月，朴实若此！

感恩恩师，我的博士生导师辽宁师范大学的王吉鹏先生，面对恩师的信任与期待，极赧然地抱愧于恩师面前，而恩师在学业上总是以睿智启迪教诲着，以信任支持鼓励着驽钝的学生。在工作与生活中，总是慈父般地指导帮助着，使我有勇气渡过了工作中遇到的磨难，使我从庸碌的俗务中回到心灵文字的阅读中来，使我懂得了生命存在的意义和价值，使我勇敢地走在追梦的路上。凡此种种，因之的感激之情，非语言可以完尽。

感恩恩师，我的硕士生导师陕西师范大学的冯文楼先生。恩师当年不弃驽钝，引我入问学之门，使我生命漫旅得以徜徉文学诗意，体味雅俗人生。十数年来，故都三载间恩师的渊博学识，款款话语与坦诚慈爱依然时时在心，而不论我在学业上做出怎样的选择，恩师都总是殷殷鼓励，切切支持着，无论何时，对于我的学业疑问总是真诚耐心地指引着，温暖，砥砺，相伴生命的问学之旅。

感恩在我生命最艰难时坦诚无私地伸出援助之手的张祖立先生。当心灵的梦愿与现实生活出现尖锐对立，在面对为了求学而要丢失工作的万般无奈、一筹莫展时，是这份坦诚鼓励与无私相助，使我对于美好的存在更加坚信，对于梦愿的追求更加坚定起来，而在工作中一直的耐心指引，更使我日日成长起来，得以融入生之所系的这所大学。

感恩问学路上诸多老师的热心指导与提掖。陈平原先生、夏晓红先生的严谨治学、渊博学识、温润情怀，让我无限感佩，王卫平先生的循循善诱、耐心指点，给我深深启迪，张学昕先生的坦诚热情，学识独到，使我视野开阔，张爱军先生关于“人”的探讨，使我重新省思生命与人生。而孙郁先生、姜健先生、徐永斌先生、黄乔生先生，毕光明先生……在我问学路上，无不热情提掖、鼓励着我，感恩着、铭记着。

学习中的臧文静、金义信、丛林、崔绍锋同学，总是真诚鼓励着我，工作中的同事肖荣丽、崔彬茹大姐，李阳妹妹，张茂庆老师，李索老师，杨丽娟老师，高日晖老师，刘素媛老师，舒红霞师姐，苏明姐姐，总是温暖关爱热心支持着我，还有教学生涯中那些可爱的孩子们，无数次用他们青春气息的语言鼓励着我“老姐，加油”！一样的“没有他们，难以想象我会这么确切的认为，这个世界最终必定是如此美好”。一样的因为他们“这一切的美好才能具备匹配和足够的分量……才能一锤定音：是这样，没错”。是的，生命若此，简简单单，磊磊落落，温暖美好。

感恩咫尺天涯的友朋故人，总是在我疲惫倦怠、无奈无助、一筹莫展等种种低落的时候，给我最真诚最温暖的鼓励与问候，让我感受到环绕身边的那片明媚阳光，那缕拂面和风，那片悠然轻云，那阵清新花香……

“对我的亲人，我更多的是内疚。父母年迈，我却常年远游，未能尽孝，他们却不曾责怪。”“当年任性，执意远离，直至今日，独在异乡。更耗心力的牵挂，将仍由他们无辜的承担，沉默着，不说出口。”读罢，泪已潸然。何君之愧，已然在心，而我更添身边人的默默付出。父母年迈，却还千里跋涉来我身边，为我完成学业替我照顾家庭与幼儿，公婆病弱，却为我付出了许多年的辛苦与支持。我知道，任性的人一定会给疼爱关爱自己的人平添如许辛苦与牵念，而我，还给亲人常常的焦灼与担忧。

爱人于长谦总是一边这样唠叨着“你这人，心疼不得”，一边无数次的帮我查阅、下载资料，排版我打印凌乱的文字，校对我时有疏忽的文稿，更默默承担起陪伴、教育幼儿的责任，包容着我身为妻子、妈妈、儿媳的种种不周。即使幼小爱儿，也常常懂事地说“我自己去玩啦，妈妈，你做作业吧”。我知道我可以这么任性地走在自己钟爱的文字里，是因为身边这么多关爱我的人的付出与包容。我知道我该努力，不辜负爱如许。

感恩着，却也愧疚着。问学之路，我始蹒跚起步，羽翼尚弱，学识尚薄，只是钟爱文学的心志却日日坚定起来，坚信这一心志会牵引着求知若渴的心灵，在诸多长者、学人甘守淡泊的濡染下，能够不惧坎坷，持守宁静，迎着梦愿，向前方，坚定地砥砺而行。

总喜欢把这白天工作，夜晚伴着幼儿酣眠，沉思默想的研读岁月，喻为生命中的一段拼力奔跑。而因奔跑可以路过更长的路，也就瞥见了更多心灵与人间的秀色！那无数的一瞥，更是无数烙上心灵的永恒瞬间，是生命漫旅中的一幅幅斑斓画面！伴着真诚的爱，在心间，暖暖的，便勇敢！生命，有着无数的美好期待，一起去行走，去凝眸，去瞥见，一起去看海，听风，一起去迎接黄昏，黎明……

亲爱的身边人，感谢你们，陪我追逐着这场旖旎的梦！也许，还会有这个梦圆之后的下一个，相信，你们一定还会真诚的暖暖的陪着我！耳边，响起这首写给文森特·梵高的歌吟，SatrryStarrynight（星星闪亮的夜晚），伴着梦，flying（飞翔）！

吴金梅

2012年4月9日晨三时

乍暖还寒时节于大黑山脚下